落日故人情

吕进 著

巴蜀书社

图书在版编目(CIP)数据

落日故人情/吕进著.—3版.—成都:巴蜀书社,
2015.3
ISBN 978-7-5531-0501-7

Ⅰ.①落… Ⅱ.①吕… Ⅲ.①散文集-中国-当代
Ⅳ.①I267

中国版本图书馆 CIP 数据核字(2015)第 016538 号

落日故人情　　　　　　　　吕进 著

责任编辑	陈亚玲
出　版	巴蜀书社
	成都市槐树街2号　邮编610031
	总编室电话:(028)86259397
网　址	www.bsbook.com
发　行	巴蜀书社
	发行科电话:(028)86259422　86259423
经　销	新华书店
照　排	成都完美科技有限责任公司
印　刷	成都蜀通印务有限责任公司
版　次	2015年3月第1版
印　次	2015年3月第1次印刷
成品尺寸	150mm×230mm
印　张	17.5
字　数	300千字
书　号	ISBN 978-7-5531-0501-7
定　价	38.00元

本书若出现印装质量问题,请与工厂联系调换

目 录

人生不回头，回头情太多 ……………………………… 001

我的兄弟姐妹

我的兄弟姐妹 ……………………………………… 003
尝尝和听听 ………………………………………… 006
年轻时光 …………………………………………… 009
我的助教生涯（上）……………………………… 011
我的助教生涯（下）……………………………… 013
答辩趣事 …………………………………………… 015
办学趣闻 …………………………………………… 017

天涯走笔

首尔秋色 …………………………………………… 021
情迷巴厘岛 ………………………………………… 024
花香泰国 …………………………………………… 026
   沙瓦迪卡 ……………………………………… 026

　　蕉风与华韵 …………………………………… 028

　　神奇泰北 ……………………………………… 030

欧洲散笔 ………………………………………… 033

　　水绿山青的瑞士 ……………………………… 033

　　寻找鹰巢 ……………………………………… 035

　　史诗号 ………………………………………… 037

　　小国与大山 …………………………………… 040

　　哦拉，巴塞罗那 ……………………………… 043

书香澳门 ………………………………………… 046

在国外看医生 …………………………………… 049

巴黎的红磨坊 …………………………………… 051

美人鱼的惆怅 …………………………………… 053

新处女公墓 ……………………………………… 056

点击新加坡 ……………………………………… 060

狮城漫笔 ………………………………………… 062

在东海岸吃饭 …………………………………… 064

鞭刑的传说 ……………………………………… 066

新加坡的雨树 …………………………………… 068

新加坡的另一面 ………………………………… 070

梅花香满石榴裙

梅花香满石榴裙 ………………………………… 075

漫说空难 ………………………………………… 077

趣说墓志铭 ……………………………………… 080

姑苏城外寒山寺 ………………………………… 082

闲话吃饭 ………………………………………… 084

目 录

也是闲话吃饭 …………………………………… 086

学者的养生之道 ………………………………… 088

垫江看牡丹 ……………………………………… 090

冉家坝的新地标 ………………………………… 092

年后谈年 ………………………………………… 094

称谓的文化 ……………………………………… 097

当诗歌遭遇美酒 ………………………………… 099

稿费古今 ………………………………………… 101

春天的记忆 ……………………………………… 103

宁波去来 ………………………………………… 105

老师与老板 ……………………………………… 107

现代文人的风花雪月

现代文人的风花雪月 …………………………… 111

再说现代文人的风花雪月 ……………………… 113

北大教授陈独秀 ………………………………… 115

现代白话诗的早行人 …………………………… 117

六十余年一卷诗 ………………………………… 119

艾青诗歌的兰波元素 …………………………… 123

诗体重建视角下的何其芳 ……………………… 131

青　松 …………………………………………… 138

岁岁花开—忆君 ………………………………… 141

忆邹绛 …………………………………………… 146

于沙与薛林 ……………………………………… 150

远飞的大雁 ……………………………………… 152

白水诗人梁上泉 ………………………………… 154

花开三枝的傅天琳 …………………………………… 161
傅天琳：从诗到小说 …………………………………… 163
欢迎娜夜 ………………………………………………… 168
诗人李琦 ………………………………………………… 170
孔子故里传出的歌声 …………………………………… 172
诗人外交官费明星 ……………………………………… 178
"南吕"说"北谢" ……………………………………… 180

智商做事，情商做人

智商做事，情商做人 …………………………………… 187
守住自己，守住梦想 …………………………………… 189
腹有诗书 ………………………………………………… 192
死活都应当读经典 ……………………………………… 195
时代与读书 ……………………………………………… 198
    一、时代需要人才 …………………………………… 198
    二、人才需要读书 …………………………………… 200
    三、新媒体条件下的读书 …………………………… 204
需要人文大师 …………………………………………… 206
向诗而生 ………………………………………………… 209

漫说诗家语

漫说诗家语 ……………………………………………… 213
诗的公共性 ……………………………………………… 217
诗歌的大众与小众 ……………………………………… 221
现代诗技巧的"有"与"无" ………………………… 224
新诗的"变"与"常" ………………………………… 227

目 录

新诗诗体的双极发展 …………………………………… 230
热爱人生 ………………………………………………… 233
七弦琴 …………………………………………………… 238
在北大的祝辞 …………………………………………… 240
向"新来者"致意 ……………………………………… 242
薛林诗奖那些事儿 ……………………………………… 244
除却巫山不是云 ………………………………………… 246
重建的时代 ……………………………………………… 248
守常求变：当下华文诗歌发展的关键词 ……………… 250
新汉学时代与中国新诗 ………………………………… 252

附 录

吕进简历 ………………………………………………… 263
吕进主要著作一览（1982—2013）…………………… 265
吕进主要论文一览（1995—2013）…………………… 268

人生不回头，回头情太多

人生不回头，回头情太多

——自序

这是继《吕进诗文选》、《岁月留痕》之后的又一本随笔集。和《岁月留痕》一样，编入的主要是刊登在《重庆晚报》的随笔，去年的和今年（2014年）的，也有少部分选自《人民日报》、《诗刊》和《文艺报》。有些篇什转载比较多，除了纸媒的文摘报刊，主要是各种网站。

人生苦短。但是，在这短短的人生中，我能够遇到这样多令人感动的人和令人难忘的事，实在是一种幸运。思念别人是一种温馨，被别人思念是一种幸福。人生不回头，回头情太多，走过的风景给我思想和力量。我也遭遇过屈辱和诽谤，不过，那已经"翻篇"了。时间是最高的权威，它总是最终给世界一个公正的判断。远去的痛苦会成为财富，给予人生以宽度、深度和厚度。就像普希金的诗句说的："一切都是瞬息，／一切都会过去。／而那过去了的，／就会成为亲切的怀恋。"

甲骨文的"老"字像一个弯腰的人倚杖的形象。"神龟虽寿，犹有竟时。腾蛇乘雾，终成土灰。"来到世界是一种偶然，而离开世界则是一种必然，老年，正是离开的前奏。《庄子·外篇·天地第十

二》说："寿则多辱。"好几位现代作家都曾以"寿则多辱"为题写过文章，我不太同意这个说法。

只要大体健康，我们在当代看到的更多是"寿则多尊"。年龄其实只是一种心态：有五十岁的老人，也有八十岁的年轻人。年轻人可能早衰，老年人也可能保持一颗年轻的心。对于老人，剩下的来日无多，但是如果有年轻的心态，就会知道，余下的时间里，每一天的自己都比明天的自己年轻。"多尊"的前提是"自尊"。在事业上，你不再是运动员，而是裁判员，你的裁判一定要跟上时代，要为新的思想吆喝，要替年轻一代开路。在家庭里，你给子女的爱是无限的，而子女给你的爱则是有限的，这是一个铁的规律，因为他们也有了自己的子女。因此，体谅下一代，关爱下一代，就是一种自尊。进入老年，仍然需要以爱人之心做事，以感恩之情做人，拥有老年阶段的优雅风度，这样的老人是受人尊重的。

在编选《落日故人情》时，还有许许多多的人生故事涌来，除了诗论和诗，我还会将随笔写下去，在我的记忆还没有背叛我的时候。

上个世纪的90年代，我在莫斯科大学做了半年的高级访问学者。在那里，结识了当时的汉学系系主任卡拉别相教授夫妇。我应邀到卡拉别相家里做客，他的夫人谭傲霜，俄语名字叫拉达莎，当时是副教授，在吃饭时告诉我，她一早就去买菜，对商店的人说："今天要招待吕进教授，得给我选好的蔬菜呀。"在汉学系送别我的会上，当主持人宣布会议结束时，谭傲霜居然举手发言："再等一等，我在为吕进教授写诗，还没写完哟。"后来，我曾邀请卡拉别相到新诗研究所讲学，谭傲霜也一起来了，老朋友在西南大学久别重逢，分外高兴。去年，我在新加坡的一家书店里偶然发现了用中文写成的《谭傲霜回忆录》，由台湾秀威书局出版。恰好《吕进诗学

人生不回头，回头情太多

隽语》也是这家书局出版的，于是通过这家书局得到了谭傲霜在莫斯科家里的电话。二十年不通信息，热气腾腾地把电话打过去，可是，谈俄语，谈汉语，谭傲霜却很客气又很尴尬地回答说："真对不起，实在对不起，哎呀，我怎么想不起你呢？你到过莫斯科吗？"

如果我会失忆的话，那得抢在失忆之前，把应该留给世界的故事写出来，不负此生，不负己心。

《重庆晚报》2014年11月14日

我的兄弟姐妹

现在是微信时代。大妹妹的儿子为我们这一代的五姊妹建了一个"兄弟姊妹群",我有空的时候,也去群上溜溜弯。

大妹妹是音乐家庭,她的先生是四川音乐学院教授,她的女儿从中央音乐学院毕业后,到了中央乐团,现在在美国,她自己是川音的副教授。建"群"的"儿子"是个大帅哥,现在是上海音乐学院副教授。我说,看到这个侄儿,我才真正懂得什么叫"帅呆了"。我的妈妈去世的时候,帅哥很小,在悼念人群里,他站在我的旁边,只及我肩,腰插木刀,身背木枪。不懂外婆去世是怎么回事,老是低声催我:"大舅舅,好久吃饭啊?"追思仪式结束,我马上带他去街上吃东西,他兴奋不已,在大快朵颐中,各种怪问题一个接一个,最拔尖的是:"大舅舅,为什么女人是用屁股生小孩,而不用嘴吐出来呢?"帅哥有点馋,胃口又好,我因此给他取了个绰号"八胃先生"。现在人家已经是事业有成的上海音乐学院副教授了,还和姐姐在美国举办了一场"姐弟音乐会",这一代长辈却依然这样叫他。

五姐妹中没有一个学理工科的,清一色喜欢文学与艺术。前年,我的儿子邀请大家到新加坡住所玩几天。一天晚上,大家兴起,由大妹妹弹钢琴,大家唱歌,在客厅搞了一场家庭音乐会。小孙子高兴得拿着筷子，跳上凳子打拍子，儿子家的菲佣麦娜也笑得合不拢嘴。我对理工科知识就比较低能。80年代，诗人邵燕祥给我来信说："老兄的诗评写得很好，我爱读。但是我发现，你的评论里说到数字就犯错，老兄怎么遇见数学就发昏啊？"然后举出我的三篇文章里的数学错误。记得前年我在《重庆晚报》开设"吕进专栏"时，有一次副刊部的胡万俊也提出过类似疑问。

　　童年时，我在姐妹里办了一份手写"刊物"。一次，小妹妹投稿，是一首诗："五一到，街上很热闹。红旗四处飘，电灯八方照。……"我大喜，她才4岁呀，立即发给稿费1分钱，这也就是我这个小学生的全部家产了。小妹妹一直喜欢在业余时间写作，退休前，她是邮政局一支局的支局长，曾经写过一篇《我的大嫂》，简直把我的太太写活了。前些年，春节里看望老艺术家，文联安排我去看望百岁画家晏济元。从晏府出来，上车的时候，王超副主席（现在的文联党组书记）对我说："吕主席真是联系群众啊，你看，你一进门，晏老的儿子就叫你大哥！"我说："我就是他的大哥啊，他是我的小妹夫。"组织人事处处长吃惊了："怎么不早告诉我们哟！"

　　姐姐是最早参加工作的，12岁就参军，进了川西军区文工团。一天，她突然跑回家，说不去了。妈妈忙问她，发生了什么事？她说："郝团长骂我。"妈妈又问："怎么骂的？"姐姐说："他叫我'小鬼'。"妈妈笑起来："郝团长是北方人，叫你小鬼是喜欢你呀！"

　　弟弟在成都，很早就评为特级教师，他的教学简直出神入化。上音乐课，可以不发一声，用风琴指挥小朋友学习，我的儿子小的时候是他的铁杆粉丝。60年代初，饥荒蔓延。一次我出差成都，住公安厅招待所。弟弟来看我，送来一小坨米饭，一截萝卜，这可是从他这个十几岁的人嘴里省下来的呀，那饭菜的滋味就一生都留在我的舌尖上了。因为弟弟也从事写作，所以，许多成都的作家都知

我的兄弟姐妹

道他,直到现在时而还会有人问我:"你的兄弟最近怎样?"

当然,"兄弟姐妹"其实也具有广义的内涵。当年赛珍珠把《水浒》翻译成英语时,将书名改为《四海之内皆兄弟》,不仅把握了《水浒》的精髓,也诠释了中华民族的一个亲情观念啊。

尝尝和听听

尝尝和听听是两兄妹,尝尝是哥哥,今年10岁,妹妹听听比他小两岁。他们的小名和妈妈有关系。妈妈怀尝尝的时候,嘴馋,老想尝点什么,而听听在妈妈肚子里,一听见音乐,就有动静。尝尝和听听是我的孙儿和孙女。

两个孩子都在新加坡的美国国际学校念书,英语是母语,当然不成问题,但说汉语就有些别扭了。听听对

我说:"爷爷,那个天我们在美国俱乐部游了泳的。"我说,"那天就是那天,中间可不能加上'个'字啊"。我给尝尝发去英语的电子邮件,尝尝对爸爸说:"爷爷写的信,意思是懂的,但是只有一句

我的兄弟姐妹

英语是对的。"我予以反击:"尝尝给我写的中文邮件,意思懂,但是一句汉语也不对呀。"美国学校是没有很多课外作业的,于是他们的爸爸妈妈安排了许多课外补习班,两兄妹的课加起来有游泳、网球、体操、跆拳道、中国武术、小提琴、钢琴、芭蕾、中文,大概十来种。一周七天忙得团团转。

哥哥爱读书,爱思考,在自学德语。每天一早起来,在上学前,就坐在书房里读书了。一个星期天,我们起床后,不见尝尝踪影,最后在桌子上发现他留下的字条:"我去麦当劳吃三明治了,跟尤金。"尤金是个美国小孩,周末在尝尝这里做客过夜,字条是用中文、英文、德文写的。但是,学习中文,妹妹更灵光,口语几乎不成问题。他们补习中文的学校是在新加坡颇负盛名的"江老师补习学校"。一次,爸爸下班后开车去接尝尝,在教室外,看见老师正在给留下来的几个孩子严厉训话,尝尝也在其中。老师听说尝尝的爸爸来了,请他进去,说:"我就想看看他的爸爸是什么样子,他的中文怎么会这样差。"听了情况,说:"啊,原来是个老外呀!"在爸爸妈妈的督促下,尝尝拼命努力,上周用中文发来短信:"爷爷奶奶,我是尝尝。在江老师我上光荣榜了。那是因为我得了第三名。"令人高兴,但是语言还不太流畅。

妹妹很活跃,是个美女胚子。我们每次去做客,她一定要制作欢迎卡片,预先搁在爷爷奶奶的房间里。女孩子比较管事,我用刀叉吃比萨,听听提意见:"爷爷,吃比萨是用手,不能用刀叉呀!"一次回国,我和奶奶带他们去永川动物园。我们坐在海豚馆的最后一排,结果不少游客不看前方的海豚了,都回过头来看听听,简直有《陌上桑》里"耕者忘其犁,锄者忘其锄"的罗敷的际遇。前几天,听听和维多利亚等几个好朋友在小区摆摊,出售自制的西瓜汁、手链之类,将卖得的钱捐给新加坡基金会。老师得知后予以表扬,

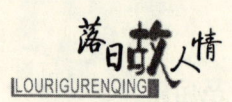

  同时为她们制作了海报,海报上是听听拿着"商品"的照片,老师号召二年级同学向她们学习。妈妈把照片发给我,我当即用中文回信:"爷爷预定西瓜汁一客,奶奶预定手链一个,下次到新加坡时交款提货。"

  兄妹慢慢懂事了。一次,他们发现爸爸妈妈工作很忙,菲佣麦娜又不在家,于是在哥哥的建议下,两兄妹餐后悄悄去厨房帮大人把碗洗了。当然,终究是小孩,一天,妈妈叫兄妹俩坐下,学习爷爷的著作,两个小孩都很感兴趣。妈妈从书架上取下《吕进文存》第一卷,开始念书:"诗是独特的言说方式,黑格尔说……"念着念着,妈妈感到一种异样的安静。放下书一看,完全听不懂的兄妹俩早已逃之夭夭了。

《重庆晚报》2014 年 5 月 21 日

我的兄弟姐妹

年轻时光

我们这一代大学生,当年几乎都喜欢一支苏联名曲《列宁山》:"当我们想起年轻的时光,当年的歌声又在荡漾。"这支歌的词作者是苏联诗人多尔玛托夫斯基,由音乐家米留奇作曲。列宁山在莫斯科的西南面,是这座城市的最高点,可以俯瞰全城,举世闻名的莫斯科大学主楼就在这里。我曾作为高级访问学者,在列宁山度过了半年时光。列宁山原名麻雀山,1451年为纪念一位名字是"麻雀"的牧师命名。1924年改名列宁山,1999年恢复原名。

当年的歌声的确还在荡漾。有些朋友问我,为什么网名叫"柯楚别依",这个网名就来自大学时代。为了提高口语能力,外语系学生在读期间都要演出外语话剧。一次,外语系举办外语晚会,我们班演出苏联话剧《红领巾》。这出戏展现的是戴红领巾的少先队员们的生活。我在剧里的角色是一位叫"柯楚别依"的少先队辅导员。我化好妆,紧张地在后台等待。这时候,一个高年级的师姐走到我身边:"哟,吕进,你的衣领怎么是翘着的?"她正帮我整理,舞台监督说:"吕进,该你上场了!"这下子分了神,我慌慌张张地

走到前台,大脑一片空白,在舞台上呆立了好几秒,才想起第一句台词:"致以少先队的敬礼!"只听见观众席前排的老师们在议论:"怎么回事?怎么会第一句就忘了?"

那个时代,国家在大学生中推行"准备劳动与卫国"制度,凡是几项规定的体育锻炼项目达标的,就由国家发给"劳卫制"徽章。"劳卫制"由易到难分几级,每个班都在努力争取在最初级的一级上全班实现"满堂红",我们班最后剩下的几个不合格者中就有我。最后还剩一项:1000米长跑。学校的裁判事前测量距离,确定路线:从西师大校门到五路口。口令一下,我立即飞跑,这才悟出裁判的苦心,从大校门到五路口完全是下坡路,跑起来,简直像有人在后面推我一样,脚底生风。到终点的时候,大家都着急——时间要到了。只见裁判迎着我跨出一步,按下跑表说:"刚刚合格,吕进通过!""老大难"问题解决,同学们都很高兴。

虽说是外语系,却几乎没有接触外宾的机会。一次,我接到学校团委通知,陪同方敬副院长接见英国客人诺维福·伯奇:英共(马列)主席雷格·伯奇的儿子。接见的前一天,诺维福·伯奇参加了我们班的"学习雷锋,服从祖国分配"毕业主题班会。团委书记何良麒(后来任副校长)说:"你记不住他的名字的话,就把他记成络腮胡吧!"听了同学们的讨论,伯奇很激动地举起手,要求发言:"我也要学雷锋,全世界都应该学习雷锋,我爸爸就是英国的雷锋。"方敬副院长接见伯奇的时候,何良麒向我打招呼:"你是外语系的,注意外事场合不能说外语,只能说汉语。"在场的还有一位女同学,不知是哪个系的,但因为伯奇参加过我们班的班会,所以老向我提问,想进一步了解中国大学生的生活。我有些紧张,怕我的回答不得体。团中央的陪同人员向我说:"这位同学,你不要害怕,翻译是我们的人,他会替你把握分寸的。"

年轻的季节多美好!我想起清人龚自珍的《己亥杂诗》:"落红不是无情物,化作春泥更护花。"这也许是"落红"们的共同心愿吧!

《重庆晚报》2014年4月22日

我的兄弟姐妹

我的助教生涯（上）

  高等院校教师的职称序列是：助教、讲师、副教授、教授。近年，教授重新分级，院士是一级教授，因为理工科才有院士，所以文科没有一级教授，分二、三、四级。我是二级教授，回想起半个世纪前，两次做助教的生涯，非常有趣。

  我是1958年9月考入西南师范学院外语系的，到了1960年4月，系里找我谈话：提前毕业。天啦，我才是大二上的学生啊。那个时候不兴讲价，时髦的口号是：党指向哪里，就奔向哪里，只好服从。1960年正是闹饥荒的时候，粮食定量，学生每月35斤，而教师呢，才23斤，还要扣除半斤去喂猪。20岁的我，面临的困窘可想而知。但是也有好处，西南师范学院图书馆当年规定，学生一次只能借两本书，老师可以借十本。提前毕业后，一次，我去图书馆，选定书籍办手续时，那个姓钟的老师是认识我的，说："你是知道的，只能借两本！"我说："我现在是教师啊！"钟老师瞥了我一眼，见我胸前佩戴的学生的白色校徽变成了教师的红色校徽，就接过书去登记，同时不忘教育我："当了老师也不要骄傲。"我诺诺连声。

  当时，我在政治系、中文系教外语。此前的具体工作是担任四川省十年一贯制俄语教材的责任编辑。那时的外语教改是：不从教

字母开始,翻开教材就是俄语的"总路线万岁"、"大跃进万岁"、"人民公社万岁"。四川省试点的学校纷纷反映,很难教学。教育厅具体操作此事的干部和我几次向教育厅厅长曹振之汇报,他也很有意见。工作了一年半,我觉得专业水平实在不行,于是和英语专业提前毕业的徐世群(后来的四川省省委秘书长、四川省副省长)商量,斗胆向组织提出回学生班继续求学的要求。外语系党支部说:"那就回你们原来的班,毕业后还是留在系上。"我们不干,原来的班很快就要毕业了,学不到多少东西,我们要求到下一个年级。那个时候,发工资是把现金装在信封里,财务科到各系办公室发放。我的工资待遇是按高中毕业生的标准,每月29块5毛。党支部谈话不久,又领工资,我打开信封,发现是40元,又数一次,还是40元,于是我赶紧跑到办公大楼,找到人事科科长。科长姓袁,哈哈大笑,说:"没有错,小鬼,你涨工资了。"结果,发工资第二天就接到通知:回下一个年级继续读书。原来是在给我送行啊!后来那个科长遇见我,总喜欢打趣:"小鬼,又发错钱没有啊?"

　　两年后正式毕业,我代表全校一千多位毕业生在大礼堂举行的毕业典礼上发言:无论走到哪里,都要在那里生根发芽,为祖国的教育事业贡献终生。晚上,外语系毕业年级开会,由系主任赵维藩教授宣读分配决定。白发苍苍的赵主任是山西文水人,刘胡兰的同乡。他用山西腔第一个就宣布到我的分配:"吕进,四川省高教局。"我是成都人,喜从天降,简直高兴得要死:这下回老家了。回到学生宿舍,却看见门上有人留下的用粉笔写的字:"吕进,明天早上8点在四十四中门前集合,出去联系学生的教学实习,时间一个星期。"我很纳闷,我不是要回成都了吗?仔细看分配通知书,发现在"四川省高教局"下面有一个括号,内容是:西师报到。哎呀,高兴了半天,还是留在这里呀!

《重庆晚报》2014年4月15日

我的兄弟姐妹

我的助教生涯（下）

天下的外语系都有一个规矩：留校的年轻教师分到公共外语教研室，到外语系以外的系去教基础外语。以后，强的教师就会调到本系教研室，在外语系执教。我一留校，就没有任何过渡，安排到本系二年级开课。上课基本全用外语，我真是"亚历山大"哟！每天都是接近凌晨才睡觉，连做梦也是说的外语。我又是外语系的助教团支部书记，每天早晨要领全系青年教师做早操。几乎是刚上床一会儿，就得起床。

外语系都是小班授课，我和一位俄国老师负责一个班。这位俄国老师全名叫维娜·瓦西里耶芙娜·西蒙诺娃，我们就叫她维娜。俄国人的姓名就是这么复杂，第一个是名，第二个是父称，第三个是姓。我和维娜用的是同一本教材，北京外语学院编的，维娜负责教词汇，我负责教语法。维娜的汉语讲得相当不错，但终究是外国人，有些洋腔洋调，有时也会闹笑话。一次，她讲一个俄语动词，用汉语说是"伤风"，学生就听成了"上坟"。

我和维娜总是在她家共同备课。我们是两个助教合住的一间宿舍，为了表示尊重，她有时也来我的宿舍备课。一次，教研室主任找我谈话："吕进，要注意礼貌！"我诚惶诚恐，但弄不清楚她指的什么。在青年教师眼里，教研室主任是大人物啊，我便鼓起勇气问个究竟。她说:"你到维娜家里去,敲了门吗?"我说:"敲了的呀!"她问:"你敲的几下?"这下子我真的懵了,敲的几下,我还真没有注意呢。主任说:"敲门要敲三下,你只敲了两下,很不礼貌。"我恍然大悟,这下子才懂得了外国人的规矩,感到自己太鲁莽了。

我和维娜教的那个年级,因为是二年级,所以学生其实和我是同学:我读四年级的时候,他们是一年级。我这个师兄经常摸摸这个师弟的头,拍拍那个师弟的肩。一下子变成了老师,有些稳不起。外语系的词汇课,在上课开始的时候,要由值日生用外语向老师做报告,内容和长短都不限,诸如昨天发生的事、国内外大事,反正练口语嘛。有些强的学生的报告可以长到半节课。我第一次上课,值日生报告:"我们班决心向你的班学习,创建先进团支部。"简直不知道我是教师,还是学生。有的学生还要考我。一次晚上辅导,一个学生说了一个俄语句子,问我这样说可以吗?我用俄语说:"绝对不行!"他说:"为什么呢?"我用一句常用的俄语说:"俄国人不这样讲!"这个时候,学生从身后拿出一本俄语小说:"这句话是这本书上的。"我一夜难眠。年长的老师听说后,安慰我说,语言现象是很复杂的,很难绝对说行和不行,"你只能用另外一句俄语,然后告诉学生:最好这样讲。"我茅塞顿开。

那时一天到晚都在想法练口语。一天早上,我和一位姓陈的助教在餐厅相遇,边吃饭边用俄语聊天。这时,一位不认识的可能是其他系的中年教师也在我们这张餐桌坐下。我们的练习就转向这位陌生人。我说:"你看他吃得简直两耳发响(俄语意思是:狼吞虎咽)。"陈说:"完全像一只饿狼。"我们你一言我一语,以中年教师为目标,开着玩笑。那个中年人用餐完毕,起身,彬彬有礼地向我们致意,用俄语说:"你们的俄语不错哟!"弄得我俩目瞪口呆,难堪至极。

《重庆晚报》2014 年 4 月 16 日

我的兄弟姐妹

答辩趣事

　　无论博士生，还是硕士生，在三年攻读学位的生涯里，学位论文答辩都是一个标志性事件。二年级通过开题报告以后，研究生在三年级的事情就是撰写论文，准备答辩。

　　学位论文反映了研究生本专业的学养和独立研究能力，学位质量就是通过学位论文质量来体现的，所以，不但研究生付出全力，导师也抓得很紧。初期的新诗研究所的答辩会，因为是诗的时代，旁听者多，人人可以发言，完全是学术讨论会。到了吃饭时间，还得给所有到场者分发面包。

　　新诗研究所的开门弟子叫柳杨，浙江丽水人，现在是澳大利亚国家博物馆亚洲部主任。导师有方敬、邹绛、吕进。一个学生，三个老师，所谓"三娘教子"。柳杨有一米八的个头，很帅，看到他就犯"花痴"的女生不少呢。他不会跳舞，但是只要出现在舞厅，就不断有女生争着请他。也有几个女生跑到我家，要求我帮忙。我当年思想非常保守，告诫柳杨："注意影响。"他说："你告诉他们，我在家乡有朋友的。"我问："干什么的？"他说："并没有啊！"有一年，学校的春季运动会决定由他担任旗手，引领运动员入场。柳杨知道我不喜欢运动，运动会的前一天，他到我的家里："吕老师，明天一定到场啊！"我欣然答应。第二天，我作为校务委员坐在大操场的主席台上,看着他出场,很是自豪。

柳杨的论文是写戴望舒的。多次修改,教师团队仍不满意,问题涉及多个方面:对现代派的评价,对法国诗歌对中国新诗的影响的估计,对戴望舒诗歌道路的把握等等。柳杨一次次地改,寒假早就放了,但是他回不了家。春节前两天,才获准离校,这时的柳杨已经"花容失色",一脸的胡子,一脸的疲惫和憔悴。春节第二天他就给我来信:"吕老师,我在家里又开始修改论文了,请你放心。"

1995级的李志元,现在在高校执教,已经是副教授了,他属于既能创作又能研究的双面才子。李志元比较喜欢西方现代派的诗歌理论,论文明显受到影响,在表述上有些"口齿不清"。答辩委员会的炮火全开,气氛滚烫。论文题目是《舌头》,有答辩委员问,这个怪题目是什么意思?我看他有些招架不住,忙出面"救火",我强词夺理:"俄语里的'舌头'和'语言'两个字的拼写是完全一样的,也可以理解为他是想研究诗歌的语言吧!"

1988级的邵薇是前后几个年级唯一的一位女生,所以相当得宠。到操场听报告,她的小板凳也是男生帮他拿着。邵薇的诗写得非常好,她现在美国德州大学,得过美国的女作家奖。但是,在理论上却是个"弱智"。那一届的答辩委员会主席是武汉大学陆耀东教授,著名的严师。我和陆老师当时并不认识,到车站接他的时候,我们同时在出站的拥挤人群里指着对方,自信地呼叫"陆老师"、"吕进"!一上学校的车,陆耀东就说:"五篇论文,四篇可以,有一篇不行。"我忙问:"哪篇?"他说:"邵薇的,学位论文是有规范的,怎么能批毛主席呢?"回家后,我忙把邵薇的论文找出。原来她批判了两句用引号直接引用的话"不爱红妆爱武装"、"妇女能顶半边天"。我连夜找邵薇,要她修改。我说:"学位论文和学术论文不一样,有禁区的。你怎么能批毛主席呀?"邵薇睁大眼睛,反问我:"这是毛主席的话吗?我不知道哟。"二十年过去了,我至今都没有弄清楚,她说的究竟是真话还是假话。

《重庆晚报》2014年6月3日

我的兄弟姐妹

办学趣闻

新诗研究所建所之初,学校那时很穷,虽然特别看重我们,但拨款有限,经费特别紧张,于是,如何创收就提上了议程。

化学系副系主任老赖是我的好朋友,他替我分忧,出主意让我办一个小型的肥料厂,他负责给我找原料:"几种原料按比例搅合在一起就成了,不复杂啊!"我动摇了几天,放弃了:堂堂新诗研究所怎么办起了肥料厂,不太名正言顺呀。那时正是诗的年代,不少诗人朋友提出相同的建议:办诗人培训班吧,一届半年或一年。我想了很久,也不行啊:诗人总是不同于常人的,对于人间许多规矩是不屑理会的(说句实话,如果太理会了就不是诗人了)。而且,男女诗人在一起混半年一年,不知会混出多少故事甚至事故。大学有大学办学的条条框框,如果办培训班,我们就会不断地惹麻烦了。商量的最后结果是办班。我们是北京批准的硕士点,办中国现当代文学硕士学位课程进修班,这既发挥了我们的强项,风险也最少。

于是,在本市,在四川,在云南和贵州,在河南和海南,我们的进修班办得风生水起,也出了不少人才。河南班的张晓卉(导师吕进)、刘芳(导师陈本益),云南班的龚锐(导师蒋登科),后来都成了博士,当上了教授或副教授。重庆电视台的陈琴,在进修班

结业后，又考上我的硕士生，她的硕士论文是研究臧克家的，得到臧老鼓励。后来和史小诺、李佳明一起调到中央电视台，陈琴在地方新闻部做编辑。因为老公是西藏电视台的副台长，近年她又调到拉萨，任中央电视台驻西藏首席记者。现在《新闻联播》里只要是西藏的新闻，常常出镜的就是她。

进修班学员有时就是一个单位的，比如云南班是云南教育学院中文系的全体教师，河南班是平顶山师范学院外语系的全体教师，有的班的学员却是同一城市而不同单位的。我去贵州六盘水上课，学员的组成就属于后一种情况。我头天晚上到达，第二天上午上课，来不及了解情况。上课中我提问，按名单请了一位男学员回答。这位学员刚站起来，全班就哄笑，弄得我丈二金刚——摸不着头脑。课间休息，这位学员找我问候，还递上一支烟。旁边一位学员对我说："吕老师，这是我们六盘水市的副市长呢！"

在四川内江上课时，学员们执意要请我吃饭："吕老师能到内江，不容易啊！"那时的诗歌爱好者比比皆是。席间，大家对新诗研究所的一切很好奇。有一个学员是当地水上派出所的所长。我对他说，我这个所长比你那个所长难当，现在《中外诗歌研究》的出版经费就常常断粮，只好采用出合刊的方式，让刊物生存下去。他问，"出刊一期需要多少钱呢？"我说，"八千左右吧"。在我离开内江的前夜，这位学员来宾馆看望，掏出八千元给我，说，这是水上派出所资助《中外诗歌研究》的，"可以出一期了"。我问，"这是用的哪笔经费啊？"他笑了笑："内江的规矩，依法对嫖客罚款八千元。这是一个嫖客缴的罚款，所里商量，资助刊物。"我闻言大笑不止。

《重庆晚报》2013年10月25日

天涯走笔

天涯走笔

首尔秋色

秋天是韩国最好的季节。我从机场去总统大酒店,车窗两旁闪过的是斑斓的色彩,成片的枫树、栗子树、榉树组成浪漫的画图:浅绿,碧绿,浅黄,金黄,浅红,深红,简直让人陶醉。

这次到韩国,是出席纪念首尔孔子学院建院十周年而召开的国际学术会议。孔子学院是中国为了向世界推广中国国学和文化的文化交流机构,一般下属于外国的大学,总部设在北京,由教育部的国家汉办领导。随着中国的崛起,于今,在近百个国家已经有了300多家孔子学院,习近平亲自揭牌的就有3所。而领风气之先的是韩国,首尔孔子学院成立于2004年11月,比总部的成立还早3年,是世界上最早的孔子学院。

我上次到首尔已经是12年前了,是为了出席韩国中语中文学会主办的国际会议,那是2002年。记得我和韩国高丽大学的许世旭教授、台北大学的齐益寿教授在开幕式上发表了主题讲演,那是我第一次到韩国。到达仁川机场,在到达厅里却没有看到接机的人,那个时候没有手机,我又不懂韩语,这就难办了。于是赶紧在候机厅用人民币换取韩币,要求别人换点硬币,然后用机场的付费电话给许世旭教授的家里打电话。令人高兴的是,接电话的许夫人热情地

用中文说:"你好!"我想,她懂汉语,这就简单了。于是告诉她,我已经到达,但是没有人前来接机。谁知我的话还没有说完,许夫人就热情地说:"再见!"让我丈二金刚摸不到头脑。过了很久,跑来一个青年人,满头大汗,问:"你是吕进教授吗?"原来,仁川机场很大,有两个出口,我在C出口,他们在F出口等候,也急得不得了,还请机场广播找我,我没有听到。我到F出口才看到几个人举着很大的写着"欢迎吕进教授"的横幅呢。

那次会议是在延世大学召开的,这是韩国与高丽大学并列第二的名校。在延世大学和许世旭见面了,老朋友,说话没有顾忌。我问:"你夫人怎么回事?我那么着急,她却居然把电话挂了。"许世旭哈哈大笑:"老兄,你上当了,她根本不懂中文,只会说'你好'和'再见'。"这次在首尔我才知道,韩语里"你好"和"再见"是一个字。

时隔12年,情况大变。还没有出发,就在家里收到一封电子邮件:"吕进老师:您好!我是韩国外国语大学朴宰雨教授的学生金艺善,首先欢迎吕进老师来韩国参加会议。你的飞机下午3:40(韩国时间)到达,我3:30到仁川机场等您。以下是我的电话号码……"离开首尔的时候,艺善陪我吃饭,告诉我:"朴老师今天去中国长沙,今天早上大概4点钟吧,给我发来一封短信,说,不能送吕进教授,实在失礼了。"朴宰雨还在信中嘱咐金艺善,一定要陪吕教授品尝好吃的东西。网络时代,人和人的交流真是太方便了。

金艺善小姐很能干,做事周到,是朴宰雨的博士生。但是,她是个路痴。在首尔读书这么久,居然找不到方向。我到的当晚,她负责带我去首尔最热闹的仁寺洞附近一家餐厅,朴宰雨在那里等,请吃"韩定食"。可是在地铁转车的时候,她迷路了。我说,你问问吧。突然见她跑到一个帅哥面前站定,还踏了一下脚。我远远望过去,这个韩国男青年有超过一米八的个头,戴着一副黑边眼镜,文质彬彬的。两人说了几句话，帅哥就向我微笑鞠躬。我感到有些不解，韩国学生都很讲礼貌的，金艺善怎么能这样问路啊！艺善笑了："这是我的男朋友，怎么在这里遇到他了哟！"

这次会议是在首尔孔子学院举行的。开幕式上，韩国中国现代文学研究会会长朴宰雨、中国驻韩使馆教育参赞艾宏歌致辞以后，就由我和北京大学陈汝东做主题讲演。我先讲，题目是《新汉学时代与中国新诗》。我说，中国历史文化是中国的，也是世界的，有三种学科：中国研究中国历史文化的"国学"，中国研究外国历史文化的"西学"和外国研究中国历史文化的"汉学"。面对中国的崛起和世界格局的变化，就出现了新汉学。新汉学的"新"，就是强调要特别关注当下的中国。在诗歌研究上，就应该不止于重读古代经典，也要注意中国新诗。我介绍了我所知道的韩国和日本的汉学家对中国新诗的研究成果，希望外国汉学家加大研究力度。

现在的中国的确有很多国家关注。开会的时候，加拿大华裔作家协会副会长陈浩泉、加拿大阿尔百塔大学教授梁丽芳、马来西亚作家朵拉、香港《香港文学》总编辑陶然，都一再向我说："2016年你们的第六届华文诗学名家国际论坛要记住邀请我们啊，你不要到时候忘记了哟！"

和12年前相比，我发现了一个有趣的变化：现在的首尔街头简直是美女如云。会议安排大家去曾经拍过韩剧《大长今》的民俗村参观的时候，陪同我的是一位女研究生郑有轸。我在微信上发出我和郑小姐在民俗村的合影后，有人点赞："这位漂亮小姐韩味十足。"她当然"韩味十足"了，她就是首尔人呀。所以我就问这位知情人，街头这些美女是不是整过容啊。她说："是呀，年轻人整容的很多。"我追问："有多少人呢？"她答："大概有一半吧！"我又问："整容的手术费贵吗？"她说："搞一下双眼皮之类不贵，但是要垫鼻子、修下巴，就得花很多钱了。"

《重庆晚报》2014年10月24日

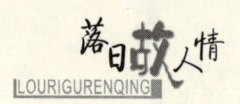

情迷巴厘岛

印度尼西亚是一个横跨亚洲和大洋洲的大国,人口有两亿多,居世界第四位。这是一个岛屿国家,有"千岛之国"的美誉。在远离首都雅加达一千多公里的地方,与爪哇岛隔海相望,有一个美丽的岛屿,这就是巴厘岛。在印度尼西亚的一万七千多个岛屿中,巴厘岛的自然风光相当迷人,被称为"天堂之岛"、"魔幻之岛"。这里不仅来自世界各地的游客如织,而且许多外国年轻人还喜欢选择在这里举行婚礼。2014年1月初,中国著名演员杨幂和刘恺威就是在这里举行的婚礼。

春节里我们一家来到巴厘岛。可以说,在许多国家我都有"哥们儿":或者是学生,或者是诗人,或者是在高校执教鞭的。印度尼西亚却是个空白,这里没有任何熟人。现在是网络世界,无论走到哪里,手机、电子邮箱、微博、微信都把你和世界联系在一起。来到巴厘的第一天,凑巧就收到刚刚在泰国认识的印度尼西亚诗人朴汝亮的电子邮件:"收到您寄给我的书了,谢谢啊。我还以为寄丢了,所以分外高兴。"我在网上读到朴汝亮的文章,说到他去曼谷出席第七届东南亚诗人大会的事儿。"事情太多,准备不去泰国,但是文莱的孙德安说,吕进教授要到会做主题讲演,机会难得哟,于是我半信半疑地去到曼谷，真还见到了心仪已久的吕进教授。"那次见面，我说回国后会给他寄一本新著。为了省钱，我寄书走的是水路。我查了一下日记，是12月16日寄出的，恰好走了50天。我当即给朴汝亮回信，我现在就在你们印尼，在巴厘，他回信说："太好了，前几天万隆的华文诗人聚会，还朗诵了你的诗《守住梦想》呢。"读到来信，印尼突然不陌生了，诗歌是一座连接心灵的桥梁啊！

我们入住的是W酒店，这是一家美国酒店，总部在纽约，五星级，以时尚名世，中国的"北上广"都有。街道与酒店之间有一条很长很长的通道，通道尽处就是大海沙滩旁的酒店：住房、大厅、游泳池、酒吧、餐厅、SPA，全部在绿荫掩盖之下，形成与喧嚣的市区隔绝的宁静而优雅的天地。通道的前一半是绿树夹道，后一半是摩擦较大的石块路，让车辆减速。印尼人中伊斯兰教徒居多，巴厘岛是个例外，这里的居民信奉印度教。这里的酒店的安保措施很严。除了酒店自己的电瓶车，外来车辆在绿树夹道的尽头都得停下接受安全检查，两个安保人员携带器具围绕车辆一周，确认没有问题后，才放行靠近酒店。

住房阳台落地玻窗外就是大海，潮起潮落，排排白浪。晚上完全是枕着大海潇洒睡，涛声夜入梦中来。有一个天窗浴室，用遥控器指挥天窗的退开或封闭。天窗退开后，浴室就在蓝天之下了。坐便器的水箱上，搁了五个瓷器女郎，四个着白色衣裙，一个着红色衣裙。红衣女郎胸前挂了一个牌，上面写着："你使用再长的时间，我也欣赏你。"

印尼的钱币是当今世界面额最大的钱币，1万元差不多相当1美元。出门打的，3万元，其实就是3美元。我想起我是小学生的时候，上个世纪50年代初期，人民币也是这样。后来改革，1万元变成1元。成都"少年报"社的稿费是把现金放在信封里直接寄给我的，往往是一千元、两千元，其实也就是一毛钱、两毛钱。

《重庆晚报》2014年2月28日

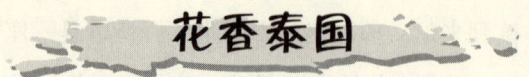

沙瓦迪卡

过去到曼谷开会,得先去昆明,次日再飞泰国,现在重庆到曼谷可以直飞了。这是亚洲航空公司的航班,亚航票价低廉,由于是廉价航空,所以托运行李、餐饮都得自己掏腰包。飞机是崭新的空客320,第1排到第5排,第12排和14排,座椅是红色靠背,如果选择那里,也得花钱。12排和14排是安全门附近的座位,空间要宽阔一些,可以伸直双腿。13是个老外忌讳的数字,没有13排。

泰国是一个佛光普照的国度,安静平和,人们见面都会互道"沙瓦迪卡"(泰语"你好")。诗人陈伟林驾着刚买了两个月的奔驰新轿车到廊曼机场接我,"沙瓦迪卡"以后紧紧握手。他的汉语发音不太规范。在车上,我问:"到什么酒店",他答:"地狱酒店"。我很纳闷,和太太对视了一眼:怎么取个这么"好听"的店名呀!到了目的地,这才发现,就是上次开会的那家四星级宾馆,翻译成汉语是"帝日酒店"。

在会议的报到处,有一份特殊的礼物,每位与会者都得到一个鲜花制作的手环。这花环由一百多个茉莉花的小花苞和三朵菊花组成,雪白和金黄组成的手环戴在手上,别有风韵,轻飘芳香。在报到处就见到几位泰国老朋友了:曾心、林太深、杨玲、博夫,大家都高兴。正准备去电梯,报到处接到诗人岭南人的电话:吕进教授不要走啊,我已经在路上,稍等一等,我要见他。

这次在曼谷召开的是第七届东南亚华文诗人大会,除了老挝和柬埔寨,其他八个国家都有诗人与会。这八个国家是:泰国、马来西亚、新加坡、印度尼西亚、缅甸、文莱、越南和菲律宾。中国大陆和台港诗人是特邀嘉宾,但是,由于港府发布了到泰国的红色旅游预警,六位香港诗人最终未能成行。曼谷会议是历届东南亚华文诗人大会参会人数最多的一次,除了东道国的许多知名诗人,马来西亚的吴岸和杰伦,新加坡的郭永秀、秦林和旭阳,文莱的海廷,菲律宾的秋笛,台湾的林焕彰和白灵,大陆的孙基林和赵东,都到了。每次到中国开会,总有粉丝前去寻找杰伦,以为他是歌手周杰伦呢。"伦粉"总是乘兴而来,败兴而去:怎么是个不唱歌的老头啊!

来得最远的是德国慕尼黑大学汉学系的瑞碧卡,这是一位德国金发美女,中文名字叫叶霈琪,是一位在读博士生。她的学位论文是泰华文学研究,所以趁着这次会议,到曼谷来收集资料。会议宴请时,我和她在一桌。我看着坐在她旁边的男朋友,总觉得怎么看也不像德国人,而更像扑克牌上的阿拉伯人,于是提出质疑。她的男朋友就找了一张纸,在餐桌上画幅地图,说他是德国人,但是祖籍是位于德国西南方的土耳其。

对于大会开幕式,第二天的《世界日报》作了如下报道:"100多人欢聚一堂,共同启动一个多元的具体的诗歌诗学交流平台","在主席台就座的有:中国驻泰大使馆参赞方文国,泰国留中大学校友总会主席廖锡麟,泰华作家协会永远名誉会长司马攻、会长梦莉,

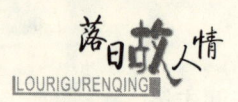

留中总会文艺撰写学会会长赖锦廷,东南亚华文诗人笔会常务理事吴岸、孙德安,中国诗学名家吕进教授等"。我做了主题讲演,讲稿已经由泰国《新中原报》于11月18日以整版篇幅先期刊出,其中"诗的公共性"和"漫说诗家语"两个部分在中国也已经在《重庆晚报》登载。《新中原报》同时配发了我的两幅照片和简介,现在是网络时代,照片是编辑杨玲女士从网上下载的。

蕉风与华韵

华文诗歌有中国、东南亚和欧美澳三个板块。各个国家的文化有自己的历史和特点,情况不太一样。在东南亚,大多数国家都曾经沦为殖民地,因此,独立运动是共同的难忘记忆。

马来西亚著名诗人吴岸就是为沙捞越的独立而战斗的人。他曾和妻子同时被关进政治犯集中营,长达十年,囚禁于同一监狱,两夫妻却不得见面。他告诉我,集中营每两年就给一次忏悔机会,然后释放。他坚持不认错,直到第十年,得知外面的独立运动早已风云消散,才踏出狱门。现在,他的妻子卧病在床,他自己健康状况也是"西望长安(不见佳)":肾切掉一个,胆囊也割了,还得了肺癌,他笑着对我说:"我是个缺斤短两的人呀!"

东南亚十国里,唯有泰国是没有被殖民者统治过的国家。这是佛光普照的地方,有百分之九十的人是佛教徒,三色国旗上的白色就是宗教的象征。一大早往往就会有化缘的童僧站在酒店门口,只见一些人趋前,恭敬地将泰铢放进僧人捧着的化缘钵,两眼紧闭,双手合十,僧人为他念诵佛经。返回重庆时,登机的旅客行动缓慢,我朝前一望,原来是在让一位年轻僧人优先上飞机。泰国诗人笑着对我说,泰国军队战斗力最弱了,因为佛教徒不能杀生,所以他们不愿消灭敌人，逼不得已就打伤对手交差。曾心先生请我为他的凉亭题词，我就写了佛家语"不可说"，这其实也是诗家语：口闭则诗在，口开则诗亡；肉眼闭而心眼开；诗是无言的沉默；等等。

但是，东南亚诗人异中有同，这就是对华文的热爱，对中国的敬重。我在主题讲演里说，东南亚华文诗歌都有出生的本土和中国的母土的双重诗歌传统和诗歌遗传，蕉风和华韵的交织是东南亚华文诗歌的基本风貌。所以，我的讲演题目是《东南亚华文诗歌的中国参照系》。

印度尼西亚诗人卜汝亮来自万隆，他在大会发言时说："当我得知吕进教授这次要来做主题讲演，就决定来曼谷，我就是为他而来的。我开始写诗的时候，没有章法，读过他的《中国现代诗学》，感到踏实多了。"用餐的时候，新加坡诗人旭阳找到我，说："卜汝亮先生多次对人说，是为了见你才来的哟。"我说："谢谢啦！他的大会发言我听见的。我回国后，会给他寄一本近年的著作的。"好几位诗人建议下一届东南亚诗人大会到西南大学举行。我说，"明年可不行呀，2014年上半年我们要纪念中国诗人方敬，下半年要主办第五届华文诗学名家国际论坛。后年吧！"越南女诗人钟灵说："那就后年初。"我不解："为什么呢？"她笑起来："好早点见到你嘛。"岭南人在旅游胜地华欣有别墅，一再邀请我去那里休息几天："不要总是忙碌，华欣很舒服，在海滩坐坐，对你有好处啊！"离开曼谷的前夜，岭南人和林太深请我吃海鲜，岭南人特地给我带了一份刚出的12月12号的《世界日报》，上面有一篇大字刊出的报道，说全球最大的旅游网站发布最受欢迎城市排行榜，前五名是：尼泊尔的加德满都、日本的札幌、越南的河内、柬埔寨的暹粒和泰国的华欣。岭南人说："华欣好吧？一定要安排时间来。"

东南亚诗人多为华侨。岭南人生于海南文昌，林太深生于广东

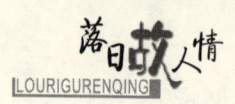

潮州，都算第一代华侨。多数诗人是华侨的后代，曾心生于曼谷，祖籍广东普宁；菲律宾诗人云鹤生于马尼拉，祖籍福建泉州。泰国诗人博夫是第一代，本名樊祥和，是樊迟的八十一代孙。《论语》曾五次提到樊迟，这是孔子门下的七十二贤人之一。在学界，有人考证樊迟是齐人，有人推断樊迟是鲁人，从博夫的高大身材来看，我在心中不学无术地想，樊迟可能是鲁人吧！博夫在中国的老家张家港开设"樊家老酒"酒厂，这种没有任何添加剂的纯净白酒据说只售给一百多万樊家人。我们到泰国北部观光的十几个人，去到美赛，拜望博夫的家，最难忘的是在他家庭院里燃放孔明灯的那个夜晚。这种传说由三国时期诸葛孔明发明的灯笼，以竹篾编成长方形的主体，用纸糊成灯罩，开口向下，底部横架上有蜡烛。我们每人一个灯笼，点燃蜡烛，灯笼内空气受热变轻膨胀，一撒手，灯笼就冉冉飘起。望着孔明灯最后化成高空的点点星星，大家分外开心啊。

神奇泰北

目前泰国不"泰"，这次去泰国，好些朋友和学生为我担心，儿子也打电话回国劝阻。说实话，我自己也有些忐忑，但是既然答应了人家，必须信守承诺哟。到现场一看，其实，黄衫军是和平游行，看起来就像是参加嘉年华，热闹非凡。除了黄衫，还有粉红衫，因为普密蓬国王近年喜欢着粉红装，更多的示威者就是便装。红衫军是农民，进城游行得搭帐篷，自己煮饭。黄衫军是白领，游行完毕，示威者就进餐厅吃饭，然后回家去。

东南亚诗人大会结束后，会议组织三条路线的旅游：芭堤雅、普吉岛和清莱，我选择了泰国北部的清莱。从曼谷到清莱，只需飞行一个多小时。博夫的家就在清莱，他已等候在机场。放眼看去，哇，泰北真美啊，到处是说不出名字的热带鲜花，绿茵茵的草地，空气洁净得超乎想象，这里盛产玫瑰和美女，泰国看守政府总理英拉的家乡就是附近的清迈。

清莱的白庙很著名，这是在尘俗的玫瑰和美女之外的圣洁之地，始建于 1998 年，是泰国艺术家和建筑师恰罗猜的杰作。传统风格和现代艺术的融合，赋予这座琼楼玉宇独特的风貌：纯白的屋顶，纯白的墙壁，镶嵌在各种建筑物上的反射着银光的玻璃碎片，仿佛一夜大雪，把整座庙宇打扮成素裹银装。庙前有个水池，池中有许多从水里伸出的求救手掌雕塑，象征地狱。经过小桥，脱鞋进入白庙，就是进入天堂了。水池里游来游去的鱼儿许多也是白色的。置身于这白色的世界，使人顿生对纯洁的向往之情。恰罗猜这样诠释他的作品："白色代表了纯洁，闪闪发光的玻璃碎片是智慧的象征。"在银白的庙宇旁边修筑的卫生间却是一座金黄色的建筑，似乎寓意"金钱庸俗"、"金钱如粪土"。我进去小便，在金色便池的反射下，小便也变成了黄色。突然灯光一闪，马来西亚诗人吴岸和王涛在给我拍照留念呢！

同样著名的是"金三角"，站在湄公河的泰国一侧，右边是老挝，左边是缅甸，金三角就是这样一个三不管的三角形地带，面积约 20 平方公里。在山谷丛林间，土地肥沃，很适合种植罂粟。1949 年，李弥的九三师从大陆溃逃到这里，开始经营鸦片，在过去的年代，金三角出产的鸦片占了全世界的七成以上。博夫指着离我们三公里左右的地方说，在那里，美赛河和湄公河交汇处，就是当年缅甸毒枭糯康杀死 13 名中国船员的地方。我还清楚地记得中国法庭审讯糯康的电视新闻，以及宣布死刑时他的满不在乎的冷酷表情。

毒王坤沙向缅甸政府投降后，泰国政府引导农民改种水果等农作物，铲除金三角原有的"毒性"。我们参观了鸦片展览馆，一座充

分运用现代科技手段的展览馆。我第一次看见罂粟花，色彩很漂亮，有些像郁金香。我想：对外表漂亮的东西，可不能一概都喜爱，得抱有警惕啊！

坐落在清莱黎敦山丘上的皇太后行宫也是清莱吸引游客眼球的地方。诗纳卡琳皇太后在泰国声望极高，她去世已经快二十年了，泰国人民依然非常怀念她。皇太后的闺名叫珊婉，平民家庭出身，在美国进修时与泰国希隆王子结识，1920年在莎巴吞宫结婚。她是八世泰皇阿南塔和现今的九世泰皇普密蓬的母亲。皇太后行宫原是毒王坤沙的武器库，改造成了享有"人间仙境"之称的美丽花园，诗琳通公主现在常在这里。行宫以泰国北部传统建筑风格融合欧洲瑞士风格设计，全部采用木结构，屋顶呈金字塔形，行宫四周的绿草如茵，繁花似锦，令人心旷神怡。

清莱的美斯乐有一个长颈女的村落。我们进村时要买"票"，一人150泰铢（人民币30元），"票"是一根竹竿，拄着竹竿，沿着高低不平的泥土梯坎，一步步下行，就看见村子了。长颈女孩们坐在出售纪念品的小摊前，颈部都有一圈圈的金色铜环。如果付费，可以合影。据说长颈族是十几年前从缅甸来到美斯乐的。小女孩从5岁开始套上铜环，以后一圈圈地添加，直到25岁，在脖子上套的铜环最终可达25圈，重量达10公斤。长颈族以颈长为美，其实，铜环并没有拉长脖子，而是把肩骨给压下去了。不知怎的，我看着这些长颈女，心里很难过。我发现，有一个摊前的姑娘无人光顾，就去给她一点钱，没有合影，而是为她照了一张相，她很高兴。

泰国《泰华文学》第69期

天涯走笔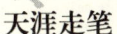

欧洲散笔

水绿山青的瑞士

  我到过的欧洲国家也应该不算太少了,或开会,或讲学,或访问,瑞士却从来没有去过。从飞机上俯视瑞士,使我震撼:一片绿色。深绿是树林,浅绿是草地,简直超过了想象的美丽,难怪这个国家素有"世界花园"之称。瑞士是个多山的内陆国家,位于欧洲中部,森林面积占了全国面积的30.3%,绿地面积占了24.6%,水域占了4.2%。整个国家做到了"国无裸土",完全是绿色的世界。

  趁着孙儿孙女的学校放暑假,儿子出差,我在6月份也相对空闲,我们一家三代就到了瑞士,在楚格市租了一家公寓,住半个月。瑞士的湖泊很多,这样一个小国居然有1498个,都是冰川的融水,清澈迷人。一个湖旁必有一座城市,楚格就在有38.41平方公里的楚格湖边,美国的强生公司、德国的西门子公司的总部就设在这里。

  瑞士有350余家外国银行或者分支机构,一直坚持为客户永远保密的原则。此外,这个国家还以手表、军刀、巧克力名世,奶酪火锅也是大名鼎鼎。我们在湖边选择了一家餐厅去品尝奶酪火锅,这是瑞士人在秋冬和初春的饮食佳品。火锅底料是软奶酪加淀粉和蒜茸，服务生将底料置入特定容器，然后用小火炉让它融化，再加入白兰地酒。这当然和重庆火锅南辕北辙了。服务生端来装有切成小方块面包的篮子，在我们面前放上细长的金属叉子。叉一块面包，裹上火锅奶酪，送入口中，的确风味无限。然而，我们重庆人在心底又会发出疑问：这是火锅？

瑞士是一个永久中立国，从1815年以后没有卷入过战争。"二战"时期，交战双方也达成协议，不在瑞士开战。所以，近两百年的和平给瑞士创造了发展机会，瑞士人的收入颇高。瑞士没有固定的国家元首，由7位部长组成的联邦委员会行使元首职权，7位成员轮流担任主席。如有事关百姓的大事，由公投决定。今年4月曾经有过一次公投，就是否将公民的最低月工资提高到4000瑞士法郎投票。1瑞士法郎相当于6.979元人民币，也就是接近2.8万元。最后有百分之七十六的人反对，他们认为"高薪养懒"，没有通过。由于薪酬很高，在瑞士，尽量不用人工：乘车一般没有人查票，全靠自觉；有些宾馆晚上无人值班，在网上告诉旅客一个密码，旅客自己在门口的格子里取钥匙，自己入住。

我们从楚格去到卢塞恩，有意不开车，而是坐火车。除了日本人，瑞士人是使用铁路设施最频繁的人，每年人均乘坐火车出行41次。瑞士火车不仅覆盖面宽，而且我听说，火车的始发和到达是以秒计算的，非常精确。试坐结果，的确如此。车厢是双层，软席，没有见到任何工作人员。

卢塞恩在瑞士中部，113.72平方公里的四州森林湖旁边。原是不毛之地，后来修造了一座灯塔，为过往船只指路，逐渐发展起来，"卢塞恩"就是"灯塔"的意思。老城和新城在罗伊斯河的两岸，有7座桥梁连接，其中1933年建造的卡佩尔木桥是相当著名的廊桥，桥的两侧和天花板有许多图画。卢塞恩的希尔斯广场有诗人歌德的故居。

在卢塞恩,给我留下最深刻印象的是那个"受伤的狮子"雕像,它坐落在一个比较偏僻的公园里,但是来自世界各地的游客却络绎不绝。一个倒卧的悲伤的狮子,折断的长矛在它的肩头上。雕像在天然岩石上雕成,3米多高,10米长,百兽之王的哀鸣刺痛人们的心。这是一位丹麦艺术家的作品,是为纪念1792年保卫法国王宫和路易十六家族而全部牺牲的786位瑞士雇佣兵而创作的,瑞士士兵历来以忠诚闻名。美国作家马克·吐温来过这里,他写道:"这是世界上最悲壮和最感人的雕像。"

我们从楚格去到苏黎世,苏黎世湖有许多天鹅在湖上游弋,有白的,也有黑的,形成一道美不胜收的风景线。苏黎世被称为全世界最宜居的城市,不是"之一",湖光山色是一个因素吧。瑞士归来不看湖,湖泊是水绿山青的瑞士闪光的眼睛啊!

寻找鹰巢

在瑞士,我们决定全家自驾去德国,看看希特勒的鹰巢。运气欠佳,路上大堵车。经列支敦士登、奥地利的萨尔茨堡和德国的慕尼黑,上阿尔卑斯山时已是夜晚十点多钟了。在黑暗中,在山腰里,四处寻找,GPS总是找不到在网上预订的距离鹰巢很近的那家小酒店。只好给酒店打电话,女老板驾车前来,她在前面引路。到达目的地时,我们大吃一惊,山腰都是微型酒店,有如中国的农家乐。但是有这么宽敞、干净、漂亮、艺术的农家乐吗?崭新的地毯,长长的阳台摆满鲜花,小楼隐蔽在浓密的森林里。

路经的萨尔茨堡是奥地利第四大城市,也是历史最悠久的古城。萨尔茨堡位于奥地利西部,美丽的萨尔茨河流经全城,河上古老的桥梁的南端就是意大利了。联合国1991年确定这里为世界文化遗产。萨尔茨堡是莫扎特的故乡，这位欧洲伟大的古典主义作曲家就出生在盖特莱特街9号。仅享寿35岁的莫扎特，一半的人生都在这座山城度过，莫扎特广场上耸立着这位天才音乐家的巨大雕像。沃尔夫冈·莫扎特（1756—1791）的《费加罗的婚礼》《唐璜》《魔笛》等歌剧至今仍受到全世界人民的喜爱。现在，盖特莱特街这座6层楼房的拱形大门上挂着"莫扎特博物馆"的木牌。

萨尔茨堡也是奥地利指挥家赫伯特·冯·卡拉扬的故乡。1847年建校的奥地利国立萨尔茨堡音乐学院是一座音乐圣殿，现有来自世界各地的近两千位学生在学院深造，我的一个外甥也曾在这里学习。我们来到萨尔茨河畔漫步，大学生们三三两两地坐在岸边的长椅上，沙滩上一些情侣在拥吻。

随后到达的慕尼黑，位于德国南部，伊萨尔河畔，是德国第三大城市，曾经是巴伐利亚王国的首都，至今具有皇家气派。对于中国的九叶诗派产生强大影响的诗人里尔克、音乐家施特劳斯都是慕尼黑人。有人说，慕尼黑人的脑子里是哲学，肚子里则是啤酒。的确，这座城市不仅是德国的金融和出版中心，而且人均啤酒饮用量居世界第一：世界最早的啤酒厂建于此地，世界第一所啤酒大学也建于此地。在德国著名的连锁店"啤酒花园"（HB）品尝啤酒以后，我们去到一家农贸市场。我虽然到过不少欧洲国家，但是从来没有去过农贸市场，为了这份好奇心，我们便开车前去。哇，洁净，明亮，有序，一个个摊位的货物色彩斑斓。慕尼黑人很幽默。这里的车厘子又大又好，而且比国内至少便宜一半。儿媳到一家水果摊位购买，称好后，小贩特意添加了一颗丰满的车厘子，说："这是我的心呀！"惹得我们大笑。

第二天一早，我们在酒店餐厅宽阔的大阳台就餐：参天的绿树

天涯走笔

环抱，鸟语花香，阿尔卑斯山的空气极其清新。一个六十多岁的德国人已经坐在那里，他用英语和儿子儿媳攀谈。原来，他就住在附近，早上来这里坐坐。他说，他退休前是德新社记者，到过中国。此人头脑里有些偏见，用俄语的表达方式，是"头脑里装的是稀饭"。于是，他和儿子儿媳之间客气的辩论展开：关于南海，关于人权。他居于下风，有点理屈词穷。早饭后，我们就出发了。

鹰巢位于阿尔卑斯山有1834米高的凯尔施泰因山的山顶。入口是一个山洞，里面是从花岗岩辟出的一条地下掩体。走完100余米的掩体，到了一个大厅，再乘坐可容纳53人的垂直电梯，上升124米，就到了鹰巢。

鹰巢是战后一位英国记者在一篇报道里取的名字，其实当年就叫凯尔施泰因别墅，这是纳粹将军马丁·鲍曼赠送给希特勒的50岁生日礼物。动用了6000多个工人，修建了13个月，1939年得以完工。建成别墅前，希特勒曾经为了写作《我的奋斗》第二部来过这里，别墅建成后，鹰巢就成了纳粹德国仅次于柏林的第二个政治中心。当年希特勒就是在这里制定了侵略法国和波兰的计划，也是在这里下达的吞并奥地利的命令。希特勒经常与情妇爱娃到此度假，鹰巢也是这个法西斯头目的爱巢。

现在的鹰巢，有一个展览中心，用丰富的图片揭示纳粹屠杀犹太人和各种战争罪行，令人发指。德国法律规定，每位德国人不得为法西斯和纳粹德国辩护，德国人在这方面态度非常明朗。我在地下掩体就看见一位参观者在墙上的涂鸦："永远不要重蹈覆辙。"

史诗号

6月15日，我们一家从瑞士的苏黎世飞到西班牙的巴塞罗那，从那里登上挪威的"史诗（Epic）号"，开始西班牙-法国-意大利的邮轮之旅。和交通工具的轮船不同，旅游客轮本身就是旅游的目的地，齐备的生活设施和娱乐设施构成一座浮动的都市，水上的乐园。一般在江河航行的船只叫游轮，在海上航行的叫邮轮，旅客在两千人以上的是大型邮轮。1912年触礁沉没的泰坦尼克号就是大型邮轮，1316位游客加上891位船员，人数超过两千人。

我在2005年11月随重庆市政协考察团访问北欧时，坐过巨型邮轮"海盗号"穿过波罗的海，从芬兰到瑞典，这是时任主席的刘志忠专门嘱咐安排的。不过，海盗号只有十二层，载客两千余人，比史诗号小。

史诗号属于挪威邮轮公司，是在法国圣纳泽尔的大西洋造船厂建造的，2010年才下水，首航太平洋西岸的岛国巴哈马，该国总理英格拉哈姆出席了在邮轮甲板上举行的欢迎仪式。这是目前从规模上名列世界第三的巨轮，15.3万吨，1001间客房，可载客4228人。1690位船员来自世界各地，每位船员胸前戴的徽章，除了姓名外，还注明了国籍。史诗号船体有十九层，免税商店街、剧场、赌场、SPA，一应俱全，还有游泳池、球场、攀岩墙等等运动设施。还为儿童办有训练班,每次4个小时,父母们就暂时解放了。孙女听听去了一次,回来时手腕上还戴了一个写着姓名、房号的圆环。14家餐厅和咖啡厅,免费点菜吃饭。还有一个很大的自助餐厅,24小时开放。有的餐厅对着装有要求,比如不能穿短裤。进门用餐时,餐厅大门都有服务员为你的手喷上消毒液。

史诗号开始时是从巴塞罗那直航意大利的那不勒斯,昼夜航行36个小时。然后从那不勒斯掉过头来,白天上岸,夜间行船。白天先后停靠意大利的那不勒斯、罗马和佛罗伦萨,法国的戛纳以及西班牙的帕尔玛,最后回到巴塞罗那。整个行程共8天。邮轮上是不使用现金的,一律刷卡。上船时给了一张卡,这既是房门钥匙,也是船上的信用卡,下船前一天送达账单。

到罗马时,我们用250欧元租了一辆意大利的出租车,全程服务。在大斗技场我想起了诗人艾青,想起他在上个世纪中国新时期的巅峰之作《古罗马的大斗技场》,我和毛翰曾经将这篇杰作编入我们主编的《新中国50年诗选》中:"看台上是金银首饰在闪光/斗场上是刀叉匕首在闪光/两者之间相距并不远/却有一堵不能逾越的墙。"在罗马的西北角是梵蒂冈,这是世界上最小的国家,国土面积0.44平方公里;人口572人。可是,这里却是天主教会最高权力机构圣座的所在地,全世界有六分之一的人是天主教徒。我们到达时,266任教宗、阿根廷人方济各正在圣彼得大教堂广场面向信众发表讲话。

下船前邮轮通知,码头上的接送大巴6点钟收班,史诗号6点半准时起航,延误者责任自负。可是,罗马城内大堵车,6点过了,我们还在路上慢行,简直要把人急疯了。司机不断用意大利语嘟囔:"这怎么可能?这怎么可能?"6点15分赶到车站,所幸最后一班车还在等人,因为不只是我们遇到堵车啊!从大巴上看到邮轮前端着

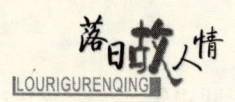

毛巾和饮料迎接归客的船员时,我们终于松了一口气。

6月21日邮轮到达西班牙的帕尔玛,这是著名的海岛,西班牙马略卡省的首府。帕尔玛的海滩很漂亮,海水成浅绿和深绿次第展开,常年海底温度不下于13摄氏度,用茅草搭起的一个个遮阳棚别具一格。每年6月到8月是这里最好的季节,世界各地的人们都赶来这里游泳、晒太阳。家人下海,我和太太就在岸边的咖啡厅喝咖啡。过了一会儿,游泳的孙女从海边跑了回来报告:"吓人呀,那些人不穿泳衣!"接着儿媳回来说,"一些游泳的男人一丝不挂,一些女人不戴胸罩。"我到海边去打望,果然如此。这些"晒肉干"的人真是晒得彻底呀!

在邮轮的一天恰逢我的太太生日,全家商量,晚餐到日本的铁板烧餐厅去,为她祝寿。我们的房间里有一位厨师和一位服务员。厨师是菲律宾人,操英语,站在大平锅前,一边操作,一边开玩笑。一会儿他把鸡蛋向上抛起,又藏到他的高高的白色厨师帽里去了。一会儿,他又把平锅上的蛋炒饭砌成人的模样。儿子说,今天是妈妈的生日。过了一会儿,就来了3位服务生,捧着插着"Happy-birthday"(生日快乐)小旗的蛋糕。厨师在旁边轻声提醒唱《祝你生日快乐》的同事,要把寿星的名字加进歌中去。

小国与大山

这次漫游,到过三个最小的国家,也算是趣事。梵蒂冈最小,第三小的是列支敦士登,我们前往德国鹰巢时路过这个小国。这个国家的国土面积是160平方公里,人口只有39473人(2013年),比西南大学的师生总数少了一半。但是这几个小国都很富裕,列支敦士登的人均GDP是153117美元(2013年),比中国的6767美元高出许多，居民的生活水平是顶级的。三个小国开车都是靠右行驶，和中国一样。

我们是在去法国戛纳的时候顺道去摩纳哥的。戛纳的近海很浅，巨大的史诗号无法靠岸，只好停在远处，游客分乘救生艇上岸。史诗号随船携带了好些救生艇，每艇可载 350 人。摩纳哥是我们星球第二小的国，1.98 平方公里，36371 人（2013 年），人均 GDP 比列支敦士登还高，达 172676 美元（2013 年）。这里有世界上最大的蒙特卡罗赌场，依靠博彩业，摩纳哥从穷国变成了富国。1956 年，27 届奥斯卡影后格蕾丝凯莉嫁给摩纳哥亲王雷尼尔三世，轰动一时，摩纳哥就一举成名了。和列支敦士登一样，摩纳哥也是亲王国。我的儿子的一个朋友在摩纳哥，去那里，就是为了看望他。在戛纳上岸后，我们就租车自驾，经美丽的尼斯，去到豪华的摩纳哥。朋友是意大利人，家住在摩纳哥，和儿子年龄相仿，是摩纳哥亲王的朋友。"有朋自远方来，不亦悦乎"，我们在海滩的露天餐厅吃饭，欣赏摩纳哥的风情。朋友对我的儿子说："你怎么不早点告诉我啊，我应该请亲王会见你一下嘛。"

戛纳因国际电影节蜚声世界，它的法语名字是 Cannes，第二个音节不发音，读音就是"康"，所以可以叫"康城"，为什么翻译成"戛纳"，叫人一头雾水。这种例子好像还不是无独有偶，比如，"莫斯科"在俄语里的读音是玛斯克娃，为什么译成这样，有点莫名其妙。但是，瑞士的铁力士山就翻译得不错。Titlis 音译为铁力士，是神来之笔。

铁力士山是阿尔卑斯山的一个山峰，有 3038 米。我们驾车到山脚的英格堡，这是一个漂亮的休闲小镇，被称作"天使之乡"。两侧山体建有 30 多条滑雪道，而离此地仅一小时车程的卢塞恩就是滑雪者理想的住宿地。孙儿孙女去冬就在爸爸妈妈带领下到这里滑雪，

玩得很嗨，听说又要去那里，禁不住欢呼雀跃。

要到达终年白雪皑皑的铁力士山的峰顶，需坐三段缆车。这里的缆车车厢画有各国国旗，号称万国旗缆车。我们一到缆车站，就发现了一辆驶下山的缆车上面的五星红旗。在异乡看见国旗，特别亲切，使人想起孙楠的歌声："那是从旭日上采下的虹／没有人不爱你的色彩。"

第一段路程的缆车每车可以坐6位旅客，上升到1769米。湖泊又出现了，这是特里布湖，像瑞士其他湖泊一样美丽。碧绿的湖泊，碧绿的草地，有些牛在漫步，有如生活在天堂。

第二段路程的缆车就是世界首创的旋转登山缆车了，瑞士的几个著名景点的山峰、铁力士以旋转缆车吸引旅客。这种缆车每个车厢可容纳80人，在行进中缓缓地360度旋转，让旅客饱览铁力士山的旖旎风光。缆车的中柱并不旋转，旅客也可以坐在那个区间眺望窗外风景。

第三段路程的缆车就把旅客直送山顶了。走出车站是漫天积雪的平台。我在平台上走路有些困难，只好踩着别人的脚印前行。走完平台，有一处冰洞，不少好事者毅然钻了进去。还有索桥，在冰雪中摇来晃去，我也上去来回走了一趟。山顶缆车站是五层，有服装店、手表店、纪念品店，还有两家全景餐厅。餐厅四面是连通的落地大玻窗，窗外白色的景致尽收眼底。我在我们就餐的餐厅门前和大厨的雕像合影，纪念铁力士山之行。

游客来自世界各地，不但凭借语言可以区别他们的国别，就是从一些细节也轻易就可以做出判断。比如欧美人谦让，亚洲人喧闹；吃比萨时，拿手吃的是美国佬，用刀叉吃的是法国人。但是，欢乐不分国界，这是铁力士山带给大家共同的礼物。

哦拉，巴塞罗那

结束史诗号之旅，我们决定在巴塞罗那住几天。瑞士的楚格是德语区，我们都不懂德语，10岁的孙儿尝尝自学过德语，反而成了我们的语言顾问。到了巴塞罗那，同样的情况出现了，只有尝尝懂一点自学的西班牙语。我只会说一句"哦拉"（西班牙语：你好），就像去泰国只会说一句"沙瓦迪卡"（泰语：你好）一样。巴塞罗那的官方语言不只是西班牙语，还有加泰罗尼亚语，这里曾是加泰罗尼亚的首府。

说到巴塞罗那，就会想到巴萨，也就是1899年成立的那个足球俱乐部，这是现今欧洲乃至世界足坛最成功的俱乐部之一，梅西、罗纳尔多、克鲁伊夫都出自这里。1992年巴塞罗那能够举办奥运会，说不定巴萨也是一个因素。说到巴塞罗那，还会想到西班牙美女，就像一首由奇阿拉词曲的意大利歌曲唱的那样："美丽的西班牙女郎/西班牙美丽的花。"有的欧洲人评价：巴塞罗那的姑娘似乎天生就具有了所有女性的必备要素，性感的身材、健康的肤色、金色的披肩长发、艳美的脸庞。更主要的是，他们拥有加泰罗尼亚民族特有的热情奔放，她们的美是一种洋溢着活力和快乐的美。巴塞罗那有一条著名的步行街——兰布拉街，相当于重庆的解放碑，走在那里，把金发梳成发髻、穿着短裙或短裤的美女随处可见，使男人的眼睛大吃冰激凌。

巴塞罗那有两个很引以自豪的文化符号：建筑家高迪和画家毕加索。高迪是个建筑怪才，被称为"设计界的爱因斯坦"。联合国在西班牙确认的8处世界文化遗产中，高迪的作品就占了6处。其中，圣家赎罪堂最为著名，这个建筑规模宏大壮丽，设计繁复而且施工难度极高，始建于1883年，由于资金的原因，至今尚未完工，所幸高迪留下了许多设计稿、模型和资料，西班牙官方预计的竣工时间是2026年。我们到了古埃尔公园，这也是高迪的代表作之一，据称最能代表他的美学理想，园内的建筑怪异莫名。高迪博物馆就在公园内，设计者为高迪的助手佩雷凯尔，这是高迪1906—1925年的故居。我们购票进去，里面的展品并不多，但是从窗户可以望见圣家赎罪堂。

中国的普通人对于毕加索的印象，是上个世纪50年代他为世界和平大会所画的和平鸽，那只和平鸽当时飞遍长江两岸。对于立方主义画家的毕加索，一般人所知不多，我也看不懂那个时期以后的作品。毕加索博物馆就在兰布拉大街附近，藏有这位大师蓝色时期的作品，非常丰富。我们排了接近一个小时的队才买到门票，这里的人气显然比高迪博物馆高许多。

2008年5月，我曾随重庆市专家休假团到过马德里和巴塞罗那，重庆市人事局邀请的西南大学参加那个休假团的人还有向仲怀院士和夏庆友教授。但是那次只是走马观花，这次却是下马看花。一下船，就获告知，西班牙的失业率相当高，所以，在巴塞罗那，小偷和美女一样多，有的美女就是小偷，要千万小心。我们住的酒店叫

天涯走笔

西班牙酒店,在通往兰布拉大街的一条小胡同里。这是儿媳在网上选定的,大家都夸她有眼力,酒店典雅而干净,在兰布拉大街旁边,又并不在喧闹的兰布拉大街上。

一天,我和太太从兰布拉回酒店,刚在大堂的沙发上坐定,大堂的服务员就带着两个年轻人急急地找到我们。我的英语很烂,服务员说的什么,我没有听得很明白,我告诉她,我的英语不太过关。她问:"可以说法语吗?"我说:"说俄语吧!"她耸耸肩:"我们不会说俄语啊!"然后介绍两位年轻人:"这是 police(警察)。"这是两位便衣警察。他们"哦拉"了一声,出示了警官证,就连比带划地说起来。原来,便衣警察发现,有四个小偷一直跟着我们,这是些惯偷,小偷和警察彼此都是熟悉的。他们一看见警察,立即就溜掉了,警察想了解,小偷是得手后溜掉的,还是没有来得及出手。我立即检查裤包,没有丢失东西,两个警察才放心而去。真是一部警匪片呀,哦拉,巴塞罗那!

《重庆晚报》2014年7月8日

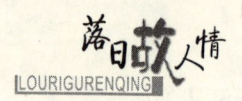

书香澳门

4月中旬,收到澳门大学发来的由该校学生事务长余小明博士签署的邀请书:"吕进教授台鉴:澳门大学'开卷有益——读书活动2013'颁奖典礼拟定于5月13日下午举行。素仰阁下学识渊博,才高学传,我们诚邀阁下担任演讲嘉宾。还望阁下拨冗光临指导,如蒙应允,实为本校莘莘学子之福。"从邀请书介绍的情况看,澳门大学从2012年起在全校学生里发起读书活动,鼓励学生阅读教科书外的书籍,致力于培养融会贯通、见识广博的人才。

澳门大学是澳门的最高学府,唯一的公立大学,澳门特别行政区行政长官为校监。原在氹(dàng)仔岛,2013年11月5日,横琴岛新校区启用。横琴校区由世博会中国馆总设计师何镜堂院士主持总体设计,比氹仔校区大20倍。2009年12月,国家主席胡锦涛出席横琴校区奠基仪式,并为澳门大学题词"爱国爱澳,博学笃行"。两个校区有专门的海底隧道相连。澳大中文系是与北京大学中文系共建,和台大、港大中文系也保持着密切的学术交流。

5月13日颁奖典礼如期举行,彭执中教务长代表澳门大学向我致赠纪念品,余小明学务长致辞,中文系主任朱寿桐介绍我,之后,我就开始题为《时代与读书》的讲演。我首先说了一段话:"朱寿桐教授刚才介绍了一位名叫吕进的学者,说他的诗写得非常好,他的组织才能超强,但是这些又都被他的学术成就掩盖了。我听了也很佩服这位吕进,作为他的同名人,我要努力向他学习。"在笑声中,我转入了正题。

5月12日到达澳门当晚,我就在中文系的"名人论坛"讲演,过去我就来讲过,这次我的讲题为《论诗家语》。由于PPT出了问题,而讲演内容专业性很强,术语多,古今中外的引文多,我只好放慢速度,本来预定讲三个问题,只好删去一个,因为已经讲到晚上九点多钟了。幸好这份讲稿已在北京2014年第5期的《文艺研究》发表。

澳门被称为"东方赌城"、"海上花园",是我去过许多次的地方。2005年7月,联合国教科文组织世界文化遗产委员会一致通过"澳门历史城区"列入世遗名录,这是中国迄今45处世遗的第31名。记得在申报过程中,我曾随国际华文诗人笔会代表团2004年6月去到澳门,参与出谋划策,澳门特区政府文化局的美女局长何丽

钻女士和我们一起商谈。她举行欢迎晚宴时，葡萄牙政府文化部部长也专门从首都里斯本飞到澳门出席。宴会的节奏很慢，长达3个多小时，我感到很累，当地人士告诉我："葡萄牙风格的宴会就是这样呀！"记得那一次，我还应邀到高美士中葡学校做了《诗歌与教育》的讲演。还有一次，可能是2010年吧，去澳门大学中文系讲学。在北京师范大学珠海分校执教的香港诗人傅天虹闻讯到澳门来看望，我们，还有朱寿桐，在新建的赌城"威尼斯人"喝咖啡。傅天虹从家里带来几个赌场筹码，叫我试试运气，我没有兴趣。他说："我代你吧！"澳门赌场只通行港币，他在路过一个押大小的台子时，停下来，随意下筹码，居然立马赢了1000港币，强行塞进我上衣的口袋，不容分说："这是代你赌的嘛！"

以往我去澳门，都和澳方的人在珠海拱北海关的澳门一侧的入境处汇合。这次情况不一样了，重庆师范大学教授张中宇曾是我的访问学者，正在澳门大学读博，他得到消息后非常高兴，从澳门过来，跑到珠海机场接我，然后和在澳门海关等候的澳门大学学生事务部的张丽虹小姐一起乘校车驶往已预订好的丽景湾酒店。

《重庆晚报》2014年5月27日

天涯走笔

在国外看医生

想到有些病人远道都要到新加坡看病,所以我也决定趁在这里的期间,找找大夫。近年我时有头晕,有过几次了,我担心脑部出毛病。像许多国家一样,新加坡看病是预约制,绝对不能像中国这样,诊室里挤着一大堆人。我按照大夫预约的时间来到医院。长长的走廊两边是一个一个大夫的诊所,每间诊所门口都挂有一个牌,写有大夫姓名和科别。一个诊所是一个套房。最外面是接待室,有沙发,有护士坐在接待台后面,里间是档案室,再里间才是医生的诊室。

我前面的病人是美国海军陆战队的女军人,我到时,她还在接待室等待护士给她拿药。她说,医生诊断她得了美尼尔氏综合症。过了一会儿,医生就通知护士,叫我进去。看来,他看了一个病人以后,要休息一下。大夫是个戴眼镜的秃头老者,颇有学者派头,说英语,但也会说一些简单的汉语。诊室窗明几净,和外面的世界隔绝,这个时间就属于我了,可以和大夫从容地交谈。大夫得知我是中国人,分外客气。他拿出纸来,画图向我普及脑部知识。又拿出一个人头模型,摸着模型,向我细细讲解。他笑了笑,说:"这是我的一位朋友的头啊!"我不禁毛骨悚然。进行各种检查后,他说,

更精确的可以做核磁共振:"但是,在中国做核磁共振便宜一些,新加坡比较贵。你看回去做还是在这里做?"我当然希望在新加坡做,于是拿着大夫开的单,去到另一条街的做核磁共振的医院。第二天,诊所电话通知:"检查结果已送达,大夫已看过,请上午11点来吧!"第二次就很轻松了,大夫拿出核磁共振照的片,说:"吕先生,你脑部没有什么病,个别地方有点问题,对于你这个年纪,可以略去不计了。头晕的问题,还是开点药吧!"

我回想起在美国的时候。在美国,要当个医生,门槛很高,不是从医学院出来就可以上岗的,大学毕业以后还得有5年左右的临床经验,才能成为一名正式医生。而且,每过几年,医生还得参加一次专业考试,过不了关就下岗,所以,美国全国只有约80万名医生。在美国,医生的威信高,待遇也高,是全社会尊敬的职业。国家建有医学界的诚信档案,而且对医生有严格的银行监控。捞黑心钱很危险,谁也不愿意为了捞一点黑心钱,而丢掉医生这个职业。医生总是兢兢业业地工作。我最强烈的印象就是,美国医生一般绝对不用抗生素。他们为病人的未来着想,把病人自身的抵抗力算进去,开药非常谨慎。美国实行家庭医生制度,一个医生管一些家庭。得了病,不能自己跑大医院,得由家庭医生医治。家庭医生是全科医生,一般的病都能医治。如果家庭医生认为病人应当去大医院,便会替你预约。

美国有6000多家医院,分公立和慈善。医院是公益服务的机构,是为大众服务的,不能以赢利为目的,国家或慈善团体全额拨款。像中国的利用各种手段到医院推销药品的"医药代表",是犯法的勾当,谁也不敢干。美国人一般不会为生病担忧,因为都有医疗保险,保险金由公司雇主和雇员分担,保险公司会为病人买单。

《重庆晚报》2014年3月21日

天涯走笔

巴黎的红磨坊

2004年1月,收到法国文化与传播部、法国外交部和中国作家协会联合发来的赴法访问的邀请书:"我们对您接受我们的邀请表示荣幸。在法国的一周,您将同其他受邀的中国作家一样参加各种活动,包括做报告和签名售书。这些活动的主要目的是让法国读者更好地了解中国当代作家和作品。我们在不久的将来将通知您有关您的具体安排。"中国作家代表团预定的访问时间是:3月17—24日。

我的安排是最简单的。受邀的其他作家,像刘心武、余华、铁凝、莫言、苏童、阿来这些人,都有作品的法译本,所以要与法国读者见面,要签名售书,要与法国出版商洽谈出版事宜。我没有论著翻译成法语,就只有做报告一项,一身轻松。法方对这次访问做的准备很细致,甚至要了每位作家的生活照,以便在报告厅使用。他们对我的报告题目《中国新时期诗歌的发展轨迹》提出商量,希望更换,双方协商的结果——改为《中国情诗》。法国人真浪漫啊!

诗人贺庆是《中国眼镜科技杂志》的总编辑,他从十几岁起就是我家常客,这是我信赖的一个全天候朋友。得知我要去法国,他说,他已通知杂志驻巴黎办事处的谢醇:"小谢会和你联系的。"到了巴黎,就接到谢醇的电话,他赶到宾馆见面,原来是一位帅哥。我问:"你一个月多少工资呢?"他笑了笑:"我是替贺大哥帮忙,

没有工资,我敬重他,他的事儿我要出力。您是贺大哥的老师,所以我也敬重您。"本来,我在代表团就是闲人一个,既和法国出版商没有联系,又不需要为自己的法文书搞各种活动。我去了埃菲尔铁塔、凡尔赛宫、香榭丽舍大道,卢浮宫就在宾馆旁边。让代表团同行们羡慕的是,小谢行车几小时,带我到了枫丹白露宫。这是法国最大的王宫之一,在法国北部的马恩省,是12世纪起法国国王狩猎的行宫。这里的中国馆珍藏了大量的圆明园的珍宝,简直就是圆明园在法国的再现。"枫丹白露"意译是"美丽的泉水",徐志摩音译为"枫丹白露",真是诗人的神来之笔。

最叫大家羡慕的是,一天晚上,谢醇邀请我去红磨坊。铁凝听说后,找我说:"让迟子建和你一块去嘛!"我表示欢迎:"但得自己出票钱啦!"90欧元的票,相当于人民币900元,怎好让小谢再来负担?可是小谢在电话里连声说:"不,不,你的朋友,怎么能自己买票呀!"后来,出版商到宾馆找迟子建,她就没有去成。

红磨坊歌舞厅是1898年创办的,位于蒙马特高地的脚下。屋顶上装着长长的、闪烁着红光的四片叶轮的大风车。进去以后,出现在面前的四层座位,成扇形向舞台前舒展开去,梯次上扬。很安静,剧场里的观众,女性很女人,男性很绅士。底层是雅座,有法国大餐供应。我和小谢在普通客人的第二层,有穿燕尾服的伺者按号引座。四人一个圆桌,桌上有冰镇的两支香槟。紫绛色大幕在掌声里徐徐拉开,杂耍、口技、魔术,当然,压轴戏是歌舞。女舞者身高都在一米七以上,双腿修长,风姿绰约,除法国演员外,来自世界各地,如英国、俄罗斯等。半裸的她们,上身装饰有华贵的羽毛和水晶片,歌舞水平可谓登峰造极,造成极大的视觉冲击。我原来以为红磨坊是准色情场所,还有些许不安,去了才知道,这里与色情无关,艺术气息醉人。红磨坊本来就魅力四射,在让·雷诺阿导演的电影《法国康康舞》和巴兹·鲁赫曼导演的电影《红磨坊》出品以后,尤其是后者获得奥斯卡金奖以后,红磨坊就更加蜚声世界了。

《重庆晚报》2013年6月25日

天涯走笔

美人鱼的惆怅

2005年深秋我随重庆市政协访问团到丹麦。这是一个美丽的北欧国家,据相关国际组织调查,丹麦的民众幸福度、政府廉洁度都居世界第一位。丹麦是一个三面环海的国度,其海洋生态的保护状况也居前列,首都哥本哈根是零碳排放的城市。

哥本哈根在丹麦语里的意思是"商人的海港"。这里到处是尖屋顶,到处是秋天厚厚的落叶,色彩斑斓,完全是一个童话世界,从这里走出了童话作家安徒生就一点也不奇怪了。汉斯·克里斯蒂安·安徒生的许多童话成了全人类的瑰宝,无论你走到哪个国家,不管是你遇到的是白种人、黄种人还是黑人,《丑小鸭》、《皇帝的新衣》、《卖火柴的小女孩》、《红鞋》、《海的女儿》这样的作品几乎是人人耳熟能详的。安徒生童话有八十多种语言的译本,中文翻译从周作人发端,叶君健的译本被认为非常成功的。安徒生的童话并不只是讲给儿童听的,作家对社会公正的呼唤、对美的向往,在当代世界也引起了巨大的回声。我写过一首《哥本哈根》:

  尖屋顶在琥珀色的落叶上
  美丽的童话,商人的海港

灰姑娘的王妃

足球的灰姑娘

美人鱼的惆怅

安徒生的故乡

哥本哈根有许多公园,最负盛名的是位于朗厄里尼港湾的长堤公园,因为,这里有一座高约1.5米的美人鱼铜像雕塑。安徒生笔下的鱼美人,一位美丽的少女,安详地坐在一块巨大的花岗石上,恬静优雅,神情忧郁。这是哥本哈根的地标,1913年由丹麦雕塑家爱德华·艾瑞克森依据安徒生童话《海的女儿》创作而成。在驴友里流传着一句话:不看美人鱼,就是没有到哥本哈根。

《海的女儿》讲的故事发生在海里:"在海的远处,水是那么蓝,蓝得像最美丽的矢车菊花瓣;同时又是那么清,清得像最明亮的玻璃。"依照家规,海王的女儿们长到15岁,就可以从海底升起,打望陆地上的世界。海王最小的女儿到了年龄,浮出海面,救起了一位王子,并爱上了他。她重回海底,请求女巫帮助,把自己的鱼尾变成两条美腿。女巫答应了,条件是,如果王子爱上了别人,女儿就会化为海上的泡沫。谁知,陆地上的国王早就为王子定了亲,当王子、公主举行婚礼的时候,女巫告诉海的女儿,她还有一条不变泡沫的活路:用刀刺向王子,让他的血流到她的腿上,这样,她就又可以回到海底,过无忧无虑的生活。海的女儿断然拒绝,带着无限的惆怅化为泡沫消失了。

诗一般的美人鱼童话打动着世世代代的人,真正的爱情是忠贞和纯净的代名词,和物质狂欢、性欲泛滥、平庸低俗无关。今年是

天涯走笔

美人鱼雕塑100周年,数万名游客从各个国家赶来,齐聚长堤公园庆祝,100位身着比基尼泳装的女孩子跳进海里,在雕塑周围欢舞,组成100的阿拉伯数字。100年来,美人鱼雕塑只出过一次国,这就是2009年,来到中国,来到上海,走进世博会的丹麦馆。中国观众有福了,在自己家门就可以和美人鱼雕塑零距离地接触,欣赏这座闻名世界的艺术珍品。

《重庆晚报》2013年11月22日

新处女公墓

我曾去过美国的阿灵顿国家公墓,这要算美国的第一公墓了。阿灵顿属弗吉尼亚州,公墓与首都华盛顿的林肯纪念堂隔波多马克河相望,占地近 2.5 平方公里,以军人为主体的 20 余万人长眠于此,其中不乏知名人物。中国人熟知的乔治·马歇尔将军就在这里安息。马歇尔是美国的特级上将,国务卿,获得过诺贝尔和平奖,在上个世纪 40 年代曾作为美国总统特使来到中国,"调处"国共之间的关系。不是谁都有资格在这里寻找到归宿之地的,安葬在阿灵顿公墓是一种光荣,我在公墓里看到,每一座墓碑前都有一面小国旗。

和俄罗斯的新处女公墓相比,说实话,阿灵顿就逊色了。位于莫斯科南郊的新处女公墓是欧洲三大公墓之一,是俄罗斯人心里的圣地和精神家园。这座公墓与新处女修道院比邻,故名,1898 年始建。公墓里寂静、肃穆,高高的参天大树掩映,偶闻鸟儿的一两声鸣叫,走在公墓里,就像走进了俄罗斯的历史。作家果戈理、契诃夫、阿·托尔斯泰、法捷耶夫,诗人马雅可夫斯基,舞蹈家乌兰诺娃,飞机设计师图波列夫,宇航员加加林,政治家叶利钦、米高扬,还有太多太多的历史人物,都在这里长眠,任由后人臧否评说。我曾经写过这样的诗句："从果戈理到斯大林的妻子/人与人的时间距离在这里空前缩短/相邻的两座陵墓的主人/生前的心灵距离却可能十分遥远"。

新处女公墓的墓碑多为人物石雕，最有特色的是政治家赫鲁晓夫的墓碑。墓碑由三块白色大理石和三块黑色大理石相互交错而成，大理石是不规则的，青铜铸成的头像安放在黑白大理石中间。这座墓碑的作者是著名的先锋派雕塑家涅伊兹维斯内，白与黑，象征功与过、成功与失败、善与恶、生与死等等，也象征着赫鲁晓夫的复杂性格。这座墓碑非常有名。

农民出身的赫鲁晓夫为人直率、粗鲁。一次，作为苏共总书记，他召集一些艺术家到列宁山聚会，酒后居然当众羞辱涅伊兹维斯内。赫鲁晓夫对涅伊兹维斯内喊道，把你的头塞进马桶里，你在马桶里向上看，一个人正在拉便，那就是你的艺术。再说你的名字吧，"没有名字的人"（涅伊兹维斯内的俄文词义），你有多古怪。他越骂越起劲，不容涅伊兹维斯内半点解释。当赫鲁晓夫的家属请求涅伊兹维斯内为死者塑像时，雕塑家宽容地答应了，他说："死者生前曾经当众侮辱过我，使我在很长时间里郁郁寡欢。但是我还是同意为他塑像，因为这是值得做的一件事。"

赫鲁晓夫以及一些苏联领导人常因酗酒闹笑话。一次赫鲁晓夫出访英国，在苏格兰的爱丁堡与英国企业家见面，讲话时离开讲稿，大骂英国，说："我们一定会把你们埋葬。"会场掌声如雷。赫鲁晓夫心想，他妈的，这些人怎么没有阶级性啊！第二天，酒醒以后，赫鲁晓夫问翻译特罗扬诺夫斯基："我昨天喝酒以后没有说错什么话吧？"特罗扬诺夫斯基说，我昨天是照着讲话稿翻译的，没有翻译你的讲话。他想，这下子要摊上大事儿了，谁知赫鲁晓夫高兴地拥抱和亲吻他，连声说："你做得对呀！"

莫斯科河是一条漂亮的河流，新处女公墓在河畔。莫斯科河是俄罗斯人的所爱，冬天，气温已经零下二三十摄氏度了，还是总有穿着正装的新郎、披着婚纱的新娘在河边照相呢。新处女公墓的门脸并不显眼，不及10米，绿门红柱，但是里面的墓地足有5公顷。26000多座墓地，以文学家、艺术家和学者的墓地居多，政治家的墓地就没有那么单纯，使人想起中国古诗里"政声人去后，民意街谈中"的名句。这里完全是一个艺术世界，各种各样的墓主的石雕，或半身，或全身，非常精美。挪威首都奥斯陆有一座人体雕塑公园，在数量上就大大逊色了。在这里，作家的墓碑往往是书籍的造型，音乐家的墓碑则多为琴弦的雕塑，图波列夫的墓碑是一个抽象的飞翔的石雕。在这里长眠的唯一的中国人是王明，这个中共党史上不可或缺的人物，矩形墓碑上只刻有俄语的姓名和生卒年，没有其他造型，一切都模模糊糊的，墓前也不见有人献上鲜花。

特别吸引来访者眼光的墓主之一是斯大林的妻子，许多人在这里流连驻足，她的墓总是有自愿者来打扫得干干净净，并放上花束。娜杰日达·阿利卢耶娃是斯大林的第二任妻子。十月革命初期，斯大林寄居在老战友家里，1919年，41岁的斯大林与这位老战友的中学生女儿结婚，那时阿利卢耶娃还不到18岁，斯大林的第一任妻子早在1907年就病故了。阿利卢耶娃在列宁办公室工作过，和列宁夫人等革命前辈熟悉。1932年在莫斯科举行十月革命15周年庆典，正在莫斯科工业学院学习的阿利卢耶娃参加了接受检阅的行列，但是，当晚她就在家里自杀了，年仅31岁。阿利卢耶娃和许多老布尔什维克对斯大林的执政作风有看法，阿利卢耶娃多次给斯大林提过建议，但是他充耳不闻。自杀当天，斯大林举行招待政治局委员们的酒会。斯大林明知阿利卢耶娃不喝酒，却粗暴地称呼阿利卢耶娃"喂"，命令她"过来喝一杯"！阿利卢耶娃当时就提前退场，这件事成了悲剧的导火线，而喝了酒的斯大林当晚是在办公室过夜的。阿利卢耶娃的三角形墓碑高达两米，由纯净无瑕的白色大理石雕成，四周是半腰高的灌木环绕，她的有着浓密的黑发的半侧头像立于墓碑顶端，优雅、美丽、神情忧郁，留给人无限的叹息。由于触摸墓碑的仰慕者太多，据说近年墓碑加盖了玻璃罩。

苏联少年英雄卓娅和舒拉的母亲科斯莫捷缅思卡娅写的《卓娅和舒拉的故事》在20世纪50年代的中国是一本几乎人人阅读的畅销书。1941年，中学生卓娅加入游击队。一次，在深入敌占区时不幸被捕，受尽种种非人折磨。卓娅坚贞不屈，最后被德国兵绞死。在她之后，弟弟舒拉成为一名坦克手，在"二战"胜利前夕的1945年牺牲。在新处女公墓里，卓娅和舒拉两姐弟的墓地相向守望，使人感慨万千。卓娅的雕像是侧着头的她，无畏地引颈迎向绞刑架。半敞的衣服里露出的一只饱满圆润的乳房，是雕塑家对青春的赞美和对卓娅就义的惋惜以及对法西斯暴行的抗议。

《重庆晚报》2013年7月12日

点击新加坡

新加坡的商场一般中午十一点才开门,售货员彬彬有礼,非常敬业,绝对没有人扎堆聊天。中国的售货员往往从你进门那一刻起就把你紧紧盯住了,跟在你的身后促销:"哎呀,你穿这件衣服简直不摆了","我们正在搞活动,打的折扣很大哟","买酱油就买这个品牌的,别买那些品牌"。我有时就是被这种"热情"逼出商场大门的。进入新加坡的商场,一定会遇到售货员热情的问好,然后,她们就不会管你了,悉听尊便。但是不管你买东西没有,买多买少,在你离开商场时一定会听到一声"谢谢"。在中国,超市大门都站着小姐,用塑料绳把你手里拎的小包的封口拴上:怕你偷走商品。如果在新加坡出现这种情况,可能顾客就会把商场告上法庭了,你侮辱了顾客啊!

新加坡位处赤道,一年皆夏,晴雨无常。所以,许多大街两旁都是骑楼,像中国的广东、广西一样。突然下雨,走骑楼下面就是了。而一旦下雨,商场门口就会摆出一个立杆架,上面挂着筒状的塑料袋,你进门时,扯下一个塑料袋,把雨伞套住。旁边还有一个垃圾桶,供出门时扔雨套。所以下雨时,商场内不会湿漉漉。

大多数新加坡人是不在家做饭的,因为这里的餐厅太多,太方

便，太廉价。新加坡的餐厅特别多，可以说随处都是。国家对餐厅的卫生管理特别严格，人们在食品卫生上完全不必操心。早上我在这里就可以放心地去买油条当早餐，不会有谁敢使用反复用过的油，更不说地沟油了。流行的是大排档，一处大排档往往有供应不同食品的三四十个摊位。只要到人群密集的地方一定会看到荧屏上这种"FoodRepublic"（大食代）的招牌在闪光。一天到晚，客人都多。在大排档中，还有一种更随意的"FoodRepublic"（大食代），新加坡人称为小贩中心，这是露天的，没有空调，只有顶棚上的电扇。新加坡的美食特别丰富，有中餐、西餐、印度餐、韩餐、马来餐等等，还有一类本土食品，叫"娘惹"。"娘惹"是指15世纪中国明朝商人和马来人通婚后的女性后代（男性后代叫"巴巴"），也指中国菜系和马来菜系合并而成的马六甲菜肴，甜酸，微辣，口味很重，最负盛名的是黑椒螃蟹、肉骨茶、炒粿条等等。

新加坡是一个礼貌的国度，人和人之间都以礼相待。如果问路，就会有不只一位路人伸出援助之手，有人还会给你带路。有一次，一位老年人给我带路，他问我："你是什么职业的？"我说："我是中国人，是大学教师。"他再次和我握手，说："我这辈子的遗憾就是书读少了。"我这种年龄的人乘车，如果没有座位，必定有几位年轻人同时起身让座，使我这个重庆老人受宠若惊。有一次，我去海湾的"新加坡眼"玩。所谓"新加坡眼"就是新加坡的巨型摩天轮，有42层楼高，总高度达到165米，超过了英国此前建成的130米的"伦敦眼"。摩天轮有28个座舱，旋转一周约用半个小时。等到我们进舱时，半天不能进去。一看，原来是一个坐着轮椅的游客正在工作人员的帮助下进舱，工作人员非常周到地照顾着他，等待的旅客都很安静地友善地等着，气氛真舒服呀！

《重庆晚报》2013年3月6日

狮城漫笔

在狮城新加坡,家人或友人春节聚餐时,第一道菜必定是"捞鱼生"。鱼生的主菜是鱼丝(一般是三文鱼),搁在一个大盘子里,餐厅服务生一边加上色彩斑斓的蔬菜丝、水果丝和各种佐料,一边说一些祝福语,最后大家起立,用筷子将盘中的各种细丝挑起,据说挑得越高,新的一年越吉利。

说实话,鱼生实在不好吃,酸酸甜甜,怪怪的。但是,新加坡却是美食天堂。新加坡人几乎都不在家吃饭,因此各种餐厅遍布。在大商场,一定有 FoodRepublic(大食代),那里食品极其丰富。我常去一家大食代的豆浆摊位买油条,女老板看见我就主动打招呼:"Hi,还是要两支油条吗?"百分之九十的新加坡人都住在国家提供的"组屋"里。和商品房相比,"组屋"相对简朴,没有阳台和游泳池,可是如果用中国平民的眼光看,条件也不错了,而且房价便宜得使人想哭。政府还每五年一小修,十年一大修,让"组屋"跟上时代的变化。在"组屋"区,一定有"小贩中心",就是简朴化的大食代,没有空调,只用电扇,食品却仍然琳琅满目,吃的,喝的,什么都有。此外,全国遍布各种高级一些的餐厅,本土的,国外的,应有尽有。我很喜爱乐天皇朝的八色汤包,一笼八个,八种颜色，每种颜色代表一种馅：鹅肝、松露、麻辣、原味等等。东海岸有一家比利时餐厅，他家的奶油煮青口和烤面包非常地道。

新加坡的城市交通也值得一说。国家不鼓励买小车，在这里买一部小车，要缴纳三倍于小车价的消费税。所以，新加坡一般不会堵车。而且在高峰时段，有些路段注明ERP，经过那里电脑就额外收费了。政府提倡使用公共交通出行，公共交通也便捷而廉价，许多人乐意以大巴和地铁代步。地铁的列车里，每一个长排座位的两头都注明是提供给老弱病残和孕妇的特别座位，普通乘客不能占用。如果乘客多，我这个老年人上车后，一定有人起立让座。车厢里有广告牌提醒，吸烟——罚款500元，吃喝——罚款1000元。新加坡币1元是人民币5元，这可不是小数目啊。到中国城的列车，除了英语，还会以汉语报站，以方便去那里的乘客。

从新加坡回重庆时，飞机邻座是一位四川小伙子，他在新加坡当司机，春节期间酒驾，被吊销驾照，只好回国重新参加驾考，有本国驾照才能考新加坡驾照。我问他："新加坡好不好嘛？"他说："当然好了，安全，干净。"的确，大街上有些人的屁股后面的包包里插着钱包、手机之类，完全不担心小偷。我到一家廉价理发店理发，进店后，先到门口刷卡机上缴费买卡，坐在椅子上等候。该我理发时，只见女理发员并不匆忙，而是将前一位客人落在地上的头发细心地扫除干净，更换工作服和口罩，又从柜子里为我取出另一件围腰，给我披上，然后递给我一个绒底方盒，将我的眼镜搁好，这才开始理发。整个理发室窗明几净，等候的客人也很安静。理发镜的下方有贴墙的电视屏幕，正在理发的客人可以看电视打发时间呢。

《重庆晚报》2014年3月5日

在东海岸吃饭

今年夏天我在新加坡避暑的时候,一日,新加坡著名诗人陈剑来电话,邀我和太太去东海岸晚餐。陈剑太太婕玲是新加坡电台的主持人,他们如约准时到达我住的圣·瑞吉斯酒店,然后驱车前往。

中国人和西方人有许多不同。比如存钱吧,因为我们的社会保障体系还不完善,中国人总是得有存款,以应不时之需,而西方人就基本不存钱,而且往往提前消费。在做饭上,和中国人相反,西方人是不大进厨房的。绝大多数新加坡人也都是在外面用餐,所以,餐厅林立。而且,中餐、西餐、马来餐、印度餐,种类繁多。还有本土的娘惹菜,"娘惹"指的是古代中国人和马来人通婚所生的女儿,娘惹菜就是中国菜系和马来菜系完美结合的马六甲菜肴。

在新加坡吃饭,最不担心的就是卫生问题,这是一个对食品卫生管理非常严苛的国度。我对豆浆油条比较有兴趣,在新加坡可以大快朵颐,但是在国内却不得不望而却步了。看见那油条炸得很泡松的样子,心里就起疑:油条的面筋里加有什么危害健康的东西没有啊?这油是不是地沟油啊?一次,新加坡一家餐厅被发现了一个苍蝇,这一个苍蝇顿时就成了媒体的焦点,大出风头,管理部门火速派员前往调查,媒体纷纷对店家进行谴责。

天涯走笔

　　东海岸是新加坡大众最喜爱的海滨度假胜地,有一座占地 158 公顷的免费公园。东海岸长约 15 公里,岸边有沙滩、人行步道、自行车道、儿童乐园、咖啡厅等等。坐在海边的休闲椅上,吹着柔柔的海风,望着新加坡海峡白白的细浪,真有一种天海融和的感觉啊!骑车、滑轮、冲浪、垂钓,游客在这里自得其乐。东海岸是新加坡人野炊、野营的首选之地,路旁准备有国家供给游人免费使用的烧烤炉灶,草地上、密林间遍布过夜的帐篷。

　　在新加坡,除了豪华餐厅以外,最多的还是"大食代"(FoodRepublic),这是在 20 世纪 50 年代兴起的餐饮中心,现在每家大商场里、每个社区、每个交通交汇处都有。比"大食代"更大众的叫"小贩中心",是室外的开放的饮食中心,没有空调,只有老式风扇,但仍然洁净宽敞。东海岸以海鲜名世,这里的海鲜餐厅,一般有室内部分,又有室外部分。我们在室外落座,大海就在身旁浅吟低唱,心旷神怡!

　　当然新加坡名菜黑胡椒螃蟹是不能少的。螃蟹很大,都在一公斤以上。印度黑胡椒,加上中国花雕酒、马来小尖椒、姜片、蒜粒、洋葱和西式黄油组合的酱汁,恰如其分地渗入肥腴的蟹肉中,或炒或烤,螃蟹一身红妆地火暴登场。用蟹钳一夹,红汁就从白肉中溅出,配以面包,美味无比,不禁想起苏东坡说的:"不到庐山辜负目,不食螃蟹辜负腹。"陈剑要的一样菜使我好奇:虾肉和鱼肉绞成泥,包在香蕉叶里,再加以烧烤。陈剑说,这菜没有中文名字,土语叫"沃达",是一种马来菜。还有一个菜是清蒸巴丁鱼,这鱼,肉滑无骨,也是马来菜。甜点是榴莲冰淇淋,把榴莲的特殊香味发挥到了极致。饮料也奇特。给每人上了一个椰子,已经打开,内中放有一根吸管和一把勺子,勺子的用途是挖椰子内壁,喝椰汁的同时,吃那白白的香甜的椰肉。"必须是这种椰子,太老太嫩都不行啊!"陈剑说。

《重庆晚报》2013 年 11 月 12 日

鞭刑的传说

　　一位来自广东公安系统的陈姓全国人大代表在广东省人代会上建议引进新加坡的鞭刑。他认为，目前刑事案件处于高发态势，宜用"严刑峻罚"来面对，而鞭刑能起到长期震慑的效果。

　　今年8月，我在新加坡的时候，该国高级法庭就判决了一起鞭刑。23岁的林家义因强奸罪，被判八年监禁，并鞭打六下。此案发生于去年，林家义等三名男青年和一名女青年结伴去酒廊喝酒后，凌晨到一位男青年家里休息。进屋后，两位男青年倒头就睡，林家义却把女青年强行奸污了。事后，女青年借口要上厕所，进入厕所后即刻上锁，打破玻璃窗，伸头呼喊求救，于是作案者束手就擒。

　　鞭刑或称笞刑，曾经存在于不少国家。最恐怖的是俄国皮条鞭，鞭上套有金属环，几十鞭就能夺人性命，俄国暴君伊万五世就亲手将皇太子鞭死。鞭刑是古代中国的"五刑"之一，始于东汉文帝刘恒。和其他国家不同，中国的鞭刑其实不是重刑，而是轻刑，刑鞭由木板或竹板制成。在许多国家，尤其是在欧美地区，现在已废除鞭刑。当今世界约有16个国家尚保留鞭刑，大部分在亚洲和非洲，如伊朗、阿富汗、马来西亚、文莱、坦桑尼亚、尼日利亚等等。

　　新加坡也是现在还在执行鞭刑的国家。新加坡可判鞭刑的是抢劫、严重偷盗、性侵、吸毒、破坏公物、签证过期达90天以上的犯人，此刑对男不对女，受刑人的年龄控制在18—50岁，行刑前还得有医生进行确认是否可以承受鞭刑的体检。此外，死刑犯可以免除。

在新加坡，鞭刑是附加刑，但对犯有某些罪行的犯人是强制性的，不能改用其他刑罚或罚款代替。2011年，全国共有2318人被判鞭刑。新加坡的刑鞭俗称"藤条"，用藤制作，鞭长约1.2米，1.3厘米宽，行刑部位是裸露的臀部。行刑官必须用尽全力挥鞭，鞭鞭见血，受刑人回忆起来都说"疼痛难忍"。

1993年一个叫迈可·菲尔的美国青年，在新加坡用油漆涂鸦了18部别人的小车，被判4个月监禁、罚款3500新币和鞭打6下。此案后来演变成了新加坡和美国之间的外交风波。美国的时任总统克林顿出面说情，最后，新加坡总理吴作栋主持讨论，看在美国总统的分上，减少为鞭打4下，1994年5月5日，迈可在女皇镇监狱受刑。关于此事，除了迈可自己写有回忆录以外，新加坡作家柯派尔1994年用英语出版过一本纪实书——《迈可·菲尔鞭刑案：一名新加坡人叙述内幕》，探讨迈可案件，并详细介绍了新加坡的鞭刑。也有中国人在新加坡犯事被判鞭刑的案例。2012年8月，中国工人梁冬就被判四年半监禁外加9鞭的鞭刑。他被控在新加坡电梯里骚扰3名女性，"袭击"了3名女性的胸部和下体敏感部位，这在新加坡是不得了的罪行。

恢复鞭刑，究竟是"返祖"现象，还是有利于在现代的社会治安管理中发挥震慑作用，这在全世界是一个引起争议的问题，主要的依据可能还是应该是各个国家的不同国情吧！

《重庆晚报》2013年11月20日

新加坡的雨树

新加坡是热带花园城市，花园在城中，城在花园中，美丽的"花花世界"。使人想起唐人令狐楚的《游春词》："高楼晓见一花开，便觉春光四处来。暖日晴云知次第，东风不用更相催。"兰花是新加坡的国花。新加坡国家植物园是原始树林和专业花圃的融合，奇花异草，草绿花红，繁多的花草中有许多濒临灭绝的品种。占地54公顷的植物园专门辟有兰花园，叫胡姬亭，里面种植了12000多株名贵兰花，包括国花——卓锦万黛兰，真是"风吹兰花满园香，胡姬压酒唤客尝"。新加坡最热闹的大街叫"乌节路"，"乌节"就是"兰花"的译音。人行天桥、电线杆，都是花团锦簇的，"不见庐山真面目"。新加坡国家公园局主办的"国际花园节"，两年一届，是世界上规模最为壮观的花园节之一。

就是位于乌节路的新加坡总统府原来也是一座肉豆蔻种植园。门外一大片绿茵茵的草地，小桥流水的总统府就是一座大森林、大花园，这里有许多稀有植物，有的老树已经超过百年。在森林里有50多种鸟类，水鸟、翡翠鸟、太阳鸟、黄鹂鸟都很珍贵。新加坡总统府建于1867年，原来是个冷冰冰的戒备森严的总统官邸，从1995年起，它成为每年在新年、劳动节、国庆节、开斋节和圣火节这五大节日向普通民众开放的自然观赏区。民众可以购票进去参观,中小学生可以在这里表演节目,参观者也可以在总统府野炊,但是必须将野餐产生的垃圾带走。在开放日,新加坡总统常常在花园里站立,微笑着接待大家,和参观者一一握手,合影留念。

其实,在新加坡,有一种更普遍更大众的树,这就是雨树。如果选举新加坡的国树,我以为唯有雨树当之无愧。这是一种落叶乔木,树高可达20余米。长到一定高度后,雨树就横向发叉,不断增多枝干,树冠越来越大,直径有十几米,枝繁叶茂的华盖完全像一把张开的巨伞,既可遮阳,也可避雨。雨树属于含羞草科,它其实就像放大版的含羞草。每天下午5点左右,叶子就闭合、下垂了,所以也叫"五点钟树"。早上,叶子在晨曦中打开,这时包裹在叶片里的露水或雨水纷纷下落,"雨树"之名由此而来。马路边、河道旁、草坪上、公园里,新加坡到处都有雨树的身影,全国有110万余棵,平均每50个人就有一棵。国家给每棵树都建有电子档案,国家公园局的"树木医生"掌控电子档案,分工负责每棵雨树的养护。我在新加坡散步时,往往会在雨树下的椅子上静坐,看看ipad和报纸,的确很惬意啊!

雨树是远客,原产地在热带美洲和非洲,这是新加坡建国初期,第一任总理李光耀选定的引进树种。李光耀是新加坡的国父,饱受新加坡人的尊重。一个几乎没有任何资源的弹丸小国,才花了半个多世纪,就成了世界上最富裕、最美丽、最公平、管理最好的地方之一,这和李光耀是分不开的。前人栽树,后人乘凉,近六十年过去了,雨树成了新加坡的一道无处不在的亮丽风景。

《重庆晚报》2013年11月15日

新加坡的另一面

新加坡诗人陈剑在网上读到最近我在《重庆晚报》发表的两篇谈新加坡的文章《新加坡随想》和《点击新加坡》，热情地给我发来邮件说："读到了美文，我擅自代表新加坡谢谢你的隆情厚意啊。"

陈剑是国际诗人笔会发起人和主席团成员，我的老朋友了。去年12月来重庆出席第四届华文诗学名家国际论坛，并应邀在开幕式上做了主题讲演。他的专业其实是城市规划。如果去新加坡，他是最好的向导，对于新加坡，他就是一部活词典，他是几十年来新加坡的城市规划的参与者啊。中国政府在新加坡举办的公务员培训总少不了他这个"城市规划"的讲课人。3月底在西南大学将举行《吕进诗学隽语》学术研讨会，陈剑得知后，很遗憾地来信说，中国公务员培训脱不开身，只好写文章"凑热闹"了。

当然，新加坡并非十全十美的国度，也有另外一面。新加坡有"老人的地狱"之称。在新加坡，你可以很容易地发现一个现象：到处都是"乐龄人士"（新加坡人对60岁以上的老人的尊称）在工作，许多人甚至已经超过70岁了，"乐龄"不"乐"啊。看到银发族为你服务，说实在的，你心中会有些不忍。新加坡吸取了西方国家的教训，认为那些地方的养老制度会养懒人，所以，实行公积金制度。成立中央公积金管理局，政府为每位公民设立独立账户，雇主和雇员必须在工资里面按百分比缴纳公积金，这是强制性的，而且，不到退休不能变现。退休时一次将积攒的钱取走，政府不发放养老金。

这规矩倒也不错。但是有些人几年就把一生的公积金消费完了，于是，只好出门打工。一次，我在车上和一位银发司机聊天。他幽默地说，退休以后，政府唯一做的事就是告诫老人"敬请老人家好好保重身体"。

新加坡的人口出生率低也是一个大问题。年轻人几乎都不太愿意生小孩。在中国，到处看见父母抱着小孩或者推着婴儿车散步。在拥挤的公交车上，一个常见的画面是：一个几岁的小孩坐着，旁边站着的是父母或者爷爷奶奶。在新加坡却很少在公共场所遇到小孩。年轻人不愿结婚，育龄更是越来越晚，有的已婚者根本就是"丁克家庭"的信奉者。新加坡政府设立专门机构从生理、心理、经济、社会诸方面研究这个问题，并且计划拨出20亿新币（相当于16亿美金）来鼓励婚嫁生育，希望破解此一难题。

与此相关的是海外移民问题。本国生育率低，移民率就节节攀升。外国人一般干的是餐厅侍者、销售员、电话接线员等等行业，目前占了人口总数的28%。新加坡政府想尽一切办法保护本国公民的权益，比如，从李光耀时期起，就不准许外国人开出租车。的士司机们谈起这事，都很感激政府。但是，移民问题终究引起一些本土人的恐慌，"他们、我们"这是一些本土人的表达方式。政府正在艰难地说服社会，为了保证新加坡经济的可持续增长，必须引进外来人口。新加坡政府最近发布"人口白皮书"，计划到2030年，外国人口将有250万，在人口总量中占到30%。

《重庆晚报》2013年3月12日

梅花香滿石榴裙

梅花香满石榴裙

我在穿着上属于"马虎派",不喜欢正装。诗人叶延滨是我的老朋友,第四届华文诗学名家国际论坛闭幕后,他提意见了:"这么庄重的国际会议,你这个论坛主席怎么在开幕式上穿一件老棉袄呀!"其实,我闹的这类事儿还不少呢!学校每年举行授位仪式后,校学位委员会成员都要和授位后的全体博士生合影。有一年,天气太热,我穿着授位袍,里面就没有穿长裤。我是学位委员会副主席,坐在前排。照片出来,我的两条光生生的腿露在长袍下面,犹如穿的裙子。党委书记也是副主席,笑着叹气道:"一张合影就这样被吕老师破坏了呀!"

所以这次去澳门大学讲学之前,考虑到讲演前有一场颁奖仪式,心中没底,又不情愿穿得太正规,就给澳大中文系主任朱寿桐私下发去短信,问他,随便穿件衣服不会碍事吧。他赶紧回信:"吕老师,这种场合,澳门大学的人都着正装,这是习惯。"

服饰其实在不断演变。新石器时代,祖先发明了纺织技术,于是,旧石器时代兽皮制作的简单服饰变成了用人工织造的布帛做成的衣服。起先是披风式服装,后来就越来越多样了。甲骨文中的"衣"字看起来就像一件衣服,说明商代的服饰已经趋于成熟。后

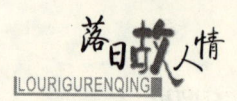

来，随着社会生活的丰富，衣服又分成常服和"法服"，也就是便装与正装。古代的"法服"由冠、衣、裳组成。到了现代，正装并不止一种，民国时期，男士的正装有三种：长袍加马褂、中山装、西装。北京大学历来以文化包容名世，那里的教师就是三种衣服混杂。到了现在，男士的正装在多数场合都是黑色西服、白衬衣、领带这样的三件套。当然，脚下还得有黑色的皮鞋。女士正装则上身是女款西服，下面一定是裙子，再配上高跟鞋。

说到古人的衣服，有一个问题曾经长期使我不解：古人都是从袖子里拿出银钱、物件来。古装是宽袍长袖，那搁在袖子里的东西为什么不掉出来呢。于是去查资料，原来，古人外衣里面有内衣，内衣的袖子内侧缝制了口袋，携带的银钱、物件就是搁在这里的。成语"两袖清风"，就是指内衣口袋里没有东西。成语"捉襟见肘"，就是穷人没有钱做内衣，他的外衣是直接穿在身上的。

各个国家的穿着习惯并不一样。20世纪90年代我去莫斯科大学访学，学校派车到机场接我。一个穿夹克的小伙子到出口处带我上车。车旁站着一个西服革履的白发绅士，我以为这是接我的教授，忙上前握手，结果他是司机，那个小伙子才是学校外事局的。日本人喜欢正装，就是的士司机也是西服笔挺笔挺的。而美国人恰恰相反，老美穿着非常随便，只要不是正式场合，完全不在乎此事，自己舒服就行。美国女性，不管是太太还是小姐，在大街上走热了，就脱下上衣，栓在腰间，到街上去打望，到处都是这样的情景。

衣服反映了人类文明的进程。《说文解字》解释"衣"字说："衣者，人所倚，以蔽体者也。"有蔽体之物，展现了人类的荣辱观。知耻是文明意识的苏醒，唯知耻，方自尊。《礼记·中庸》说："好学近乎知，力行近乎仁，知耻近乎勇"，这话具有现代价值。

《重庆晚报》2014年5月29日

漫说空难

马航 MH370 牵引着全球的心,人们时刻都在网络和电视上密切关注着这架飞机的命运。我写了一首《牵挂》,在微信上被广泛转发。外交部参赞费明星是我的学生,他来信说:"由于在朋友圈转发了老师的诗,我的人气都飙升了。"

《牵挂》只有四行:

没有涛声的大海
没有尽头的牵挂
没有告别的永别
没有到达的出发

20 世纪 80 年代初期,我经历了一次有惊无险的空中事故,差一点就是"没有到达的出发"了。那年夏天我去桂林,到广西师范大学开会。那是一次夜航。飞机到达桂林上空时,没有降落,而是在机场上空盘旋,几次下降而又飞起,好些旅客,包括几位人高马大的老外,都呕吐了。这个时候,乘务长出现在晃动的通道尽头,她通知:"起落架下不来,我们正在努力,请大家系好安全带,保持镇静。"一些女乘客哭起来。空姐们在巡视，给大家提供帮助。我倒并不太紧张，心想：恐怕不会这么容易地就死去吧！飞机颠簸着，只有哭声。过了一会儿，乘务长兴奋地大声说："各位乘客，报告大家一个好消息，起落架已经放下。"开始时机舱里没有反应，突然，掌声响了起来，人们相互握手祝贺。

比起陆地和海上交通，航空其实出事是最少的。但是，由于飞机是在高空飞行，所以，一经出事，全体旅客罹难的概率就比较高。1977年3月27日，泛美航空公司和荷兰皇家航空公司的飞机在加纳利群岛的机场跑道上相撞，583人全部遇难，这是飞航史上迄今死亡人数最多的空难。

据航空业的统计，空难的成因，一半以上都是机长的操作失误。对于航空业来说，有一个"危险八分钟"的说法，即飞机起飞和降落的八分钟对机长的技术水平是一次检验。

从近年民用飞行器发生空难的情况，的确如此。2006年9月29日，巴西航空公司的飞机在空中与一架商务飞机相撞，巴西航空的154人全部死亡，商务飞机却成功迫降。后来调查的结果，责任在商务飞机飞行员和空中交通管制人员。2009年7月15日，伊朗航空公司的一架图-154客机由于操作失误坠毁，机上168人全部遇难，包括伊朗国家青年柔道队全部运动员。2010年5月22日，也由于操作失误，印度航空公司的一架客机坠毁，机上166人，只有8人生还。涉事飞机是波音737-800。

此外，恶劣天气、飞机故障和恐袭都可能是造成空难的原因。1977年12月4日，马来西亚航空公司的MH653班机遭劫持坠毁，这是马航首宗导致人员伤亡的事件。

对飞机失事原因调查时间最长的，是2009年6月1日的空难。那一天，法航的一架空客A330由巴西里约热内卢的加利昂机场执飞

梅花香满石榴裙

前往法国巴黎的戴高乐机场,飞行途中在大西洋上失踪,机上载有216名乘客及12名机组人员,乘客多为巴西人和法国人。后来,巴西称,在塞内加尔海岸附近发现了飞机的部分残骸,但在6月5日又宣告,所发现的碎片并非来自失事飞机,可能来自货船。6月6日,巴西空军在离海岸1100公里处发现两具乘客遗体,于是搜救取得突破,但是调查坠毁原因却几乎花了近两年的时间。飞机上的"黑匣子"一般只在30天之内有效,终于在海底找到"黑匣子"的时候已是2011年3月25日,离空难已近两年。幸运的是,"黑匣子"的数据居然完好无损,从而确认了失事原因是多重机械故障和人为的操作失误。

《重庆文学》2014年第11期

趣说墓志铭

在中国，唐之前就有了墓志铭。这种文体有固定规范："志"是散文，叙说故人的事迹；"铭"是韵文，评说逝者的人生。一些作家也是撰写墓志铭的高手，韩愈就留下了好些华章。其实，世界各地都有墓志铭，刻于石上，立于坟前。这是对个体生命的尊重，对去者的怀念，也是故人与后辈的隔空对话。

许多墓志铭是自撰的。普希金是俄罗斯文学之父，俄罗斯诗歌的太阳。在诗篇《纪念碑》中他有这样的诗行："我的声名将传遍整个伟大的俄罗斯/她现存的一切语言都将讲着我的名字。"在16岁的时候诗人就为自己写下了那篇著名的《我的墓志铭》："这里埋葬着普希金，他和年轻的缪斯/爱神、慵懒一起度过欢快的一生/他没做过什么善事，然而可以保证/谢天谢地，他是一个好人。"北京师范大学教授启功是当代的书法大家，他的墓志铭也是自撰的："中学生，副教授。博不精，专不透。名虽扬，实不够。高不成，低不就。瘫趋左，派曾右。面微圆，皮欠厚。妻已亡，并无后。丧犹新，病照旧。六十六，非不寿。八宝山，渐相凑。计平生，谥曰陋。身与名，一起臭。"启功生性幽默，66岁写的墓志铭也是幽默又达观，通俗又脱俗。所谓"中学生"，是指1935年他受聘辅仁大学附中教师，后被解聘，校方给出的理由是："自己中学还未毕业就教中学,不够资格。"当时大学者陈垣任辅仁大学校长,他知道启功的才华,得知此事后,要启功去辅仁任教,陈垣说:"当不成中学教师,就来当大学老师吧!"这是学术界的一段佳话。

有的墓志铭很是奇特。美国电影演员玛丽莲·梦露是著名的性感女神,她是《花花公子》创刊号的封面人物。她的墓地在洛杉矶,墓志铭是:"37,22,35,R. L. P",梦露的粉丝们长期闹不明白是什么意思。后来梦露研究会揭开谜底,原来这是梦露三围的英寸尺寸,表明梦露是一个爱美的人,后面的英语是"Restinpeace(愿她安息)"的三个英语字的缩写。美国作家海明威的《老人与海》曾于1954年获得诺贝尔文学奖,海明威的作品塑造的"胜利的失败者"的形象非常有影响。海明威去世,美国总统肯尼迪在唁电里写道:"几乎没有哪位美国人比海明威对美国人民的感情和态度产生过更大影响。"海明威是用一只脚站着写作名世,所以他的作品总是没有废话,他的墓志铭也保持了简洁的风格:"恕我不能起来了。"16世纪的德国数学家鲁道夫的墓志铭更有个性:"$\pi = 3.14159265358979323846264338327950288$"。鲁道夫一生将圆周率计算到了小数点后的35位,这是他的终生成就和骄傲啊!

有的墓志铭是为一个群体而写,我的印象最深的是莫斯科红场上的无名烈士墓。墓前的长明火几十年来从没有熄灭过,象征卫国战争时期牺牲的战士们不屈的灵魂。我去到那里的时候,墓前放着许多束游人献上的鲜花,地上的复墓石上的墓志铭是:"你们的姓名无人知晓,你们的业绩万世永存。"有的后人写的墓志铭也会修改。聂耳是《义勇军进行曲》的曲作者,中国妇孺皆知的音乐家,原名聂守信,因为耳朵大,且能前后移动,被大家改名"聂耳"。聂耳1935年在日本藤泽市游泳时不幸溺水身亡,他的墓志铭1954年由郭沫若题写,1954年中日尚未建交,故有"不幸死于敌国,为憾无极"之句。20世纪80年代,经中央决定,删去这些文字。

《重庆晚报》2013年6月7日

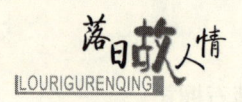

姑苏城外寒山寺

建于六朝的姑苏（苏州）城外的寒山寺，以唐代白话诗人寒山命名。《寒山寺志》说："以寒山子曾居于此寺，故即以为名。"寒山的白话诗，写在树上、墙壁上、岩石上，所以流失不少。清康熙四十五年编修的《全唐诗》第806卷收寒山的311首诗，诗前的介绍竟然说："寒山子，不知何许人。"寒山早年多次投考不第，30岁后隐于天台山寒岩，"以桦皮为冠，布裘弊履"，吃别人的残羹剩肴，终生不仕。他说："有人笑我诗，我诗合典雅。不烦郑氏笺，岂用毛公解。"

中国古代的隐士是各种各样的，当然，隐士的首要身份是"士"，而且是"贤者"，即"名士"。《易》说："天地闭，贤人隐。"处于乱世，贤人就遁迹江湖，居于岩穴，隐居不仕了。美国汉学家比尔·波特写了一本《空谷幽兰》，说在当代中国的终南山有五千多位修行者隐居山谷，这些人算不算得都是当代隐士，就得研究了。

有的学者认为古代隐士有十种之多。有先官后隐的，比如国人熟悉的陶渊明，在"归去来"之前，他是做官的，后来才"采菊东篱下"。有半官半隐的，比如唐代的王维，欲辞官又无以为生，只好保持官的身份，然而不问政事。有一种隐士，是真隐，全隐，一辈子不做官，"用宇宙而成心，借风云以为气"，这种隐士叫处士。东

梅花香满石榴裙

汉的严光就是如此,他帮助过汉光武帝刘秀起兵,但拒绝光武帝的亲自征召,隐居于富春江。北宋的范仲淹写的《严先生祠堂记》颂扬严光说:"云水苍苍,江水泱泱。先生之风,山高水长。"我这里说的寒山子也是处士。

去年12月,诗人黄亚洲来西南大学出席第四届华文诗学名家国际论坛。在当代文坛,黄亚洲是多面手。他的小说《日出东方》、《建党伟业》、《开天辟地》、《雷锋》都有影响,尤其是"触电"以后。他和我有缘分,诗集《没有人烟》是我写的序,诗集《行吟长征路》获得鲁迅文学奖,我正好是那届鲁奖的评委。黄亚洲又是快手,来重庆几天,为巫山写了一组诗,为郎酒厂写了一组诗,也为西南大学写了一组诗。给西南大学的诗里有"依我看,中国诗歌的半个灵魂,在重庆山城"之句,经《重庆晚报》刊布后,流传很广,为文化重庆增光添彩。既来重庆,得有见面礼吧,黄亚洲给我带来一本《寒山子诗集》,线装本,很雅致。这个礼物,正合我的口味。

进入20世纪,寒山声名大噪,风靡欧美和日本,60年代美国兴起的"垮掉的一代"和"嬉皮士"甚至奉寒山为宗师。最先发现寒山的是胡适。他在1928年出版的《白话文学史》(新月书店出版)中认为寒山是7世纪中期以后出现的"三五个白话大诗人"之一,学者郑振铎持同一看法。

寒山一生贫寒,但享年100多岁,这也许和他的处事态度有关吧。在唐代,寒山、拾得、丰干并称"三隐"、"三圣"。古人说:"三圣人风采正如清风明月之共一天。"他和拾得的一段对话很有名。寒山问拾得:"如果世间有人无端地谤我,欺我,辱我,我要怎样做才好呢?"拾得答:"你不妨忍他,让他,避他,不要理会他,再过几年,你且看他。"真是懂得人生大智慧的人啊!

《重庆晚报》2013年3月27日

闲话吃饭

上海学者陈思和曾经说，军事在汉语里有许多呈现，抓紧完成任务叫"速战速决"，集中工作叫"打歼灭战"，等等。其实，如果换个角度，那么，汉语里更有"吃"的文化影子。被人算计了是"吃亏"，吃亏还说不出口是"哑巴吃黄连"，什么事情火了叫"吃香"，说贪婪的人是"吃肉不吐骨头"，学习文件被要求"吃深吃透"，反正在汉语里"吃"真是无处不在啊。

在吃饭上，中国和西方差别很大。首先就是餐具。起源于狩猎民族的西方人以肉食为主，用刀吃猎物，在两百多年前才发明了叉子，形成刀叉并用的餐具。从农耕民族走过来的中国人的主食是米饭或馒头，在远古的时候是用手吃饭的，在周代的时候发明了用竹子制作筷子，称为"箸"，所以"箸"读音与"竹"同。《礼记》、《荀子》、《史记》都提到箸，《韩非子》还说到纣王使用"象箸"进餐。古代交通主要依靠河流，"箸"的音与"住"同，不吉利，"舟行讳住"，到了明朝就改箸为"快"，加上竹头，成了"筷"。物理学家李政道接待日本记者时说，中国人的筷子运用了杠杆原理，是人类手指的延伸，"高明极了"。筷子成了老外享受中餐的难关。记得有一次，一个叫迈克的瑞典人到访，我们请他在观音桥吃火锅。

迈克对筷子毫无办法，要求服务员提供刀叉，还是不奏效，对于豆芽之类，他就只好用手抓了，简直斯文扫地啊。

粮食是中国人"吃"的基础，节约粮食是几千年的传统。唐代诗人李绅（772—846）的诗歌被《全唐诗》收为四卷，其中《悯农》二首是妇孺皆知的，尤其是那首"锄禾"："锄禾日当午，汗滴禾下土。谁知盘中餐，粒粒皆辛苦。"李绅34岁就中了进士，被皇帝召为翰林学士，相当于当今的中央文史馆馆员，最高时官至宰相。他和白居易、元稹、刘禹锡十分相得。一次，时任司空的李绅邀苏州刺史刘禹锡做客，刘禹锡对李家一位歌女一见钟情，即席赋诗："高髻云鬟新样装，春风一曲杜韦娘。司空见惯等闲事，断尽苏州刺史肠。"这就是成语"司空见惯"的来历，李绅当即慷慨地把那位歌女送给了刘禹锡。近几年，网上突然有人发帖，说不要看李绅写悯农诗，他其实生活奢侈，因为爱吃鸡舌，一顿饭要杀300多支鸡。说得有鼻子有眼的，就是举不出史料依据。

在吃饭上我闹过一个大笑话。上个世纪90年代，在成都召开《四川百科全书》编委会会议。上午会议结束后有个工作午餐，下午继续开。编委会的副总主编和29个分卷正副主编都在成都，只有我这个总主编是从重庆去的，我回到宾馆，放下文件袋，就赶到餐厅。编委会的人，我只认识几个院士和博导（那时博导很少），进了餐厅，已是人声鼎沸，有人向我招手，我就去坐下了。成都市常务副市长朱永明挨桌敬酒，来到我这一桌，他向我招呼，眼里闪现了一丝惊奇。朱市长兼《四川百科全书》编委会副主任，办公室主任早上向我报告过："朱市长要主持一个会议，我们的会议请假。"他怎么又来了？待他离去，我立即警觉起来，问同桌的人们："你们是编委会的吧？"他们说："什么编委会？我们不是开成都市退伍军人安置会议吗？"我大惊。事后才知道，宾馆的餐厅有两进，《百科全书》的人们在里屋，下午开会时，社科院一位编委故意大声说："我们总主编吃到别人那里去了。"笑声一片。

《重庆晚报》2013年7月5日

也是闲话吃饭

2013年6月17—19日，在四川南充举行了中法兰波诗会。兰波和魏尔伦、马拉美是法国象征主义的"三驾马车"，其实他只活了37岁，在15岁到19岁的时候写诗，却留下了现代派的佳作。法国文化对于中国文化产生过影响，"五四运动"的重要外来文化动力就是来自法国，中国新诗人中，李金发、梁宗岱、戴望舒、艾青这些名家都受过法国象征派的影响，我在中法兰波诗会上的发言题目就是《艾青诗歌的兰波元素》。

6月17日，南充市向东市长举行欢迎宴会。主宾席的转动圆桌比较大，中间是鲜花，四周是比萨、蛋糕等各式点心。每个人面前搁置着一个色彩鲜艳、造型优美的大水果盘，我感到愁眉不展。正在这时，伺者又给我上了一盘牛排，可能只有五分熟。我举目望去，兰波的家乡沙勒维尔市长克罗迪娜·勒杜、兰波博物馆馆长阿兰·图尔诺和法国驻成都总领事都吃得津津有味呢。这时坐在我身旁的四川省外事办公室的人手指宴会厅墙边，轻声告诉我，去取菜吧，我才发现，那里一长溜地摆着中式菜品，什么宫保鸡丁啊、蒜苗炒回锅肉啊等等，一阵轻松。其实在国外，学术会议是不管饭的，"会议用餐"、"会议用车"是有待改进的"中国特色"。

梅花香满石榴裙

中餐和西餐也表现出中西文化的区别。中国文化是模糊的、艺术的，西方文化是精确的、科学的。很难从中餐菜名完全弄清菜的内容，在上个世纪三年困难时期，学校食堂供应过名叫"群星过海"的汤，端上桌来，就是清汤中洒了一把葱花。西方的菜名会一一说明菜的构成，如小牛肉加洋葱加番茄等等。每一种刀叉专用性很强，筷子却是多种用途，不管食物是方的、扁的、长的、短的、软的、硬的，皆能"以不变应万变"。刀叉方便分食，所以西方人讲个性；筷子方便桌食，所以中国人崇尚集体。

中国人吃饭有时还演变成一种公关活动，所谓"饭局"。尚敬执导、范伟和黄渤等主演的《饭局也疯狂》，剑锋所指，就是那些不正常的饭局现象。饭局离不开酒，我是喝一杯啤酒都会脸热心跳的人，最怕那一套套劝酒的说辞：宁可胃上烂个洞，不叫感情裂个缝；酒肉穿肠过，朋友心中留；人在江湖走，哪能不喝酒等等，简直难以抵挡。最近中央"八条"来得太及时了，全社会都在叫好。

吃饭问题上我所知的最大笑话发生在诗评家张同吾身上。同吾是北京人，和我同年，所以一起参加的活动不少。他的贡献主要是组织了中国诗歌学会。现在的学会多如过江之鲫，所以开始时我并不在意。随着时间的推移，这个学会的确起到了应有的作用。同吾的太太曾向我埋怨："他呀，生活上稀里糊涂的。"同吾爱吃猪肝。一次出差，在火车的餐车上要了一份面条，这时，小餐桌上出现了一盘炒猪肝。同吾的高兴自不待言，于是，伸出筷子，夹进嘴里，嗯，味道不错，赶紧又夹，发现对面而坐的旅客死死地盯着他，疑虑、愤怒，这才想起，这是别人要的菜。去年在海宁的徐志摩诗歌节，海宁县县长请我和同吾等人吃饭，我的当面"爆料"引起哄堂大笑。

《重庆晚报》2013年7月6日

学者的养生之道

时下风行谈养生,这许是和人们生活水平的提高有关,也许是中国渐入老龄社会使然。电视台的养生节目的收视率一般都不错,北京电视台的"养生堂"近年成了名牌栏目,主持人悦悦也火起来了。

养生之道并不是养生之术,后者只是方法,前者才是养生哲学。中国的养生之道,自古至今大体上有四条:顺其自然,形神兼备,动静结合,审因施养。我觉得"审因施养"最为重要,就是因人、因时、因地的不同而采用不同的养生术。

汉献帝赞美关云长"公真乃美髯公也",《水浒传》第13回出场的郓城县马兵都头朱仝也是"云长重出世,人号美髯公"。他们是古代美髯公,四川大学的杨明照教授是现代美髯公:银须飘飘,仙风道骨,骑着自行车经过校园时,路人皆侧目。《人民画报》曾用他的照片做封面,1995年还入选"全国健康老人"呢。也许是辈份的原因,我和杨先生几乎没有接触过,但是和他的高足项楚、曹顺庆却多有往来。我国《文心雕龙》研究领域有两大权威,所谓"西杨东王",就是成都的杨明照,上海的王元化。杨明照每天5时即起,穿着对门襟衣服和宽松裤子晨练。他喜抽烟,好肥肉。我读到一篇采访记,记者请教养生之道,他居然回答:"喜欢抽烟,每天吃半斤肥肉。"我大惊，问于川大文学院院长曹顺庆，曹笑曰："他是不好意思，其实每天都必须吃一斤肥肉。"这似乎不合养生术，但是，杨明照却很健康啊！他是重庆大足人，91岁故世后，按他的遗愿移回大足安葬。

杨明照毕业于北京大学（当时叫燕京大学）。当年投考时，以六朝骈体文的作文获得100分，但英语只有25分。北京大学惜才，经校长司徒雷登特准，破格录取。这和钱锺书投考清华大学相仿。钱的英语考了满分，数学却只有15分，也是破格录取。钱锺书是现代中国的"学术昆仑"，研究他的学问叫"钱学"。钱锺书的养生秘诀是襟怀宽广，从幽默的高度看待人生。一般读者不了解学术上的钱锺书，但熟悉他的小说《围城》，小说里处处都有幽默文字，充分证明语言文字艺术是不可能被其他艺术取代的。有一位英国女士读了他的著作，十分佩服，打电话求见。钱锺书婉辞说："你吃了鸡蛋觉得味道不错，又何必一定要认识那个下蛋的鸡呢？"一些庸俗的研讨会邀请钱锺书，都被拒绝，钱锺书写道："有些所谓的研讨会就是请一些不三不四的人，吃一些不干不净的饭，花一些不明不白的钱，说一些不痛不痒的话，开一个不伦不类的会。"1910年出生的钱锺书于1998年去世，享年88岁。

回过头说说身边的学者吧！西南大学原校长王小佳现在任驻澳大利亚大使馆教育参赞。他是园艺学出身，但也是一位诗人，所以在攻读硕士学位时就开始和我交往了。对于养生，他有自己的见解。他说，不是"生命在于运动"，而是"生命在于安静"。"你看，乌龟就是不动，它是少数比人类长寿的动物啊！"我查了一下资料，乌龟的生命一般是150年，也有千年的，乌龟的新陈代谢缓慢，生理节奏缓慢。一般动物在一生里心脏正常跳动8亿次左右，乌龟的心率却很慢很慢，这似乎在给王小佳的"谬论"提供依据哩。

《重庆晚报》2013年5月29日

垫江看牡丹

第二届垫江牡丹诗会3月30日举行了。第一届诗会是去年3月揭幕的,我也应邀出席。但是开会时花期已过,那次我是带着遗憾离开垫江的。梅时雨县长和苏灿副县长相约,今年等花开再通知会期,希望一定再去。

3月29日到垫江报到时,天气好好的,阳光满地。谁知当夜一下子就变了天,大雨滴滴答答地下个不停,下得人人愁眉苦脸:"还能看牡丹吗?"上午研讨会,雨水在会议厅窗外喧哗,来自北京的《诗刊》常务副主编商震、我、来自上海的诗人桂兴华、来自厦门的诗人舒婷、重庆诗人傅天琳、厦门城市学院诗评家陈仲义先后做主题发言。下午,车队就在雨中奔赴太平镇了。车行不久就有人在车里喊叫:"那不是牡丹吗?"车在行进,花也越来越多。哇,好震撼,漫山遍野,红的,白的,华贵的太平牡丹哟!垫江作家协会主席黎美剑介绍,他们还曾经培育出绿色牡丹呢。

牡丹在我国从来是花中之王。在兰花、梅花、牡丹、菊花、月季、杜鹃、荷花、茶花、桂花、水仙这中国十大名花中,美艳绝尘的牡丹艳而不俗,国色天香,广受追捧。中国近年曾经几次讨论国花的确定,意见分歧,基本的看法是,在中国这样的大国,国花不

梅花香满石榴裙

应当只有一种，而应该一国几花。无论是几种，牡丹总在其中。大多数人的建议是"一国两花"：牡丹和梅花。

牡丹成了中国诗歌与艺术瞩目的主题，唐代诗人刘禹锡有"惟有牡丹真国色，花开时节动京城"之句，李白的"云想衣裳花想容"等三首《清平调》就是吟唱几种不同颜色的牡丹的名篇。明代官至礼部尚书的冯琦（1558—1604）的《牡丹》也流传至今："百宝阑干护晓寒，沉香亭畔若为看。春来谁做韶华主，总领群芳是牡丹。"这些年乔羽作词，唐诃、吕远作曲，蒋大为原唱的《牡丹之歌》几乎人人会唱："啊，牡丹，百花丛中最鲜艳。啊，牡丹，众香国里最壮观。"

作为观赏植物的牡丹的栽培，始于南北朝。《太平御览》记载："南朝宋时，永嘉（今温州一带）水际竹间多牡丹。"

随着时间的推移，观赏牡丹的栽培中心不断变化：隋朝时在洛阳；唐朝时在长安；五代到北宋时在洛阳，南宋时在四川天彭；明朝时在亳州。到了清代，栽培中心就变到山东曹州，雍正十三年（1735）曹州升为府，赐名菏泽。现在的菏泽仍是牡丹之乡。2012年栽培面积达12万亩，有九大色系，十大花型。

作为千年古县的垫江，也是牡丹故里。从2000年起，这里每年举办一届牡丹观赏文化节，到今年已经是第15届，逐渐蜚声国内。歌唱家彭丽媛是菏泽人，2002年3月她和甘萍、王宏伟以及主持人朱军一起到垫江参加牡丹观赏文化节时，曾询问，为什么垫江也称牡丹故里，"我的家乡菏泽不也有这个声誉吗！"其实，菏泽的牡丹是观赏牡丹，而垫江是山水牡丹（就是药用牡丹）的起源地，至今已有悠久的历史。川丹皮是有名的中药呀！

《重庆晚报》2014年4月1日

冉家坝的新地标

位于冉家坝的重庆市文艺家活动中心终于启用了，5月23日，中共中央委员、中国文联党组书记赵实专程从北京赶来，和重庆市市委、市政府的领导一起见证了这一重庆人多年梦想成真的场面。活动中心有15840平方米的面积，这里有艺术剧场、艺术品展示中心，也有艺术家活动室、舞蹈排练室、艺术家工作室以及艺术沙龙、艺术家交流厅，还有美术馆和摄影棚、录音棚。就目前而言，这也许是全国最完善的省级文艺家活动中心。

我也曾经和这个梦想一路走来：感受了全市文艺家的多年期盼，承载了市委、市政府的多少关爱，看到了市文联付出的持久的努力和艰辛。

记得多年前，那时我还是市文联主席，我们决定要到市政协的年会上去为这个想象中的中心，为重庆市的其他文化硬件设施建设大声呼吁。文联秘书长亲笔精心撰写的发言稿交去了，会议开幕了，会议的发言组却通知：没有安排文联发言。我找到发言组，要求解释。回答是：发言安排紧张，工青妇都没有要求发言，为什么文联要发言？争论无效，我大光其火，说："我这个政协委员不当了，退出会议。"回到房间，正在整理行李，突然有工作人员赶来，说，张

梅花香满石榴裙

文彬主席已得知此事，指示：必须安排文联，还要安排在前面，保证吕进同志能够发言。我的心里涌出一阵暖流，几乎落泪。文联发言时，政协委员们的热烈掌声表明，大家的愿景是相通的。现在回过头去看，当时的发言带有做梦性质，但是十年后的今天，现实已经大大超过了当年的梦话，重庆这些年发展真快呀！

后来，36位重庆知名文艺家又发起签名，正式给市政府写了一份建设文艺家活动中心的建言。机会来了：市里要开人代会，包叙定市长召集座谈会，听取各界人士对《政府工作报告（草案）》的意见，通知我与会。我便带着建言书，前去市政府。包市长刚刚说完，我就举手抢先发言。我说，《政府工作报告》提到加强文化建设，的确重要，我这里代表几十位文艺家谈谈我们的希望。儒雅的包市长是一位非常乐意和文化人交往的领导，平时文艺家给他寄作品去，往往都能得到回信。他认真地记笔记，一边记，一边问，我讲完后，他说："吕进同志，你们写个东西来吧！"我立即回答："已经带来了。"于是起身将建言书递给市长。过了不几天，几个相关局委的干部就奉命来到文联。但是我们的建言书提出在南山选点，来人说，南山一棵树木都是不准砍的，怎么建造中心呢？首要的地点问题就成了拦路虎。历届文联党组把此事都列为重大项目，成立了专门部门，分工一位驻会副主席专管，经过几任市长始终不渝的支持，这个中心终于落成。

文联党组书记王超几次给我打电话，邀我在刚刚启用的艺术剧场做一场报告，作为文联大讲坛的第一讲。我为全市300多位文艺家讲的题目是《艺术家与人文修养》。我说，人文修养深刻地影响到社会的兴衰治乱，艺术家要不负时代。我们的使命，就是通过自己的艺术创造，引导社会趣味摆脱庸俗化和浅薄化，在加强民族的人文修养中做出贡献。

《重庆晚报》2014年5月30日

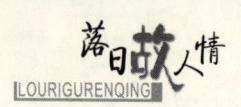

年后谈年

马年春节我是在新加坡度过的。这次汲取了以往去新加坡的"教训",没有告知那里的朋友们,绝对保密,以免劳烦大家。所以,春节前夕,各国朋友都以为我在中国,从手机打来电话,或者在电子邮箱发来贺卡,其中也有几位新加坡诗人。除夕的时候突然接到新加坡诗人陈剑的电话:"您来新加坡了吧!"我一惊,忙说:"没有啊!"陈剑是对我知根知底的老朋友,他说:"我怎么总感到您在新加坡啊,如果来了,还是聚一聚吧!"我笑着矢口否认。

新加坡的春节是以李显龙总理到唐人街(通常称为"牛车水")为节日彩灯点灯拉开帷幕的。在滨海湾举办了晚会,建国总理李光耀的出场把晚会推向高潮。春节是新加坡的法定假日,放假两天。马年春节正好连着双休日,形成连续4天的"小长假",更增添了节日气氛。新加坡的公共交通四通八达,春节除夕当晚,地铁和巴士延长服务时间,一般延到凌晨2点。离市区远的地区延得更晚,武吉镇的列车凌晨3点零9分才收班。

大年初二是新加坡总统府开放日,我们去得早,只用了半个小时就经过严格安检后进入了。走出总统府的时候一看,哇,参观者在总统府大门排起长队,只见队首,不见队尾啊!总统府在繁华的乌节路上，面里却是一片望不到边的绿茵。主楼的第一层是宴会厅，节日期间布置成展览厅，展出总统收到的各国赠品，我发现一幅我国画家徐悲鸿画的奔马，分外亲切。陈庆炎总统伉俪亲自接待游园群众，和大家握手、拍照，陪着人们观赏文娱表演，马来西亚"斯里华里山"艺术团演出的"俏花旦"舞还加入了中国川戏的元素。

其实春节在儒学文化圈的国家里，都和中国一样，是更加"新年"的新年。只有日本，在明治维新以后取消了这个节日。韩国人把春节初一叫"旧正"：在这一天，不仅要做"打糕"等等丰盛的节日食品，而且一定要回家团聚，看望父母。如果父母已经过世，就去长兄家里。鲜花是越南春节的必备品，逛花市是越南人过春节的重要内容。赏花，吃春卷，探亲访友，一派节日的喜庆。其他"圈内"国家都差不多。

在欧美，春节只活跃在华人圈子里，那里的新年就是公元的1月1日。除了美国这样历史很短的国家，各国都有富有特色的新年习俗。最奇特的是欧洲人几乎都喜欢在除夕打碎那些可以打碎的瓶瓶罐罐，扔出门外，象征和旧的一年告别。北欧的丹麦人更独特，喜欢到亲友的家门前砸碗碟。丹麦人相信，谁家门前堆放的碗碟碎片越多，就说明他家的朋友越多，来年一定幸运。

我在俄罗斯的莫斯科度过了1994年新年，当时我正在莫斯科大学做高级访问学者。俄罗斯过公历新年是彼得大帝开始的。俄罗斯人过年都会准备香槟，当克里姆林宫的自鸣钟打响12下的时候，他们就会打开酒瓶，香槟酒喷得越高，来年越幸福。新年的莫斯科几乎是一座空城，只有迎接新年的大幅标语，一切商店都停止营业。甚至公共厕所也关门了，使我这个不懂规矩的"老外"在逛街时很感困窘。过年的前几天，莫斯科大学汉学系主任卡纳别相教授请我去家里吃饭。我写过一首《致卡纳别相》，中间有这样几行——

一切都会过去
但不是一切都会遗忘
比如你家中这个美丽的夜晚
比如这次畅谈的灯光

《重庆晚报》2014年2月26日

梅花香满石榴裙

称谓的文化

读到一个手机段子，为之捧腹。一个小学生的成绩不佳，一次妈妈看了他的成绩单后，生气地说："你以后再拿这样的成绩单回来，就别叫我妈了。"过了几天，孩子放学回家，给妈妈呈上成绩单，小声地说："大姐，我的考试又挂科了。"大笑之余，想到称谓的文化。

称谓在人际交往里很重要，它反映被称谓者的身份、地位，也表现称谓者自身的人文教养。合适得体的称谓，会缩短人际距离。相反，称谓用错了，就会影响交际的氛围和效果，甚至闹出笑话。记得我的一位熟人，大学毕业留校时，依照当时的规矩，得先到外地农村劳动锻炼一年。为了联系群众，那位同学问当地农民："你们这里怎么称呼女人？"农民以为是在问怎么称呼老婆，就说："叫婆娘嘛。"第二天下地干活，这位同学遇见一位女农民，热情上前招呼："婆娘，你出工了呀！"弄得双方都很尴尬。

称谓因人而异。《西游记》中，唐僧对男性多叫"施主"，对女性多叫"女菩萨"，这和唐僧的自身身份有关。《三国演义》第66回，孙权威胁身在吴国的诸葛亮的哥哥，如果刘备不归还荆州，就要杀他全家。于是诸葛亮紧急求见刘备，哭拜于地："吴侯执下兄长老小，倘要不还，吾兄将全家被戮。望主公看亮之面，将荆州还了东吴。"将孙权称为"吴侯",将刘备称为"主公",都是符合诸葛亮的身份的。《红楼梦》中,贾母有儿子在朝做高官,所以叫史太君;贾赦、贾政是官员,他们的正妻就分别叫邢夫人、王夫人。而贾琏没有官职,他的妻子凤姐就在贾府里被下人称为"奶奶"。《尔雅·释亲》说:"夫之弟为叔。"所以,《水浒》第24回,潘金莲第一次见到武松,热情有加地用了二十多个"叔叔",表现出潘金莲无比心动、欲火难耐的心理状态。

一些称谓会随时代变化,称谓的变化其实就是文化的变化。例如"小姐",是宋元时对地位低下的女子的称呼。赵翼与袁枚、张问陶并称清代三大史学家,他有一首《论诗》流传广远:"李杜诗篇万古传,至今已觉不新鲜。江山代有才人出,各领风骚数百年。"赵翼在一篇文章里写道:"宋时闺阁女称小娘子,而小姐乃贱者之称。"民国后,"小姐"成了对未婚大户人家女子的敬称,对应英语的miss,音译为"密司"。而到近年,由于此词内涵的微妙变化,渐成禁忌。如果你说哪个女子是"小姐",人家也许会美目圆睁,回复:"你才是小姐呢!"又如"大夫",原本是古代官职名,《礼记》记载,夏朝就"有三公,九卿,二十七大夫,八十一元士"。隋唐以后以"大夫"为高级官阶。但是到了现代,大夫和官场无关,而是对医生的尊称,为了区别,将"大"读成"dài"。

姓名是一个最富个性的称谓,因而易闹误会。当代诗人王占彪,在南京大学就读时开始写诗。一次,写诗时忽闻窗外有人在唱《东方红》,遂取笔名阿红。这下惹麻烦了,在诗的年代,来自男读者的情书不断。革命前辈肖楚女,真名肖树烈,担任《新蜀报》主笔时常以"楚女"之名撰写政论,也造成误会。于是他在报上特地刊登启事:"本报有楚女者,并非楚楚动人之女子,而是身材高大、皮肤黝黑并略有麻子之大汉也。"

《重庆晚报》2013 年 6 月 20 日

梅花香满石榴裙

当诗歌遭遇美酒

"当诗歌终于遭遇郎酒/你发觉文字已经白发转青",这是傅天琳《郎酒》二首中的诗句。诗写在去年12月,当时我们有九个人去到四川古蔺县的二郎镇,那是"神采飞扬中国郎"的总部所在。这九个人分别是:四位鲁迅文学奖的先后得主,张新泉、叶延滨、黄亚洲、傅天琳;台湾诗人、台湾《葡萄园》诗刊主编台客;泰国诗人、泰国泰华作家协会秘书长曾心;韩国外国语大学教授、世界鲁迅研究会会长朴宰雨;日本九州大学准教授、著名汉学家秋吉久纪夫的儿子秋吉收,再加上我这个领队,郎酒集团的宣传材料介绍是"世界诗歌黄金王冠获得者"。原定还有两人,雷抒雁病重,美国的非马突发高烧,均未能成行。

过去也曾有作家到访,比如莫言,比如贾平凹,而且都留下了诗文。但是像这样一大批中外名家集体来访,在郎酒集团还是第一次。去二郎镇的途中,到重庆迎客的工作人员就在车上给每位客人送上印有那位客人姓名的欢迎卡。大家一下车,就看见总部的一个长长的荧屏,不断流动地亮出每位客人的姓名,以表示热烈欢迎。经我同意,黄亚洲带上太太前往,所以荧屏上有"欢迎诗人黄亚洲及夫人"字样。郎酒集团总部的美丽小姐们蜂拥而来,找客人在荧屏前合影留念。大家开玩笑说:"'郎'女郎们,你们切忌不要在

'黄亚洲及夫人'字样前和黄亚洲照相哟！"

　　当晚的宴会，郎酒集团的高管悉数出席。策划此事的李明政副总是诗人，我的学生，他平时驻成都，事务缠身，没有赶上，凌晨3点才从成都赶回陪客。在晚宴上，一位厂长老是开玩笑地反复说一句敬酒辞："诗人在路上，我们喝酒吧"，让人忍俊不禁。在热烈氛围里，大家煮郎酒，论英雄。朴宰雨用韩语唱歌之后，秋吉收站了起来："我不表演节目，我要说几句话。有些日本人不了解中国人。我来到西南大学，来到郎酒集团，都感受到了中国朋友的真诚友谊。我回去以后要向他们宣传。"全场掌声。

　　二郎镇的奇迹之一是天宝洞，这是远古的一个天然大溶洞，位于悬崖峭壁，无路可通，一直是野兽的栖息之地。在原始树林和野草繁花的掩盖下，天宝洞"长在深山无人识"。上个世纪60年代末，郎酒的一位工人上山采药，才发现此洞。天宝洞极深，总面积近15000平方，现在成了郎酒集团的藏酒之地。洞里半人高的土陶酒坛有上万个之多，装有用作勾兑的基酒，储存量上万吨，每个酒坛都记载有储藏时间，天宝洞因此有"酒坛兵马俑"之称。主人打开一个储存30年的酒坛，请大家品尝。我非酒客，不知基酒的厉害，喝了一小杯，芳香饶舌，但浑身顿时发热。一问，72度，天啦！

　　和李明政一起陪同我们参观的是郎酒集团的另一副总沈毅，儒雅沉静，文质彬彬，这位白面书生是国家一级品酒师。央视曾经播出节目：把沈毅的眼睛蒙上，在他面前摆上一长排酒瓶，要他尝出酒的品牌，他居然无一说错。大家对他很好奇，问了关于品酒师的各种问题。诗人张新泉的问题最刁："当品酒师这么多禁忌啊，那么能接吻吗？"沈毅笑起来："如果连这个都不能，我就辞职了。"张新泉穷追不舍："容许干吻，还是湿吻？"沈毅神秘地笑而不答。

　　　　　　　　　　　　　　　　《重庆晚报》2013年4月16日

梅花香满石榴裙

稿费古今

一些朋友老是对我说:"像你这样写文章、出书还有稿费的人,现在太少太少了。"是呀,现在向某些刊物投稿,首先要缴审稿费,至于用不用,那是另外一回事。如果运气好,用出来了,还得缴不菲的版面费。这显然是病态的社会现象,兔子的尾巴——长不了!

《隋书·郑泽传》谈到关于稿费的发端。据说有一次,隋文帝命手下一位叫李德林的官员起草诏书,在场的另一位官员开玩笑说:"笔干了,怎么写啊!"古代人是用毛笔写字的,所以这里说墨干了,不好写字了。这时皇帝非常喜爱的官员郑泽开口了:"不得一钱,何以润笔?"中国古代稿费叫"润笔"由此而来。随着时间的推移,润笔的称呼也在不断变化,唐代叫义取,宋代叫惠香,明代叫利市,都含有吉利和"君子爱财,取之有道"的意思。到了现代,润笔就称为稿费了。

从事文学写作的人,大抵是兴趣使然,不太计较稿费,"文革"里则是完全没有稿费的。记得"文革"中,部队请我代《光明日报》采写因修筑嘉陵江上的铁路桥牺牲的晋家清烈士事迹,《光明日报》送了我5枚荧光毛主席像章,这就算是稿费了。1979年,"文革"结束,新时期开始,我在《四川日报》上发表了一篇很长的文艺评论:《论文艺题材的多样化》。这是当时文坛上的一场争论:有

人力主打破框框,实现题材多样化,有人则持反对意见,我自然属于前一个阵营。记得那篇文章占了《四川日报》的一个整版,通栏大字标题。过后不久,我到系里上课,系办公室的人要我下课后去一趟,说有汇款单。我很纳闷,我每月给父母汇款的,但谁会汇款给我呀?取回一看,是《四川日报》的稿费单:8元,这才知道稿费制度恢复了。数额虽小,但这可是一个新时代的开始啊!慢慢地,出版社、杂志社、报社的稿酬都在一步步提高。贵阳的《山花》杂志,还对优秀作品实行双稿酬。比如我得到的稿费单是2000元,汇款人附言上写着:"1000×2",意思是原本稿费是1000元。进入网络时代后,又有网络稿费。经我授权,清华同方和我签合同,将我的几部著作收入"中国知识资源总库",销售超文本链接版,每半年就要结算一次稿费呢。

我家的邻居曾经是外语系的伽丽娅老师,她是乌兹别克人,也是我的业师。她的一句汉语口头禅就是:"柯楚别依(我大学本科学的是俄语,按惯例,俄语专业师生都有一个俄语名字),你如果在我家乡的话,你可富裕了!"是的,在现今世界上,许多国家的稿费都比中国高出好多倍哟。以美国的报纸稿费为例,全国级报纸一般是每字0.7—2.00美元,地方报纸是每字0.1美元。按中国以千字作为计酬单位,全国级报纸每千字最高是2000美元,折合人民币为一万多;地方报纸每千字是100美元,折合人民币600元左右。欧洲报纸一般是每千字400—500欧元,折合人民币4000—5000元。

当然,中国也有高稿费的个案。宋代《野客丛书》就说到一个故事。"金屋藏娇"这个成语,说的是汉武帝把阿娇藏在金屋里。阿娇后来成了陈皇后,汉武帝又移情别恋了。被冷落的陈皇后命心腹内监携黄金百斤去找司马相如,请他写一篇赋规劝皇帝,司马相如写的就是那篇著名的《长门赋》。百斤黄金,够高的润笔吧?

《重庆晚报》2013年5月3日

梅花香满石榴裙

春天的记忆

又是初春了。万物复苏,花红柳绿,青山不墨千秋画,流水无弦万古琴。想起宋人朱熹的诗句:"等闲识得东风面,万紫千红总是春。"在初春里,最醉人的是树木的新绿,娇嫩的,透明的,给人向上的力量。

我想起画家苏葆桢的《川西三月》:那一望无涯的油菜花,漫无边际的金黄。画面的边上有几个蜂箱,蜜蜂在花间飞舞。苏葆桢是张书旂的弟子,而张书旂与徐悲鸿、柳子谷并称"金陵三杰"。常任侠写道:"书旂所受诸弟子,以葆桢最秀出。"后来的苏葆桢,以画葡萄名世,人称"苏葡萄"。他的"葡萄",未经批准,是不能出关的,这是国宝啊!我在华盛顿的重庆楼吃饭时,发现餐厅挂的是一幅"苏葡萄",一打听,这家餐厅好像与重庆市政府的外事处有关。1979年,时任四川省省委书记的赵紫阳出访欧洲,曾带了苏葆桢的绘画作为国礼。我喜欢苏葡萄,但是特别喜欢《川西三月》,这是用画笔写出的春天的诗章,用色彩和线条奏出的春天圆舞曲啊,让人心胸顿时开阔,视野无极。这幅画是四川省美协当年邀请一些画家去成都沙河堡采风时苏葆桢的成果。他对我说:一到油菜花地,头上就被蜜蜂蛰了一个包,感受到蜜蜂是春天里繁忙的使者。

1985年,全国人大通过设立教师节。四川省这一年在教育工作者里

评选命名了一批省级劳动模范，西南师范学院的是苏葆桢和我。当年夏天，国家教委邀请我们两人去北戴河国家教委休假基地休假一周。那个时候的交通很不方便，学校给我们订了去北京的飞机票，到了北京以后，得自己想法去北戴河。买从北京去北戴河的火车票何其困难，我们在教委的招待所住下来。苏葆桢比我长20多岁，身体却比我好，他主动承担了买票的事，叫我休息。第二天一大早他就出发，满意地携票而归。在北京，他仔细地给我介绍葡萄的种类，劝说我多吃葡萄，"对身体好啊!"

前一年，重庆市教育局局长田伯萍托我向苏葆桢要一幅"葡萄"，送马来西亚的友人。苏葆桢很快就画好了。后来，田伯萍送来一只雷达表，装在红色的盒子里，要我转给苏葆桢。但是我却一直不好意思为自己向他开口。这下机会来了。休假基地把我们安排在海边居住，每天我们两人并肩下海，无所不谈。于是我就厚着脸皮向苏葆桢说："苏老师，我还没有你的'葡萄'呢!"他笑了："会有的，会有的。"谁知回校不久，他就意外地离开了人间。

另一个难忘的初春是1980年。那一年4月，武汉大学召开马雅可夫斯基讨论会，那个会很热闹，国内的马诗专家几乎到齐，戈宝权、飞白、骆文都参与争论：马雅可夫斯基与未来派的关系，马雅可夫斯基自杀的原因等等。到会次日早上我到武汉大学校园散步，突然发现了樱花，哇，好大一片，我低着头钻进垂下的花枝里，如入梦境。我孤陋寡闻，此前不知道武汉大学的樱花非常有名，想起白居易的诗："小园新种红樱花，闲绕花枝便当游。"我当时是一个刚晋升讲师才几个月的无名小辈，从未蒙面的武汉大学陈守成教授读到过我的研究马诗的文章，决定破格邀请我，并请我与高莽先生一起做讨论的主持人。我没有想到会有车到机场专门接我，下飞机就挤民航的班车去了，搞得接机的两位女助教满头大汗，最后在民航班车上找到我。

《重庆晚报》2014年3月18日

宁波去来

最近去了一趟宁波。宁波大学园区图书馆是宁波最大的图书馆，位于大学园区南区，占地近百亩。这家图书馆由中国工程院院士程泰宁设计，五层的现代化的银灰色大楼，方方的，错落有致，颇有后现代风格，2004年获"中国建筑工程鲁班奖"。

也许这是东部与西部的不同吧，大学园区图书馆启动了"仰望星空，我的美丽诗歌梦"的系列活动，使我感慨不已。在西部，在重庆，还在仰望诗歌的地方的确很难找到了。到那里参观，才看到图书馆购买的诗歌书籍真还不少，不但有包括《吕进文存》在内的我的著作，连新诗研究所的年刊《诗学》都在架上。这些书，就是西南大学图书馆也没有啊！

我在图书馆一楼的学术报告厅做了《中国文学的诗化特征》的报告。我还没有到达宁波，当地报纸就先期报道了这一消息，所以报告厅的280个座位坐得满满当当的。大学教授、诗人、宁波大学学生，甚至一些中学生都到场。宁波市作家协会主席褚佩荣（笔名荣荣）是诗人，她是第四届鲁迅文学奖得主，而我正是那届鲁奖的评委，当年在绍兴颁奖时见过面的，他们几个获奖者也曾和我在绍兴合影留念。她拎着地方特产，早早赶来，笑着对我说："这下你得

承认我是你的编外弟子了吧,我可是听了课的哟!"

当晚颜务林馆长宴请,几位诗人提醒他:"不要忘记请吕进先生留下墨宝啊!"书生气十足的颜馆连声说:"记得的,记得的!"《宁波晚报》的"三江人文访谈"约好第二天对我专访,这是一个高端访谈栏目,主持人采访过马未都、莫言、余秋雨、王蒙、李政道、郎咸平等。他们把采访地点定在颜馆的办公室,颜馆自豪地说:"市委书记接待采访也在我这间办公室呢!"的确是一间很大很带书卷气的办公室。我一进门,他们就把我请到一个长长的桌子面前,那里早已铺开宣纸,准备好笔墨了。我连连求饶:"我可是学外语的,我的汉字实在难以见公婆啊。"可是,他们哪里肯放过我?我只好握笔"心中别有欢喜事,向上应无快活人——录吴昌硕篆书联,奉宁波大学园区图书馆"。

甬江流过宁波,所以宁波简称"甬"。去之前,大学园区图书馆给我发来短信:"甬城欢迎您。"当时我还没有反应过来哪里是"甬城"呢。去到宁波之前,我对这座城市实在了解不多,平时和宁波的接触就是吃宁波汤圆吧,这次宁波主人也请我在甬味餐厅"缸鸭狗"品尝了真正的宁波汤圆。其实,宁波商业非常发达,是浙江的三大经济中心之一,是我国的重要海关,而且宁波的文化底蕴很深厚。这里是 7000 年前的河姆渡遗址的发源地,虞世南、王守仁、黄宗羲这些文化名人都出自宁波。宁波尤以藏书闻名天下。宁波大学副校长赵伐是我的本科学生,钱志富副教授是我的博士生,他们两人陪我去天一阁,这就是闻名遐迩的藏书楼。已经有了 400 多年历史的天一阁是明代隐退的兵部右侍郎(相当于现代的国防部副部长)范钦(1506—1585)主持建造的。它是国内最老的私家藏书楼,也是世界三大家族图书馆之一,古朴雍容,诗意十足。穿越其间,犹如穿越于历史之间,联想多多。

《重庆晚报》2013 年 5 月 6 日

梅花香满石榴裙

老师与老板

　　重庆、上海、济南这些城市，时下对陌生人的称呼都是"老师"，只要是成年人，无分男女。这个称呼取代了过去年代从苏联传过来的"同志"，一直到上个世纪80年代末。1988年，香港筹备Leshian（女同性恋）和Gay（男同性恋）的电影节，有人建议汉语用"同志"代替这两个英语词，就叫"第一届同志电影节"，"同志"的这一新含义自此逐渐扩散开来，使得"同志"这个词有了歧义，不再适合用于称呼任何陌生人。

　　在广州，对陌生人的称呼却不是老师，而是"老板"，哪怕你去大排档吃碗面条吧，服务生也会招呼你："老板，来点什么？"真是如果天上落下一块石头，就会砸死几个老板。在旧时代的戏剧界，唱戏的主角叫老板，掌管舞台的叫后台老板，掌管戏班子的叫前台老板，但是在普遍的场合，"老板"是雇工对雇主的称呼。"老师"和"老板"两个不同的称呼表现出不同的地域文化和社会风尚。在中国古代，也称老板为"东家"，因为中国自古以东为上为大，东家就是老板。《红楼梦》第2回《贾夫人仙逝扬州城，冷子兴演说荣国府》里，冷子兴向贾雨村介绍贾敏时说："目今你贵东家林公的夫人，即荣府中赦政二公的胞妹，在家时名唤贾敏，不信时你回去细

访可知。"

"老师"在古代有许多别称,比如孔子门徒称孔子为"夫子",后来就成了教师的一种尊称。古代的太师、太傅、少师、少傅是教习太子的官职,后来合称"师傅",也成为教师的代称。古代敬称有德行、有学问的长者为"先生","先生"也引申为教师。《礼记》说:"从于先生,不越路而与人言。"到了唐宋时期,出现了"老师"这个称谓,一直沿用于今。唐代韩愈有句至今为人引用的名言:"师者,所以传道、授业、解惑也。"我查了一下《辞海》,"教师"条就一句释义:"学生对教师的尊称。"启功教授在北京师范大学执教,及门弟子称他"启老师",他乐意。但当有人敬称"启先生"时,生性幽默的启功就往往回答:"岂(启)敢,岂(启)敢!"

一个好老师会让学生铭记终生。作家莫言曾谈到他的小学时代。在那个以阶级斗争为纲的年月,莫言出身不好,加上说过一些当时被认定为大逆不道的话,差点被当作反动学生开除。那时学校规定午饭后学生必须在教室午休。一次,莫言去晚了,于是脱下木板拖鞋,光脚轻轻走进教室,以免打扰同学。这一幕正好被体育老师看见,这位老师在全校教师会议上仗义执言,说莫言绝对是一个善良的好孩子。莫言说,他至今想念这位老师。

在高校,研究生的老师叫导师,可是这些年普遍被学生背后称作"老板"。师生关系是一种特殊的社会关系和人际关系,老师变老板,师生之间就除了有教育关系、心理关系、伦理关系外,多了一层雇佣关系。老师去争取课题,经费到手,学生受雇完成课题,师生之间应有的人格平等、学术民主、氛围和谐都变味了,这也许正是高校深化改革的一个向度吧!

《重庆晚报》2013年12月1日

现代文人的风花雪月

现代文人的风花雪月

"风花雪月"是云南大理最为著名的四大景观。大理的上关是开阔的草原,鲜花铺地,人称"上关花";盛产沱茶的下关则是一个山口,常年微风徐徐,人称"下关风";横卧大理的苍山,山顶白雪皑皑,人称"苍山雪";而大理的洱海,月夜十分迷人,人称"洱海月"。所以大理有一个广为流传的名联:"上关花,下关风,下关风吹上关花;苍山雪,洱海月,洱海月照苍山雪。"

现在成了常用语的"风花雪月"一词出自宋人邵雍的《伊川击壤集序》:"虽死生荣辱,转战于前,曾未入于胸中,则何异四时风花雪月一过乎眼也。""风花雪月"既指自然风景,更多的是男女情事的代称。在现代文人里,风花雪月的故事就不少呢。

上个世纪五六十年代香港演艺界有一位绝代佳人,这就是电影演员夏梦。小说家金庸说过:"西施怎样美丽谁也没有见过,我想她应该长得像夏梦才名不虚传。""生活中的夏梦真美,其艳光照得我为之目眩;银幕上的夏梦更美,明星的风采观之就使我加快心跳,魂儿为之勾去。"为了亲近美女芳泽,名满香江的金庸居然放下身段,加盟夏梦所在的长城电影公司,担任编剧。夏梦主演的一些电影,比如当年在大陆十分叫座的《绝代佳人》,还有《午夜琴声》、《有女怀春》等都是出自金庸笔下。夏梦是上海人,1933年出生,

本名杨濛。这位"长城公主"、"香港西施"对金庸也有好感,但是还是在21岁时选择下嫁给商人林葆诚了。黯然神伤的金庸,从此离开长城公司,开始了小说《神雕侠侣》的写作。

金庸是浙江海宁人,诗人徐志摩也是海宁人。去年我到海宁,县长对此津津乐道,多次向我提及。志摩风流,一辈子风花雪月的事儿不少。与他同时代的女诗人林徽因也是绝世美女和才女,相貌美丽绝伦,气质超凡脱俗,诗人方敬生前也曾多次对我赞赏林徽因的美貌。徐志摩狂热地追求林徽因,一直追到伦敦。为了逃避徐志摩的追求,林徽因的父亲将徽因带回北京,而志摩又跟着回北京。哲学家、逻辑学家金岳霖后来回忆这一段事情时说,"徐志摩自不量力啊"。在追林徽因失败后,徐志摩在北京把目光转向了陆小曼。陆小曼在当时的外交部担任过三年口语翻译,参加接待各国外宾,出席外交部的各种舞会,在这种熏陶下,从一位女学生出落为京城名媛。陆小曼和军人王赓结婚。王赓魁梧英俊,一米八的个头,出身美国西点军校,与后来的美国总统艾森豪威尔是同学。但是陆小曼感觉王赓在感情领域是弱智,在婚后不久又与王赓离婚。此后,他和徐志摩相互一见钟情,"恨不相逢未嫁时"。

1926年徐陆结婚,徐志摩的父亲心里不赞成,提出三个苛刻的条件,其中之一是,必须由胡适先生担任介绍人,梁启超先生担任证婚人,否则不予承认。好心的胡适同意了,但是梁启超坚决拒绝。在胡适一再劝说下,梁启超勉强接受邀请。婚礼在北海公园举行。当着一百余位嘉宾,梁启超怒眼圆睁地发表了他那篇著名的证婚词:"徐志摩,陆小曼,你们听着,你们都是离过婚又重新结婚的,这全是由于用情不专,以后要痛自悔悟。我作为你徐志摩的先生——假如你还认我这个先生的话,又作为今天这场婚礼的证婚人,我送你们一句话,祝你们这是此生最后一次结婚。"徐志摩是梁启超的关门弟子,对于导师的当场斥责,自然不敢吭气,梁启超能够证婚,已经给足他的面子了哟!

《重庆晚报》2013年5月14日

现代文人的风花雪月

再说现代文人的风花雪月

徐志摩狂追林徽因的时候写过一首诗《偶然》"我是天空里的一片云/偶尔投影在你的波心"。这成了徐志摩的名作之一。林徽因也写了一首《仍然》回应"你的眼睛望着,我不断的在说话/我却仍然没有回答,一片的沉静"。

林徽因后来嫁给建筑学家梁思成。梁思成是梁启超的儿子,梁启超曾经给梁思成写过一副对联,上联是:"清水出芙蓉,天然去雕饰",这是李白的诗句;下联是:"白鸥没浩荡,万里谁能驯",这是杜甫的诗句。自然平易,做人清白,做事勇敢,这就是梁启超的对联寄予儿子的厚望。梁思成毕业于美国宾夕法尼亚大学,开初他所以选择建筑学作为自己的专业,是由于林徽因喜欢建筑学。两人在加拿大温哥华结婚。

梁思成和林徽因后来都是中国权威的建筑学家,梁思成还是中国科学史的开拓人,而林徽因则是中国诗史留名的诗人。中华人民共和国开国的时候,他们参与了国旗、国徽和人民英雄纪念碑的设计。中央当时组织了两个国徽的设计组,一个由中央美术学院组建,另一个就是梁思成、林徽因领导的清华大学设计组。国徽评选委员会最终通过的是清华的方案,认为此方案庄严肃穆,决定送交政协

全体会议审定。在评选委员会投票时，周总理来到会场，看了两个方案后，投了清华的票，并且问："梁先生、林先生来了吗？"工作人员报告："两位先生都累得病倒了，秘书来了。"后来在全国政协一届二次会议上，由毛主席主持，以起立鼓掌的方式，通过了清华方案。当秘书迅速回校告诉梁思成和林徽因时，两位都激动得哭了。

林徽因诗作的数量不算多，然而她是重量级诗人。她的艺术上炉火纯青的诗歌，感觉的微妙，情绪的回旋，都是后人难以望其项背的。她曾经在《大公报》的文艺副刊上写过一篇随笔《究竟怎么回事》，披露她的诗歌见解，到了今天这些见解还保留了它的诗学价值。

林徽因的终生追求者是著名哲学家、逻辑学家金岳霖。金岳霖毕业于清华，留学于美国，游学于欧洲，是个饱学之士。他身材高高，十分帅气。他非常喜欢林徽因。有一天，林徽因坦诚地告诉梁思成：我喜欢上两个人了，这就是你和金岳霖。我应该怎么办呢？经过一夜的辗转反侧，梁思成第二天告诉林徽因：你是自由的，你自己选择吧，我绝不干预。林徽因把这事又告诉金岳霖，金岳霖立即说："看来思成是真心爱你的。我不能去伤害一个真正爱你的人，我应该退出。"哲学家金岳霖使人想起柏拉图的一句名言："理性是灵魂中最高贵的因素。"

梁家和林家都是望族，而且是世交，梁思成和林徽因两人是发小，两小无猜，所以婚后非常幸福。金岳霖一直和梁家毗邻而居，终生未娶，他们保持了纯真的友谊。金岳霖生活十分讲究，他家的厨师会做面包，每天早上他都会叫人给梁家送面包。到了晚年，金岳霖的记忆退化了，许多事情转眼即忘。但是，只要提起林徽因，他却什么都记得。邻居说他的笑话："对金先生来说，眼前的事是古代史，而久远的事却是现代史。"说起林徽因，金岳霖总是赞美说："了不起的人啊，一出手就是杰作。"

《重庆晚报》2013 年 5 月 15 日

北大教授陈独秀

陈独秀是人们熟知的"五四"新文化运动的先锋,这和他主办《青年杂志》很有关系。这家在上海出刊的月刊,从第2卷(1916年9月)改名《新青年》,扬起民主与科学的大旗,声名鹊起。《新青年》第4卷1期(1918年1月15日)推出胡适、沈尹默、刘半农的九首新诗,这也是中国新文学最早的一批产儿。其后,小说也登场了,在第4卷5期,推出了新文学的第一篇白话小说:鲁迅的《狂人日记》。

1916年年底,蔡元培被任命为北大校长。他决心请陈独秀出山,天天去到陈家,敦请陈独秀去北大。陈独秀终于被蔡元培的真诚所感动,接受了邀请。北大分文科、理科,各设一位学长,理科学长夏元瑮是赫赫有名的物理学家。1917年1月,蔡元培致函教育总长范源廉,请委任陈独秀为北大文科学长。他在函后附有陈独秀履历:"陈独秀,安徽省怀宁县人,日本东京日本大学毕业,曾任芜湖安徽公学教务长,安徽高等学校校长。"过了两天,范源廉即发布教育部第3号令:"兹派陈独秀为北京大学文科学长。"其实,蔡元培所写的陈独秀履历,除"安徽怀宁县人"外,均为子虚乌有。陈独秀的确5次去过日本,但是从来就没有进过日本大学,也没有在国内当过什么校长、教务长。如果此事发生于现在,可能就会成为"打假"的重头戏了。但是,由于蔡元培的慧眼识珠和破格用人,就为北京

大学添上了辉煌的一页：陈独秀领头的文科成了新文化运动的中心。

陈独秀是1920年3月离开北大的，起因是他常去八大胡同逗留，舆论哗然。八大胡同，是当年北京的"红灯区"，究竟包括哪些胡同，说法不一。一般认为，是指百顺胡同、胭脂胡同、朱家胡同、韩家胡同、陕西巷、石头胡同、棕树斜街和大力胡同。八大胡同出过一些历史人物，比如赛金花，比如小凤仙。八大胡同至今唯一保留下来的古建筑是赛金花的怡香院，这是一栋两层的红色小楼。当时嫖娼并不违法，北京大学教授去到这个寻花问柳之地的，也不止一个陈独秀，理科学长夏元瑮、教授沈尹默都好此道。北京报纸却独独不放过陈独秀，说他"与诸生同昵一妓，因而吃醋，将妓女之下体挖伤泄愤"，这就显然与当时新、旧思潮的激烈冲突有关。蔡元培在处理这事时非常谨慎，1919年3月26日，他召集四位校董开会，决定废除学长制，改为教务长制，即成立教授会，主任由主要教授轮流担任，称教务长，这样，就让陈独秀的学长职务自然取消，体面地下台。蔡元培并没有接受有人提出的开除陈独秀的建议。胡适后来宣传陈独秀离开北大，"实开后来十余年的政治与思想的分野"。胡适撰文说："独秀因此离去北大，以后中国共产党的创立及后来国中思想的'左'倾，《新青年》的分化，北大自由主义者的变弱，皆起于此夜之会。"一个人的去向就导致中国共产党的建立，改写了中国现代史的说法是站不住脚的，当时的中国已经出现了多个共产主义小组。近年的研究证明，重庆的共产主义组织也在1920年3月成立，并与共产国际取得联系。时代潮流之所向，不会仅仅取决于一两个历史人物。

也许与当年陈独秀嫖娼案有关，最近手机短信盛传据称是陈独秀写的《乳赋》，有人评价此赋"色而不淫，富有文采"，其实，窃以为，完全可能是伪作。什么"咪咪"、"波波"之类，都是近年才出现的词语啊！

《重庆文学》2014年第11期

现代白话诗的早行人

吴芳吉是站在白话诗和文言诗的交叉点上的重庆诗人,承继清末黄遵宪的诗界革命的主张,他是中国最早的现代白话诗的探索者之一,因自署"白屋吴生",故世称"白屋诗人"。吴芳吉少年即有诗名,1919年问世的白话诗《婉容词》至今艺术魅力不减,首次在上海《新群》上发表后,就轰动一时,传诵一时。白屋诗人1896年生于重庆江津,1932年去世,虽仅享年36岁,却是白话诗史的重要篇章。他从"五四运动"前几年即开始写诗,留下的600余首诗作,其文学价值和文学史价值弥足珍贵。

中国诗歌历来有关怀民间疾苦、忧患国家命运的以家国为上的传统,自古以来中国诗人就视那种只做自己灵魂的保姆的诗为下品,而是追求第一等襟抱,寻觅广阔的诗的内在视野。吴芳吉的诗很好地接通了这个诗歌遗传,他说:"三日不书民疾苦,文章辜负苍生多。"作家李劼人在《悼念诗人吴芳吉》一文里评价得很好:"他虽是一个诗人,但却不是通常那吟风弄月、抛撒点闲恨闲愁的诗匠,而是具有杜甫悲天悯人的思想,白香山平易近人的观念,逐处想救国救民,逐处要想在民众悠悠的冤枉路上开一条直径,要想在森严黑暗中放一道明光,要想促进人类的幸福。"诗人朱自清在那篇著名

的《中国新文学大系》诗集序言里曾经说闻一多"也许是唯一的爱国新诗人",研究者喜欢引用这句话,作为中国闻一多研究会副会长,我一直说,"也许"这个评价非常不准。不仅对于吴芳吉不公平,对于许多新诗人也是不公平的。

"五四"初期,胡适的"作诗如作文"的主张大行其道,诗人穆木天因此说胡适是中国新诗的第一罪人。现在评判,这其实也是诗歌史的一种必然:诗歌历来是中国文学的王冠,要突破旧制,要冲击传统,为白话诗杀开一条血路,必须先争取白话的位置。吴芳吉的慧眼当年就看出了白话诗的只有"白话"而没有诗的弊病,提出不能把"白话诗运动"变成"白话运动",他提出了诗的修辞,诗的"内美",自创诗体,他提出的"达意,顺口,悦目,赏心"的美学标准是有见地的。在《谈诗人》里吴芳吉对新诗舍弃诗美提出异议。他说:"诗之必要有美然后得以成立,总是不能非议的。"对此,他努力地为白话诗探寻艺术道路,他说:"第一奇功休让人,开国文章我辈始。"吴芳吉博雅宏通,他的诗广采博纳、融会古诗之妙、兼采西诗之美、守望诗之为诗的美学元素。

吴芳吉是重庆诗歌的骄傲。这些年,永川、成都、江津、重庆都建立了吴芳吉研究会,还出现了专事吴芳吉研究的学者,我主编的《20世纪重庆新诗发展史》(重庆出版社,2004年6月第1版)的卷一《重庆新诗的过程描述》的第一章就有长达13页的《白屋诗人吴芳吉》的专节,但是,总体而言,还做得远远不够。除了诗歌,吴芳吉的教育思想也值得注意。他是重庆大学的开创者之一,他担任过成都大学中文系系主任、四川大学教授、江津中学校长,蜚声教育界。吴芳吉的语言研究的成就也被诗名遮盖,同样需要我们注意发掘研究。

《重庆晚报》2013年6月14日

六十余年一卷诗

——读《臧克家诗选新编》

最近,人民文学出版社出版了《臧克家诗选新编》,这是中国新诗发展史的珍贵文献。《臧克家诗选》的初版本是由作家出版社(当时隶属于人民文学出版社)于1954年出版的,之后,人民文学出版社在1956年、1978年、1986年、1994年和2005年又出版了《臧克家诗选》的4个版本。

臧克家是我国知名度很高的诗人,他的诗影响了好几代人。名篇《难民》、《老马》、《洋车夫》、《罪恶的黑手》、《春鸟》、《三代》、《有的人》等流传很广,从中学生到诗人,几乎无人不晓。因此,每一个版本都多次重印。《臧克家诗选新编》正是在前面的5个版本的基础上进行增删修订而成。编者是臧克家的4个子女臧乐源、臧乐安、臧小平和郑苏伊,他们依据诗歌70余年来在读者中的影响情况,依据臧克家本人生前的自我评价,做了许多细心的工作。过去的最后一个版本的《臧克家诗选》选入的是诗人1984年以前的作品,《新编》增补了臧克家1984年以后的诗作,这就更完整地留下了弥足宝贵的史料。比如,镌刻在臧克家墓碑上的那首写于1992年的短诗《我》:

我,
一团火。
灼人,
也将自焚。

这是热情、正直、善良、容易激动的诗人的生动写真。

《新编》选入的写作时间最早的诗是 1929 年写于青岛大学的《默静在晚林中》,诗人当时只有 24 岁。而写《我》时诗人已经 87 岁。《新编》选诗的时间跨度长达 60 余年。这为读者全面阅读臧克家提供了方便,也为研究者创造了深入了解臧克家的条件。

对于中国现当代文学史来说,臧克家是一个丰富的存在,他的文学活动长达 70 余年。2002 年底面世的《臧克家全集》共有 12 卷,近 630 万字。臧克家是新诗发展史上一位杰出的诗人。从 1933 年在闻一多、王统照、卞之琳等的赞助下出版了处女诗集《烙印》起,臧克家是中国现实主义新诗的开山人之一。阅读《臧克家诗选新编》,我再一次体会到,在大半个世纪里,臧克家始终将他的同情与热爱献给自己的祖国,自己的时代,自己的人民,尤其是旧中国的农村和农民。臧克家面对苦难的社会人生,立志"以诗情为大时代摄影"。香港新诗史家司马长风说得好:"出身农民、从苦难中成长的臧克家,自然不能欣服徐志摩和戴望舒他们所醉心的华贵气息,绮旎风光。他以如椽的写实大笔,写出了中国如麻的苦难,成为那个时代的良心。"臧克家的杰出在于他的心永远与祖国、时代、人民相通,这是臧克家最突出的人格操守和艺术品格。1949 年他写了名篇《有的人——纪念鲁迅有感》"有的人死了/他还活着"。臧克家正是这样的人。2004 年诗人去世,但他至今"还活着",他的诗

"还活着",我们时常会想起他,想起他的诗。

臧克家从一踏上诗坛,就既注重诗的内蕴,也注重诗的艺术。他特别注意不以取消诗的艺术水准的代价去寻求诗的时代精神。臧克家在《伟大的时代洪亮的诗声——〈中国抗日战争时期大后方文学书系·诗歌卷〉序言》中写道:"无论怎样,诗人的使命都只应将诗作为诗来写。从诗与时代的联系而言,诗人要与时代同步、与人民同心;从诗人与诗的联系而言,诗人要保持艺术责任感,在拥抱时代中注意作品的艺术质量。"

臧克家是一位传统文学修养深厚的新诗人。他是中国韵味十足的歌者。他有意识地向中国古典诗歌吸取养分,予以现代化改造,铸造自己作品的中国风格,成为中国新诗文体建设的重镇。当今天诗歌界开始谈论诗歌和传统接轨的时候,臧克家作出的贡献是值得人们尊敬的。除了《自己的写照》和《六机匠》以外,《新编》选入的全是短诗。而臧克家在新诗文体建设上留下的遗产主要就是以短诗来体现的。可以看到,他的短诗具有含蓄蕴藉的抒情方式,重"藏",诗在诗外,笔有藏锋;他的短诗运用素朴精炼的言说方式,精炼,而又大巧若朴;他的短诗追求谐和悦耳的音乐方式,"敲声音",是臧克家炼字的标准之一,他寻觅着音节和谐,铿锵动人,以增加读者听觉上的美感。在新诗发展史上,像臧克家这样深刻的具有中国风格的现实主义诗人实在很少,值得学术界深入研究。

阅读《臧克家诗选新编》,我想向几位编者提出一条建议。虽然臧克家以新诗名世,但是,被诗名遮掩了的散文也有很高成就。晚年的臧克家,年老多病,不能接触新鲜生活,因此"老来意兴忽颠倒,多写散文少写诗"。臧克家的散文寻求着诗化——内中都蕴涵着诗魂,这就确立了臧克家散文的品位。从70年代初期始,臧克家也拿起了旧体诗笔。他说:"有些境界,用新诗写出来淡而无味,如果

出之旧体,可能成为精品。"他的旧体诗,绝句居多,真挚、灵秀,不用典,不一定拘泥于固有格律,颇为同好称道。"狂来欲碎玻璃镜,还我青春火样红"(《书怀》),"诗情不似潮有信,夜半灯花几度红"(《灯花》),都是名句。《老黄牛》中咏牛、咏人、夫子自道的"老牛亦解韶光贵,不待扬鞭自奋蹄",更成了报刊新闻报道、摄影美术作品的常见标题——以至使许多人误会为古诗名句。因此,能不能也为我们编出一本《臧克家散文选新编》和《臧克家旧体诗选新编》呢?

《中华读书报》2013年1月2日

艾青诗歌的兰波元素

　　艾青是拥有世界声誉的中国当代诗人。在上个世纪的革命岁月，艾青是进步诗人，但是他又不同于同时代的"左"翼诗人，他总是和标语口号式的诗歌保持距离，清醒地守望着诗的美学质地，就像香港学者司马长风在他的《中国新文学史》里所说：艾青是参加革命以后仍然保持着诗的艺术水平的诗人之一；艾青比同时代许多诗人更了解欧洲现代派尤其是法国象征派诗歌，并且接受过现代派的影响，但是他又不同于同时代那些现代派诗人，艾青并不过度地渲染诗歌的私语性和表现的晦涩，并不是现代派诗人。

　　艾青，是一位站在诗歌与美术的交叉点上的大诗人，站在古今诗歌的交叉点上的大诗人，也是站在中外诗歌交叉点上的大诗人。艾青之所以是艾青，恰恰和他站在交叉点上有关。

　　1929年，在国立杭州西湖艺术学院院长林风眠先生的热情鼓励之下，艾青来到了法国，在那里度过了如他自己所说的"物质上贫困，精神上自由"的三年。本来是去学美术的，但是后来却成了诗人，用艾青的话，就是"母鸡下了鸭蛋"。艾青在《芦笛》一诗中唱道：

我从你彩色的欧罗巴

带回了一支芦笛

所以,胡风称艾青为"吹芦笛的诗人"。美术对艾青的诗歌观念和艺术技法都产生了明显的影响,艾青的诗总是具有鲜明的色彩和线条,具有具象的画面,给人以视觉的冲击。中国传统诗学也渗透进了艾青的诗歌,他的诗忧患黎民,家国为上,"歌诗合为事而作"的人性眼光具有非凡的艺术魅力。同样,欧洲文化、欧美诗歌给艾青诗歌的影响也无处不在。在《艾青选集》的《自序》里艾青写道:"从诗上讲,我是喜欢过惠特曼、凡尔哈伦和十月革命时期的大诗人马雅可夫斯基、布洛克的作品的。"20世纪初期,在中国开始向现代转型的时候,法国文化的影响起到了不容忽视的作用。可以说,"五四"新文化运动重要的外来动力正是法国文化。中国新诗,按下之琳的说法,也经过了"美国阶段"、"法国阶段"和"德国阶段"。站在交叉点上的艾青多向度地吸收了美术的、本国的、欧洲的艺术营养,在"化欧"中,对他影响最大的是法国象征派诗歌。

在中国诗人里,受到法国象征主义诗歌较大影响的并不止于一两个,比如李金发和曹葆华(主要是取法波德莱尔的象征主义),穆木天和梁宗岱(主要服膺马拉美、魏尔伦、瓦雷里的"纯诗"理论),等等。这些诗人在"化欧"上情况不太一样,有的成功些,有的不能算为成功。李金发就是一位不成功者,他对象征主义的理解不够到位,诗歌的文白混搭的汉语也缺少美感。从法国象征派成功地寻找到有用的艺术肌理的是戴望舒和艾青。戴望舒的《雨巷》成为中国新诗的经典,被誉为"开创了新诗音节的新纪元"。艾青也是成功的盗火者。他和法国诗歌的紧密关系,从1985年法国政府授予他法国文学艺术最高勋章以及一些法国诗人极力提名他为诺贝尔

现代文人的风花雪月

文学奖候选人可见一斑。法国驻华大使夏尔·马乐在代表法国总统授勋时说:"艾青先生,在法国的朋友中间,我们为有一位中国最伟大的诗人而感到自豪。"而艾青的答词则欣然坦诚:"在我们的艺术里散发着法国文学艺术的芳香。"其实,就在他自己的诗里就散发着法国诗歌的芳香。

《芦笛》里有这样的诗行:

我耽爱着你的欧罗巴啊,
波特莱尔和兰布(今译兰波)的欧罗巴。

他说:"我不隐讳我受了象征主义的影响,但我并不喜欢象征主义。"在法国象征主义诗人里,从法国北部小城沙勒维尔-梅济耶尔走出来的象征主义诗人、超现实主义的先行者兰波是艾青喜欢的诗人。阿尔蒂尔·兰波在欧洲诗坛上是一颗横空出世的流星,转眼寂灭;荡漾诗海的醉舟,刹那消失。他写诗也就是15岁到19岁这几年,但是,他与魏尔伦、马拉美却组成了法国象征主义诗人的"三驾马车"。艾青说:"法国诗人,我比较喜欢兰波和波德莱尔。"本来,兰波是波德莱尔之后的诗人,艾青把兰波置于波德莱尔之前,显然是在说对他的影响力的大小。艾青说:"我喜欢兰波和叶赛宁的天真。"兰波虽然英年早逝,但是,他的影响却持久不衰,就像他的诗句说的那样:"我要走向远方,很远很远的远方","追着风的脚印"。《不列颠百科全书》这样评价兰波:"几乎没有哪位诗人像他那样成为人们如此热心研究的对象,也没有哪位诗人对现代诗歌产生的影响比他更大。"

艾青"不喜欢"的是象征主义的神秘和晦涩,这种神秘和晦涩源于情感的过度私密性和个别性,也源于诗人的虚无、茫然和颓废

情绪。艾青在《诗论》里这样谈到"含蓄":"含蓄是一种饱满的蕴藏,是子弹在枪膛里的沉默。"但是,艾青是清醒的"拿来主义"者,他从兰波那里"拿来"了美学观念,"拿来"了一些高超的艺术技法。

艾青曾说:"受人影响可以是他的全部作品,也可以是他的一首诗,还可以是他的一句诗。我没有深入研究过波德莱尔、兰波和阿波里内尔,但我的确从《恶之花》从《醉舟》从《醇缪集》里把握到一些现代诗的艺术思维规律,这种艺术思维规律对发展我们民族诗歌是很有启示性的。"他这里提到的《醉舟》是兰波的代表作之一。1871年,17岁的兰波受到魏尔伦邀请前往巴黎,神采飞扬的兰波写下了这首代表作:

当我顺着无情的河水自由流淌
我感到纤夫已不再控制我的航向

这首诗,表现对过去的"完成"和对"未来"的预示。当时诗人正在"醉"心地酝酿着他的"通灵"说,即:杰出的诗人都是"通灵"者,因而才能找到"未知"境界,凭借通灵的慧眼,洞穿世纪的黑暗,写出真正的诗篇。

《醉舟》这样的象征派诗歌使艾青在现实主义、浪漫主义之外看到了一种新的可能,使他更多侧面地接近诗的美学本质。兰波的名作《元音》把五个元音的形状、色彩、味道、音响、运动交织起来,"创造出一种足以适应各种官能的诗歌语言",正是"通灵"的作品。《醉舟》其实可以和艾青熟悉的绘画美学、和中国传统诗学的"文善醒,诗善醉"的理论相通,这就解除了诗人艾青在物理世界的外在约束,赋予诗人"海阔凭鱼跃,天高任鸟飞"的"生活在别处"的境界。读艾青早期的作品，如《聆听》、《透明的夜》、《芦笛》、《巴黎》、《马赛》都可以感觉到兰波和法国象征主义的元素，这就是司马长风说的"洋气十足"。当然，艾青加进了现实主义元素，尤其是后来较为成熟的作品都显示出现实主义中有象征主义、象征主义中有现实主义的特色。

兰波强调诗的肌理的丰富紧密，他喜欢把音韵、色彩、节奏、意象等交织起来，使一首诗成为象征总体，产生总的效果。兰波说："诗歌是灵魂的对话，涵盖一切，包括芳香、声音、颜色、思想与思想的交融。"艾青诗篇的厚度和密度正和成功运用象征有关，他的许多名篇都是如此。名篇《吹号者》里的号兵、黎明、太阳都是以象征手法创造的弹性形象。吹号者有形象——黎明里"最先醒来"的先醒者；有声音——他的号音以及"一阵阵雀鸟的喧吵"；有颜色——"蓝得透明的天穹"、"传着灰布衣服的人群"、"死者的血"、"惨白的面容"。这是号兵，又不只是号兵，他吹出的号音，是他"以原野给他的清新的呼吸吹送到号角里"，又"使号角由于感激，以清新的声音还给原野"。这不只是号兵，是时代、民族、人类行进途中的吹号者。象征就是这样丰富了艾青的诗篇。

在诗体上，艾青是中国诗人中自由体的推进者，"散文美"的倡导者，成名作《大堰河——我的保姆》就是典型的自由诗。这里仍然找得出兰波的元素。自由诗是随象征主义而来的诗体。就像刘延陵当年所说："自由诗是与象征主义连带而生，诗的精神已经解放，严格的格律不能表现自由的精神，于是生出自由诗了。"自由诗不是不要音节，而是反对定型的音节。反叛僵化形式，正是为新形式的到来做准备。就像艾略特所说："没有一首诗是真正自由的。"中国自由体新诗集大成者是艾青。他不赞成以诗体来确认诗的民族性。在《诗的形式问题》一文里，艾青写道："'自由诗'没有一定的格

式,只要有旋律,念起来流畅,像一条小河,有时声音高,有时声音低,因感情起伏而变化。"从50年代开始,他的诗逐渐更多地采用四行一节、大体押韵的诗体,出现半格律化倾向,但是并没有固定格式,仍然有别于现代格律诗。而且一些代表作,比如《古罗马的大斗技场》、《光的赞歌》、《清明时节雨纷纷》等依然采用的是纯粹的自由体。在诗体上,艾青和兰波有所呼应。兰波的诗体最先是循着雨果的传统结构的路子,后来就打破成规,成了变幻无常的自由体,直至散文诗。象征主义在诗体上的寻觅,显然地,对艾青存在着影响。

可以比较艾青和兰波的同题诗《黄昏》。先看兰波的《黄昏》:

夏日蓝色的黄昏里,我将走上幽径,
不顾麦芒刺肤,漫步地踏青;
感受那沁凉渗入脚心,我梦幻
长风啊,轻拂我的头顶。

我将什么也不说,什么也不动:
无边的爱却自灵魂深处泛滥。
好像波希米亚人,我将走向大自然,
欢愉啊,恰似跟女人同在一般。

(程抱一译)

译者程抱一先生,是法兰西科学院院士,既喜欢兰波,又欣赏艾青。很多年前他从重庆去法国的时候,旅行箱里就有一本艾青的诗集,他的学生凯瑟琳是艾青作品的主要法译者。《黄昏》、《元音》和《醉舟》都是兰波最重要的作品。《黄昏》是15岁的少年诗人在家乡郊外散步时之作。诗篇披露了意气风发的兰波特别敏锐的感觉系统。诗人不说,也不动,却向我们展现了一卷大自然的美丽的画幅,在对大自然的瞭望中使人感受到诗人的孤寂以及对"远方"的渴望。一般人过着她自己的生活,诗人则生活在别处,渴望着"远方"。"远方"就是不可知的未来,"远方"就是不知疲倦的追求与寻觅,"远方"就是明天的太阳。兰波的世界是梦幻的,诗里的通灵者的视野,通感,语言炼金术,从潜意识里呼唤出了神秘的境界。

艾青的《黄昏》是1938年7月于武昌写就的,诗人时年28岁,这首诗后来收入诗集《北方》。在作家胡风的建议下,1937年11月艾青由家乡金华到达武昌。民族危亡,使得艾青的诗出现了两大母题。一个是太阳,这和兰波的"远方"相类;一个是土地,这和兰波的大自然相类。在《黄昏》之前,艾青在1937年底写出《雪落在中国的土地上》,1938年1月写出了《手推车》;在《黄昏》之后,1938年11月艾青写出了《我爱这土地》。这些,都是土地系列的名篇。

艾青的《黄昏》也是两节,但是每节的行数不一:

黄昏的林子是黑色而柔和的
林子里的池沼是闪着白光的
而使我沉溺地承受它的抚慰的风啊
一阵阵地带给我以田野的气息

我永远是田野气息的爱好者啊
无论我漂泊在哪里
当黄昏时走在田野上
那如此不可排遣地困惑着我的心的

是对于故乡路上的畜粪的气息
和村边的畜棚里的干草的气息的记忆啊

兰波抒发的是对"远方"的向往，艾青抒发的则是在"追着风的脚印"中对于故乡的怀念，两首《黄昏》相通的是对土地、对大自然的爱恋。艾青的《黄昏》运用颜色（黑色的林子，白色的池沼）、味道（田野、畜粪和干草的气息）、动感（风，漂泊，走在田野上）的交融，丰富地写尽了"不可排遣"的乡恋，这里显然有象征主义的元素和兰波的元素。梦想与现实，瞬间与永恒，有形与无形，近处与远方，构成诗的张力，两首《黄昏》都拥有诗的纯度。艾青之所以成为"迷人的艾青"（聂鲁达语），和他的善于广采博纳的艺术心怀绝对是分不开的。至于熟知并喜欢兰波的艾青也将自己的这首诗取名《黄昏》是不是有意为之，就给我们留下猜测的空间了。

《中外诗歌研究》2013 年第 3 期

诗体重建视角下的何其芳

诗体重建是摆在新诗面前的美学使命。巴渝之地的诗歌资源非常丰富多彩。尤其是三峡地区,是一片神奇的诗歌沃土。到了20世纪,新诗诞生,三峡地区这个诗歌之都又为新诗发展史相继推出众多的闪闪发光的名字,何其芳就是最负有盛名的一位。今年是何其芳诞辰100周年,在诗歌重建的使命面前我们更加怀念先行者何其芳。

百年新诗发展到了今天,必须在"立"字上下工夫了,必须坚决地推行"破格"之后的"创格"。时不我待。

重破轻立,一直是新诗的痼疾。新诗需要在个人性与公共性、自由性与规范性、大众化与小众化中找到平衡,在这平衡上寻求"立"的空间。当年梁实秋在《新诗的格调及其他》一文里说过:"新诗运动的最早几年,大家注意的是'白话',不是'诗';大家努力的是摆脱旧诗的藩篱,不是如何建设新诗的根基。"重破轻立最明显地表现在诗体建设上。长期以来,不少诗人习惯跑野马,对于形式建设一概忽视甚至反对,认为这妨碍了他们的创作自由。新诗是"诗体大解放"的产物。在"解放"后的第二天,从"诗体解放"到"诗体重建"本是合乎逻辑的发展。胡适讲得好:"我们若用历史进化的眼光来看中国诗的变迁,方可看出自《三百篇》到现在,诗的进化没有一回不是跟着诗体的进化来的。"的确,翻翻古代诗歌史就会发现,"风谣体"后有"骚赋体","骚赋体"后有五七言,五七言后有"诗余"——词,词后有"词余"——曲。

如果说,散文的基础是内容的话,那么,诗的基础就是形式。爱情与死亡,诗歌唱了几千年,还是有新鲜感,秘密正在于诗的言说方式的千变万化,诗体的千变万化。

新诗之新绝不可能在于它是"裸体美人"。对于诗歌,它的美还在衣裳。新诗的内容必须形式化,"裸体"就不是"美人"了。新诗,一定有自己的诗体。应当说,没有诗体就没有诗歌。

诗的本质是无言的沉默。以言传达不可言,以不沉默传达沉默,以未言传达欲言,要靠诗歌的特殊的言说形式。这形式依靠暗示性将诗意置于诗外和笔墨之外,这形式带有符号的自指性,它是形式也是内容。散文注重"说什么",诗歌更看重"怎么说"。诗的审美表现力和审美感染力,都与诗体有关。作为艺术品的诗歌是否出现,主要取决于诗人运用诗的特殊形式的成功程度。

回顾新诗的历史,闻一多"勒马回缰写旧诗",臧克家"老来意兴忽颠倒,多写散文少写诗",在新诗人中,绝不是个别现象,这反映了新诗人对形式的困惑。其实何其芳至少早在1944年就注意到了这一问题,并开始了他的思考。他写道:"中国新诗我觉得还有一个形式问题尚未解决。从前我是主张自由诗的。因为那可以最自由地表达我自己所要表达的东西,但是现在,我动摇了。"这是先行者的敏感和智慧啊!

中国诗歌的三千年历史上,最早兴起的是自由诗,但是最有成就的是格律诗。严格的说,中国古代诗歌传统就是格律诗传统,中国几千年诗歌培育出的读者就是格律诗读者。所以,自由诗基本是百年新诗的单一诗体,这显然是一个大缺憾,给新诗的发展带来许多负面效应。新诗百年而仍未在中国大地上立足,不能不说,新诗在诗体上的单向发展是一个重要原因。废名当年曾在《新诗应该是自由诗》里宣称:"我们新诗就应该是自由诗,只要有诗的内容,然后诗该怎么做就怎么做,不怕别人说我们不是诗了。"这毕竟是新诗早期之论。但有人至今居然还坚持说,"自由"就是新诗的特点,想怎么写就怎么写,是诗人的权利,这至少是不负责任之论。闭眼不看新诗当下的困境,闭眼不看诗人当下振衰起弊的努力,还固守这种"理论",还生活在废名的年代,实在令人费解。

  对于任何艺术,都没有无限度的自由。自由体新诗也有文体边界。何其芳有一句话:"文学艺术没有什么绝对自由的形式,只有比较自由的形式和由于作者运用得熟练而成为比较自由的形式。"自由诗需要提升与规范,需要守住诗之为诗、中国诗之为中国诗的"常",守住新诗文体的几何学限度,守常而后求变,才会是中国诗歌之变。与自由诗并肩而立的应该还有格律体新诗,这不独中国,而是全世界的诗歌现象,无论欧美,还是亚非。与篇无定节、节无定行、行无定顿的自由诗相比,格律体新诗寻求相对稳定的有规律的格式和韵式。

  倡导现代格律诗最有影响的是闻一多。新诗对旧体进行"破",闻一多则是对新诗进行"破"后之"破"的第一人。闻一多将新诗从"爆破"推向"建构",从"破格"推向"创格",将新诗推入了第二纪元。闻一多以"三美"为核心的现代格律诗理论,至今对于中国格律体新诗建设保持了一定影响。何其芳说:"你不能不承认他(指闻一多——吕按)用这种方式也写出了一些好诗。这是一个很有意义的事例:证明新诗里面的格律诗是可以创造成功的。"

  将格律体新诗建设继续推向前进的代表性人物是何其芳,他的

格律体新诗理论是长期思考与实践的成果。

对于新中国的现代诗学，70年代以前是政治论诗学时期。在引进社会历史批评方法、努力创造新时代的新诗学的同时，却在诗与政治的关系上，走向了极端，使得诗学的独立性、诗评家的独立人格都走了样。诗学成了政治的应声虫，诗评家的依附性人格随处可见。在新时期以前，现代诗学的成就非常有限。从今天看来，这个长长的时期，给后来者留下的诗学遗产并不多。随着政治环境的日趋反常，现代诗学的正面建树越来越少。何其芳在这个时期是个亮点。作为有诗歌创作成就、有宽阔文化视野的诗人，何其芳有更多的文体自觉，对诗的本质、诗的文体有比同时代人更多的敏感与思考。可以说，何其芳是能够进入诗的内部对诗进行艺术观察的为数不多的当代诗评家之一。

何其芳对于现代诗学的贡献主要有两个：一是他在1953年在北京图书馆主办的讲演会上提出的诗歌定义；一是他在1954年发表了《关于现代格律诗》一文。前者主要是就自由诗的形式问题发表意见，后者则是提出了现代格律诗的构想。

中国是一个有几千年诗歌传统的国家。新诗作为中国古诗的对立面出现，彻底否定古诗，是不正常的，在世界上没有先例。新诗只是中国诗歌的现代形态而已。何其芳说："中国是一个诗的国家。如果没有适合它的现代语言的规律的格律诗，我觉得这是一种不健全的现象，偏枯的现象。"在《再谈诗歌形式问题》一文中，何其芳又说："要解决新诗的形式和我国古典诗歌脱节的问题，关键就在于建立格律诗，就在于继承我国古典诗歌和民间诗歌的格律的传统，而又按照'五四'以后的文学语言的变化，来建立新的格律诗。"

和闻一多相比，闻一多注重从西方诗歌的借鉴，何其芳则更注意从中国古诗里汲取营养。也就是说，闻一多的诗学观是空间的，而何其芳的诗学观则既是空间的，也是时间的。闻一多注重诗歌诗体的严整，何其芳则更注意严整中的变化。也就是说，闻一多的艺术追求是秩序，而何其芳的艺术追求更注意秩序中的多样。这是对闻一多的继承与发展。

对于现代格律诗，何其芳提出了三个要素：现代口语，比较整齐、比较鲜明的顿数，规律化的押韵。

在中国新诗人行列中，何其芳是有很高的中外文学修养的一位。他对中国古诗词，尤其是晚唐五代艳冶精致的诗词读得很多，《赋学正》、《唐宋诗醇》就是他最早的文学启蒙读物。他对"五四"以后的新文学一见如故，冰心的小诗曾经令他醉心。他先后迷恋过泰戈尔、英国浪漫派及其后的维多利亚时期诗歌（最先是从徐志摩、闻一多的作品那里获得间接影响），法国象征派诗歌（最先是从戴望舒的作品那里获得间接影响），英美现代派诗歌。何其芳自幼博闻强记，他的阅读范围也不限于诗。他是屠格涅夫、陀思妥耶夫斯基等的小说，易卜生和莎士比亚等的戏剧的知音。许多诗人都坦诚从何其芳那里汲取过艺术营养。公刘把艾青、何其芳、公木列为对他影响最大的三位诗人。而台湾诗人痖弦写道："中国新诗方面，早期影响我最大的是30年代诗人何其芳，《山神》等诗便是在他的强烈笼罩下写成。何其芳曾是我年轻时候的诗神，他《预言》诗集的重要作品至今仍能背诵。"上个世纪70年代末期出现的朦胧诗人，也较多的谈到了何其芳和他的《预言》。这样一位有文学修养有影响的诗人是持有一把较高的诗歌尺规的。

对于格律诗的三要素，何其芳还在诗歌创作里进行探索。试读他的《听歌》："我听见了迷人的歌声，/它那样快活，那样年轻，/就像我们年轻的共和国/在歌唱她的不朽的青春；/就像早晨的金色的阳光/因为快乐而颤抖在水波上，/春天突然回到了园子里，/花朵都带着露珠开放。"这首诗写于 1957 年。用现代汉语写成；每节四顿；每节一韵，双行押韵，是何其芳现代格律诗理论的体现。何其芳的《赠杨吉甫》、《夜过万县》、《张家庄的一晚》、《悼郭小川同志》等等都是这样的作品。他的这些作品未必首首成功，但是我们应该记得列宁的话："判断历史的功绩，不是根据历史活动家有没有提供现代所要求的东西，而是根据他们比他们的前辈提供了新的东西。"有人曾将何其芳和臧克家两位诗人作过比较，认为在艺术风格上两人"恰是两个极端"："一柔一刚，一精一粗，一润一干，一甜一辣。如果说臧克家的诗是火，何其芳的诗便是水，臧的诗如某种矿物，带有尖锐的棱角；何的诗如某种植物，绿荫荫的柔曼曼的，随风摆，顺水漂。臧诗雄壮美如火箭升空，何诗则如雨后天空七彩的虹。"这个比较虽然有些不足，但大体上可以认为是确当的。何其芳的格律体新诗的实验也是如此，多的是植物的柔曼，似水的柔情。

当下一些人质疑格律体新诗的前景，何其芳却从不怀疑格律体新诗的未来。他说："在将来，现代格律诗是会大大发展起来的；那些成功地建立了并且丰富了现代格律诗的作者将是我们这个时代的杰出的诗人。"何其芳还更具体地预见，随着艺术探索的进展，在将来的某一天会有较多的人习惯欣赏和写作的基本格式出现，而这，正是格律体新诗成熟的象征。他说："将来也许会发展到有几种主要的形式，也可能发展到有一种支配的形式。如果要我来预先设想，将来的支配形式大概是这样：它既适应现代的语言的结构与特点，又具有比较整齐比较鲜明的节奏与韵脚。"

当然，何其芳当年没有考虑到，要建立一种像古代五七言那样的固定诗体的时代已经过去，现代人需要追求的是能够自由抒发现代情感的无限多样的格律体新诗。对于增多诗体，早期的新诗人刘半农在《我之文学改良观》有最早的论述。他对于增多诗体的三个具体途径的论述至今仍具有重要的价值：自造或输入他种诗体，并于有韵之诗，别增无韵之诗。

格律体新诗一定要反对形式的单薄、单一与单调。对于现代读者，只有丰富多彩的诗歌形式才会满足他们的丰富多彩的审美需求。因此，致力于增多诗体，是中国新诗诗体建设的必要前提。

在何其芳之后，格律体新诗已经走了一段路程。新诗的诗体重建正在缓步前行，借用何其芳的诗句，就是："在人忽视里绿了，在忍耐里露出蓓蕾。"

《诗刊》2012 年第 5 期

青 松

在马年春晚,歌手王芳演唱了《英雄赞歌》,这是电影《英雄儿女》的插曲,电影改编自作家巴金刊于《上海文学》的小说《团圆》,讲述了孤胆英雄王成的故事。这首歌曲的曲作者是刘炽,冼星海的学生,他的《让我们荡起双桨》、《我的祖国》等许多歌曲都广为传唱。词作者公木,原名张松如,撤开"松"字,就成了笔名。1962年的一天,《英雄儿女》的导演找到公木,把电影的毛片放给他看,请他为主题歌写词。公木当时的身份是"右"派分子,他当即拒绝。但是终于缠不过,第二天就拿出了作品。刘炽再加上副歌:"为什么大地美如画,英雄的鲜血染红了它……"《英雄赞歌》就问世了。

公木,诗人,延安时期就与作曲家郑律成合作完成《八路军进行曲》,中央军委后来把这首歌定为《中国人民解放军军歌》:"向前,向前,向前,我们的队伍向太阳……"在过去的年代,从延安的"抢救运动"开始,正直、敢言的公木就饱受摧残。诗人邵燕祥说:"军歌作者,居然被打成反党分子,'右'派分子,真是奇怪。"1979年,第四次作代会在北京举行,这是作家们在粉碎"四人帮"后的第一次大聚会。公木发言时第一句话就是:"我是一个老运动员"，会场报以热烈掌声，对他表示慰问和致意，庆贺老诗人的"归来"。使人想起陈毅的诗句："大雪压青松，青松挺且直，欲知松高洁，待到雪化时。"

大概是1983年的春天吧，公木和夫人吴翔来到西南师范学院，听到消息，我跑去招待所看望，得以识荆。谁知次日清晨，公木伉俪就找到我家，送来他的著作。他说读过我的《新诗的创作与鉴赏》，还多次给别人推荐。那个时候的公木已经73岁了，满头银丝，担任吉林大学副校长，而我是外语系的一名年轻讲师。我特别感动。

1987年在北京召开中国作家协会第三届新诗（诗集）评奖委员会，初评班子从1985—1986年出版的200多部诗集中，评出15部入围作品，再由评委会从中评出10部获奖作品。评委会名单先期在《人民日报》公示，主任艾青，副主任绿原、杨子敏。委员依姓氏笔画排列：冯至、吕进、朱先树、李瑛、李元洛、阿红、张同吾、晓雪、谢冕、臧克家。但是绿原有诗集《另一支歌》报奖，按照评奖规则，必须退出评委会，副主任遂改为公木和杨子敏。我刚到北京，就接到新诗研究所连续几封电报，说我家里有事，催我回重庆。评委中多是前辈，我不好意思开口。第五封电报到后，我只好硬着头皮去找公木。他一听，急了，说："你赶快回去啊，多半夫人病了，反正已经投了票了。我告诉艾青。"第二天一早，他送我上车去机场，很焦急。而且，他说得很准，我的太太的确病了。

最后一次见到公木，是1991年，1998年他就去世了。那年艾青国际研讨会在北京举行，国家副主席王震出席开幕式。研讨会历时四天，除了两岸四地的中国学者，老外不少，有保加利亚学者费丽丽、法国学者黄玉顺、捷克斯洛伐克学者邓纳、意大利学者安娜·布依雅蒂、南斯拉夫学者亚·彼得罗夫、葡萄牙学者彭慕治、日本学者阿部俊明、罗马尼亚学者罗阳等等。公木是大会发言的主持人。

苏联汉学家费德林发言，大骂诺贝尔评委里唯一懂汉语的瑞典学者马悦然，个子高高的他挥着手势说："诺贝尔奖金不给艾青太不像话！"他站着讲话，公木三次请他坐下。他坐而又起，第三次干脆表示不服从公木指挥："讲艾青，怎么能坐着讲啊！"公木那一脸无奈的样子，我至今历历在目。

《重庆晚报》2014年2月18日

现代文人的风花雪月

岁岁花开一忆君

——纪念方敬先生百年诞辰

我在西南师范学院外语系念书的时候,方敬是学校领导,是学生们仰望的进了文学史的著名诗人,我当然无缘和他直接交往。70年代末期,我在外语系高年级担任主讲教师,但我自幼喜欢诗歌,从小学时代就开始发表诗歌,觉得外语专业非我最爱,就在系主任赵维藩教授的支持下,和诗人邹绛等在外语系组建了汉语教研室,开始搞新诗研究。慢慢地,由于诗的关系,和方敬熟悉起来了,而且交往非常密切。他常常到我家里来谈诗,那时我是一个小讲师,家里别无长物,他这个校长往往就坐在一张小板凳上,一坐就是半天。那个时代,没有手机,学校有事也找不到他,他在我这里真是"躲进小楼成一统",非常惬意啊。对于这位常客,我儿子亲热地叫他"方爷爷",我太太尊敬地叫他"方院长"。80年代,重庆市文联许多会在西师都常常是邀请他这位文联主席和我去,于是我就常常跟着他,坐他的车。每次回到学校,车停在通往他家的高高的台阶前时,他都会长长舒一口气:"啊,又回来了!"我向他道谢时,他总是说:"哎,这是学校的车,为啥谢谢我呀!"1987年,我的太太动了大手术,以后的近十年间,直到他弥留之际,一定会问:"她怎么样?"

方敬在上个世纪30年代开始歌唱的时候,歌声柔弱而忧郁。他的第一部诗集《雨景》里有一首诗《阴天》这样起笔:"忧郁的宽帽檐/使我所有的日子都是阴天。"1938年方敬加入中国共产党,他的诗歌发生很大变化,壮实起来了,卞之琳评论方敬的文章题目就是《脱帽志变》。香港学者司马长风在他主编的三卷集的《新文学史》中评价:"方敬与艾青、何其芳、卞之琳都是疏于参加革命之后,并没有放松对艺术标准追求的诗人。"到了晚年,方敬的诗仍有突破。80年代,我到《诗刊》开会,方敬托我给主编邹荻帆带去几首诗,这就是他晚年的代表作《高楼赋》、《祝愿赋》和《生命赋》。荻帆第二天兴奋地告诉我:"诗,我昨晚看了,方敬的诗还这么年轻呀。我们会尽快安排。"方敬不止一次对我说:"诗就是我的生命,诗就是我的名字。"作为校长,他对下属很严,但是对待诗人却总是非常亲热。我在学校举办讲座,他总是早早就到会场。有一次,我还没有开讲,他就在会场上大声议论:"讲座题目:《诗美的奥秘》。唉,有诗意!"

1985年,学校准备申报中国现当代文学硕士点。那个时候全国的硕士点很少,要由北京审批。报点需要三个导师,学校以外语系汉语教研室为申报单位,以方敬教授、邹绛副教授和我做导师。我虽是汉语教研室主任,但是讲师不能申报啊,学校就给我想了一个身份——"待批副教授"。我从学科目录看见有一个"中国各体文学",就建议改报这个学科,这样的覆盖面大些,对学校的发展有利,学校采纳了我的意见。可能是看方敬的面子吧,学位点批下来了,方敬找邹绛和我去,说:"我是写诗的,邹绛,你是翻译诗的,这个研究生具体由吕进带。"一次,学校召集导师会议,当然不便通知他,邹绛开会回来,去他家汇报。他见我没有和邹绛一起去他家,就问："吕进去开会没有？"邹绛说："他们没有通知吕进，说他只是一个讲师，不够格。"方敬闻言大怒，那天是因为肚子疼，他在家休息，立即带病去到办公大楼。那个时候的研究生工作不多，是方敬分管的科研处负责，方敬在科研处大发雷霆："你们不要吕进开会，好吧，以后研究生的事就不要找我了，我不知道！""你们要向吕进道歉！"当天，科研处长两次登门向我道歉，我才知道有这件事，弄得我有点不好意思。我忙说，行了，别道歉了，以后注意就是了。

1986年，四川省人事厅决定在全省高校搞优秀人才破格提拔职称的试点，在四川大学和西南师范大学各确定一个人选，在西师不幸选中的是我。本来，在半年前，外语系就要把我报为副教授的，但我不愿意。我的人生哲学是：安静地读书，安静地做学问，不愿当出头鸟，"木秀于林，风必摧之"啊！于是我向系上提交了一份5个人的名单，我说，这几位水平和我八九不离十，要提就一起提吧，于是，系里感到不好办，此事也就暂时束之高阁了。谁知，半年后更升级了，要我当破格教授的典型。我不干，学校反复做工作，什么"要顾全大局啊"、"要为学校着想啊"，我只好硬着头皮答应下来。人事厅提出，要在校内外各找一个级别最高的同行教授鉴定。他们找的校外专家是山东大学教授高兰，知名诗人，一级教授。高兰接待人事厅的来人，听说什么事后，第一句话就是："吕进还不是教授呀？我把他的书列进我的研究生的必读书目的。"人事厅的人后来告诉我，当时一听这话，心里就有把握了。校内就找方敬，他是进了文学史的诗人，三级教授。不但是从讲师直升教授，而且是外语讲师提中文教授，这事当然就不会平静了，集中到一点：我是学外语的。方敬说，学外语的搞中文，算什么转行，本来就是一家嘛。钱锺书不是学外语的吗？冯至不是学外语的吗？卞之琳不是学外语

的吗？我现在还保留着方敬1986年写的那份鉴定书，满满一页，一字一字十分工整，说了许多鼓励的话，最后写道："我为学校有这样的人才高兴。该同志已完全具备教授水平，建议破格晋升教授。"末尾署名是"同行教授方敬"。

1986年6月，中国新诗研究所成立。新诗研究所现在遍布中国高校，包括北京大学、北京师范大学这些名校。但在当时这是中国的第一家，史无前例，有些人有意见，甚至反对给新诗研究所划拨科研经费，说："白话诗还需要科研经费吗？"前年，北京大学在原新诗研究所的基础上，成立仍由谢冕所长负责的诗歌研究院，特地请我与会，并代表全国新诗研究机构讲话，我还回顾到当年我们极其困难的处境。方敬却支持新诗研究所，用他的经验和智慧指导了新诗研究所的建设。他的有些意见，现在看来是多么精准。比如，在进人问题上，他坚决反对接纳不合适的人进来，后来的事情证明他的眼光是多么犀利啊！他是1996年去世的，在1992年以前，一直都坚持参加研究生论文答辩。有些人和事，对于我们是诗歌史上的知识，对于方敬却是亲历亲见，他的博学、多闻和风趣，大大提高了答辩的层次。1992年以后，答辩席上没有了方敬，我每次都有怅然若失之感。

时间过得真快，今年4月是方敬先生百年诞辰了。这些年我有一些研究方敬的文字，比如《方敬的拾穗集》、《他的诗神依然年轻——读〈拾穗集〉》、《方敬：创作轨迹与艺术风格》，分别发表在北京《诗刊》、成都《星星》诗刊和《西南师范大学学报》上。还为《20世纪重庆新诗发展史》撰写了《方敬》专章。也在上海《文汇月刊》、《重庆晨报》、《重庆晚报》等报刊写过报告文学和散文《光的追求——诗人方敬素描》、《难忘方敬》、《深情一吻》等。所有这些文章已经分别收入《给新诗爱好者》（1984）、《吕进诗文选》

(2009)和《岁月留痕》(2013)等书。

现在我也年过古稀了。我想起到医院最后一次和方敬见面的情景。当时他已经走到了生命的尽头,病床的床单上还有头天输血的血迹。他非常疲惫,说话吃力,但是还在关心我太太的情况。他对我感慨说:"人生太短了,还有许多事没有做","比如,邹荻帆和邹绛有的事,我还没有写"。对人生的短暂,我自己现在也深有所感了。我现在的主要想法,就是趁还能工作的时候,尽量做事,像我的恩师方敬那样。

我想起清人王士祯的诗句:"江南红豆相思苦,岁岁花开一忆君。"是的,方敬是花开时节出生的,岁岁花开时,我都会想念他,永远,永远。

台湾《葡萄园》诗刊2014年夏季号

忆邹绛

翻译家孙法理教授也毕业于武汉大学。他写道:"邹绛是我的老学长,一起工作的时间很多,却从没有听见他发过一句牢骚。我曾经对学生说他是个圣人,学生也有同感。"邹绛去世后,我在灵堂他的遗像两边挂上对联:"毕生奉献,蚕至丝尽方作罢;一世淡泊,人到无求品自高。"今年3月20日是邹绛90诞辰,重庆诗歌界在西南大学举行座谈会,重庆市市委常委、宣传部部长何事忠发来信件,西南大学张卫国校长到会致辞,几乎所有知名诗人全部到齐,表达对他的深深怀念。

邹绛声名远播。许多中国读者都是通过他,才认识智利诗人聂鲁达和美国黑人诗歌的,他还是新时期格律体新诗有影响的倡导者。1996年1月他去世以后,诗人张继楼给中国新诗研究所送来一幅挽联:"ABCD随风去,平仄对仗留人间",十分准确地概括了邹绛的成就。

但是,邹绛永远虚怀若谷。他90年代初期在重庆出版社连续出版了4卷《外国名家诗选》,被著名学者王佐良先生列在"外国文学阅读书目"的"诗歌类"之首,但我从没听他自己说起过这事。有一次我在他家偶然看到胡乔木给他的一封亲笔信,对他倡导现代格律诗赞许有加。胡乔木是中央领导人里读书较多的，发言慎重，这是多么值得高兴的事啊，邹绛却把这封来信雪藏了。有一位现在已是中山大学教授的学生，当年的两首译诗，是邹绛一手一脚帮他改的，因此收入《外国名家诗选》时，他郑重地将邹绛列为第一译者。结果，书出来后一看，邹绛早已把自己的名字删掉了。

邹绛西去后，他的姐姐邹德鸾女士给我写来一封长长的信，一共有6页。邹德鸾比邹绛长6岁，在信里她简短地回顾了弟弟的一生，也叙述了弟弟对新诗研究所的深情。邹绛是一个淡泊的人，低调的人，很少谈论自己。读了德鸾女士的信，我才更详细地知道了邹绛的人生道路。邹绛本名邹德鸿，因为追求革命，以"邹绛"为笔名。绛者，红色也。当年正是为了躲避他的家乡乐山的反动当局的追捕，才来到重庆。邹绛是民盟盟员，在黎明以前和地下党时有接触。1947年，邹绛曾接待母校武汉大学地下党介绍来访的江姐。这样一个进步而正直的诗人，在上个世纪的"反右"中，居然被罗织罪名，打为"中右"，差点落入"右派"的深渊。

邹绛给自己树立的人生标杆很高，他是一个脱俗的人，纯净的人。他的境界很高，的确"吃的是草，吐的是奶"。时间可以划分为无价值时间和有价值时间，可以说，邹绛的时间全部是有价值时间。他在诗的世界繁忙，对诗外世界的一切不愿花时间去关心。住的是一间没有厨房没有厕所的小房间，一日三餐都在学校食堂。1987年学校评审高级职称的时候，人事处处长老宋给我打电话，说，这次教授名额不够，邹绛就评研究员吧。他说，研究员的任职条件其实比教授更高，但是一些人不了解，总是更愿意评教授，"请你这位所长务必抽时间亲自上门，做好邹老师的工作"。我自然心中有数：何须上门啊！打电话给邹绛，说了情况，他"啊"了一声，就转过来谈编辑新诗研究所的所刊《中外诗歌研究》的一些事情了。其实就

是在他住进医院以后,也是一样。我只要去探视,病房就等于开起了工作讨论会,研究生啊,学术梯队啊,当然更多的是《中外诗歌研究》。在弥留之际,他还在病床上向教学秘书小李口述研究生期终考试的考题,第二天,他就离开了我们。诗人梁上泉曾经有一首写邹绛的诗,有"生死是吾师"之句,也道出了我的心声。

对名利满不在乎的邹绛却是外圆内方的。他诚挚宽厚,但是他是非分明,对于那种不择手段满足一己私欲的人,表示出了很大的鄙视。在"文化大革命"中,西南师范大学被驱赶出重庆,迁到梁平的一所中学里。我和邹绛都发表过文学作品,所以按"革命"标准,都是与文艺黑线有关联的"有问题"的人,被集中关在一间单独的小房子里,便于看管。房子外面有个水缸,是全系教师的饮水,晚上由人轮班值守。我发现,已经开始第三遍轮值了,仍然没有叫我和邹绛。我找负责人抗议:"我们要在水里投毒吗?"于是我们也值班了,我第一次听见邹绛抱怨:"十冬腊月的,这么冷,争什么值班嘛。"我说:"这可是革命群众的资格啊!"他苦笑:"哎呀,别理他们那一套。"大有"看庭前花开花落,观天上云卷云舒"的气概。

邹绛参与创建了中国新诗研究所,他与我以及建所初期担任办公室主任的符忠荣老师是新诗所最初的三位成员。他时时事事都挂念着新诗研究所,毫无保留地把自己的生命融进了研究所的发展当中。我和邹绛是两辈人,但他从不以长辈自居。诗人流沙河曾经送过我一本三联书店出版的《锯齿啮痕录》。书中说到,1952年成渝铁路通车,在成都火车站举行庆典时,他在现场,是年轻记者。而我呢,我是在成都火车站席地而坐的少先队员,戴着红领巾的我们不断地唱着:"哎——,哎嗨,哎嗨,哎嗨哟,代表们哟来得早哟,我们向你问声好啊,嘿!"邹绛,则是我们"问声好"的从重庆坐首班列车来蓉的重庆代表之一。他是1954年加入中国作家协会的,

现代文人的风花雪月

比我足足早30年。对我这个年轻所长，邹绛理解我，尊重我，维护我，很给力，他是我全天候的忠诚朋友。我们是忘年交，并肩开路，同尝艰辛。

有一件事一直深深地铭刻在我的心里，在当下的世风里给我温暖，给我力量。1993年，香港一所大学的教务长给我来信，邀我去访学半年，由对方提供比较优厚的待遇。信中说，北京大学、中国社科院文学所的专家已经去过了。考虑到邹绛从来没有出过境，我便推说我很繁忙，推荐邹绛去，并向邹绛通报了这一情况，他也很高兴。谁知，那位教务长来新诗所出席"93·华文诗歌国际学术研讨会"后，突然变卦，破格改邀新诗所一位年轻人。我很生气，大发雷霆。邹绛反而来我家规劝我："我老了，到香港也有困难，你就签字，让他去吧。"而且说："以后出去的事都不要考虑我，我手头还有好多事要做啊！"这是一种多么耀眼的光亮啊！

这就是诗歌翻译界公认的"圣人"邹绛！

《文艺报》2012年5月21日

于沙与薛林

金人秦略有诗云:"自古生离足感伤,争教死别便相忘。"最近,接连失去两位诗人朋友,我的确难以平静下来。往事历历,如在眼前。这两位好友其实都是神交,湖南诗人于沙只见过一面,台湾诗人薛林却一直只有电话、书信往来。

2011年春节前夕,收到于沙寄来的信件、贺卡和条幅,我很高兴,因为,近几年来自他的消息越来越少,我心中有了不好的预感。我立即给他去信:"贺卡及墨宝均已收到,高兴啊!我的床头柜的玻板下还压着你2008年寄来的字呢。很久没有你的消息了,估计是病了,不幸而猜中。你要保重啊,年事高了,一切得小心。"2011年他寄来的条幅是:"德高望重是吾师,吕进方家阖家万福,于沙拜年,二零一一年长沙,大雪。"我和于沙唯一的一次见面已经是20多年前了。新诗研究所1986年6月成立后,在1987年召开"新时期诗歌研讨会"。这是一次全国性的学术会议,于沙应邀出席。在会议正式开始报到的前一晚,会务组向我报告,湖南于沙已到,我于是赶到宾馆。那次他给我的印象就永远铭刻在我心中了:潇洒、热情,才华横溢,和他的诗、他的书法的风格完全一致。这一次握手是唯一的一次,也是永恒的一次。后来的20多年里,我们再没有相

现代文人的风花雪月

聚,但又好像随时在见面,相互是那么了解,那么信任。他请我给他的小孙儿题词,并不断报告孙儿的成长情况;他的侄儿出差重庆,给我带来酒鬼酒。1995年《于沙诗选》出版,他请我写序,我在《当代文坛》上发表了5000多字的《东鳞西爪说于沙》,这篇序言和给重庆诗人穆仁的万字序言《唉》受到好些读者赞扬。我和于沙之间的著名故事是他在《稿费退回》一文中说的:"拙《选》出版后,我总想给他寄点酒钱去。哪晓得,没出半个月,他把钱如数退回来了,'附言'上的文字是:大著系自费出版,稿费不能收。"李白的《哭宣城善酿纪叟》:"夜台无李白,沽酒与何人。"于沙喜酒,去了夜台,我改李诗:"夜台有于沙,纪叟酿老春"。

于沙之后,薛林的噩耗又传来。今年,台湾薛林怀乡青年诗奖颁发第八届。诗奖的基金,原先是用的利息,但是近年利息趋于零,开始动用本金,到了这一届就全部告罄,所以本届薛林奖就是闭幕式了。薛林已年届九十,预定他的女儿、台湾女诗人龚华出席赠奖式。可是,龚华也来不了,因为父亲病重。9月11日,收到龚华邮件:薛林当天在台南新营去世。遗憾的是,我和薛林始终没有见过面,当年他却放心地寄来3000美元退休金,说:"为家乡青年诗人设奖吧,奖项名称,怎么赠发,全烦您确定。"十几年里,在重庆诗歌建设中,薛林奖的确发挥了它的作用。薛林原名龚建军,1946年就去了台湾,在台南新营的台糖公司工作,直至退休。1980年参与创建《布谷鸟儿童诗学刊季》,影响很大。他和我每次通电话,都是以哭泣告终:想念家乡啊!1993年新诗研究所主办"93·华文诗歌国际学术讨论会",邀他出席,他十分兴奋,终因生病未能成行,在台湾《秋水》杂志发表了一首诗:《爽约的遗憾——致吕进教授》,倾诉了思乡的情怀。万州始终是他梦绕魂牵的地方。

《重庆晚报》2013年10月29日

远飞的大雁

2月21日接连收到将军诗人朱增泉的三条手机短信,都是在参加了诗人雷抒雁的告别仪式后从北京发来的。朱增泉说:"已经瘦得脱形了,使人很难受。""中国诗歌学会开会那天,他邀我吃饭后再走,但是那天有事,只好提前离开。抒雁说:谢谢你的支持啊!"雷抒雁就是这样,他在诗坛人气高,大家都喜欢他。

《吕进文存》第3卷有一幅抒雁正在和我交谈的照片,那是在青海湖诗会上。我们在青海谈了很多,想法完全一样,都为当下诗歌没有审美标准、诗坛没有艺术秩序担忧。2012年4月,中国诗歌学会在北京举行全国代表大会。中国作家协会党组确定的诗歌学会换届选举办法是,理事的最高年龄为80岁,正副会长的最高年龄为70岁。抒雁比我年轻,差几个月满七十,当选会长,我继续担任常务理事。开常务理事会的时候,抒雁提出了一些颇有新意的思考,副会长杨牧坐在我身旁,小声对我说:"抒雁是个干干净净的人啊!"在北京握别时,我提醒他,记住来重庆出席12月份的第四届华文诗学名家国际论坛。他说:吕进兄,你的事我一定捧场,你放心!世事难料,没有想到这就是我们之间的诀别。国际论坛临近开幕,我给抒雁发去短信,要他提前两天前来,先去二郎镇参观郎酒厂。没

现代文人的风花雪月

有回音。他这十来年一直在和直肠癌搏斗,我估计情况不容乐观。在新加坡,突得诗人傅天琳的报告,噩梦成真了。我给抒雁告别仪式发去悼词:"一身正气,三晋大地育诗心;胸怀柔情,小草永远在歌唱——抒雁挚友走好。"

我近年有两篇我认为很重要的论文,都发表在北京《文艺研究》上,一篇是《三大重建:新诗,二次革命与再次复兴》;一篇是《论新时期诗歌的"新来者"》。在后一篇文章里,我提出,新时期诗坛不止有朦胧诗人,还有"归来者"和"新来者",以及这三个群体以外的资深诗人。正是他们共同打造了新时期新诗的繁荣。只承认朦胧诗,是狭隘的偏见。这里所谓的"新来者",是指两类诗人。一类是新时期不属于朦胧诗群的年轻诗人,他们走的诗歌之路和朦胧诗人显然有别。另一类是起步也许较早,但却是在新时期成名的诗人。如果选择"新来者"个案研究的对象,雷抒雁、叶延滨、傅天琳等等一大批诗人显然是合适人选。抒雁出版过《小草在歌唱》、《掌上的心》等15部诗集。成名作《小草在歌唱》是人们熟悉的政治抒情诗,但又是人们陌生的政治抒情诗,在这本诗集中可以发现。

2010年冬天,我听说温家宝总理给抒雁写了一封信,就打电话给抒雁求证。他说,的确有这个事,他给温总理寄去诗集,温总理回了一封信。我说,你把信件给我,同时自选5首诗,再加上我在《论新时期诗歌的"新来者"》中对你的评论,一起在《中外诗歌研究》发表吧。他欣然从命,这就是《中外诗歌研究》2011年第1期的"雷抒雁专辑"。温总理的信我们是推出的影印版:"抒雁同志:2008年2月的来信及承赠新诗早已收到,迟复为歉。你对新诗研究的功底很深,写得也好,充满真挚之情,读之使人感发兴起。可惜我只能读诗,不能做诗。我是你万千读者中的一个,我为此深感高兴。敬颂大安!温家宝11月7日。"

《重庆晚报》2013年2月28日

白水诗人梁上泉

——序《梁上泉的抒情诗（1953—2013）》

如果谈论重庆新诗，大体上应该从吴芳吉开始吧！吴芳吉之后，在上个世纪的 20 年代，重庆走出了创造社的早期诗人邓均吾，在 30 年代以后走出了诗人何其芳、杨吉甫，走出了"脱帽志变"（卞之琳语）的方敬，走出了沙鸥，形成强大的新诗文脉。到了上个世纪 50 年代，有一颗耀眼的诗星出现，这就是梁上泉。

诗人何其芳在 1949 年 10 月初写过一首《我们最伟大的节日》，热情欢呼"中华人民共和国／在隆隆的雷声里诞生"。新诗也在这"隆隆的雷声里"展开了新时代。站在 21 世纪的制高点，回望新中国成立初期新诗的足迹，可以看到，那是新诗在新中国的试唱期，这个披满阳光的时期一直延续到 1957 年上半年。"我们爱五星红旗／像爱自己的心／没有了心／就没有了生命"（艾青《国旗》）。社会生活发生了翻天覆地的变化，20 世纪 50 年代中国新诗掀起了一个高潮，尽管带着历史的局限，但终究还是唱出了新的声音。一大批新人出现了，他们是新中国的儿子，新时代的歌手，在艺术上没有因袭的重负，吟咏新生活对于他们来说可谓如鱼得水，他们的颂歌和战歌给诗坛带来青春、朝气和繁荣。

现代文人的风花雪月

洪子诚、刘登翰1994年在人民文学出版社出版的《中国当代新诗史》里是这样提到梁上泉的:"一大批青年作者,如公刘、邵燕祥、李瑛、白桦、严阵、梁上泉、雁翼、傅仇等,都是在这个阶段走上诗坛,开始他们富有活力的雄心勃勃的歌唱。"这里提到的"青年作者"后来都成了中国诗坛的领军人物。在国外的著述中,法国巴黎第七大学东亚出版中心出版的《中国当代文学史稿》尤其值得注意,因为它是国外有关我国当代文学史的第一部著作。《史稿》在"梁上泉、白桦与顾工"一节里,称这三位诗人是"在迷人的边疆风光和少数民族多姿多彩的生活情调中培育出诗情的诗人"。

《梁上泉的抒情诗》收入1953—2013这60年间的大量诗作,其实,上泉初次发表作品的时间更早。1948年,达县中学学生梁上泉的处女作就经过老师李冰如的推荐在上海的杂志露面了。60多年来,梁上泉行吟于祖国的山山水水,登山则情满于山,观水则意溢于水,披星戴月,足迹遍布,火热的诗情不择地而自出。

的确,对于50年代的梁上泉,最得心应手的领域是边疆和少数民族的世界。50年代既是成名的岁月,也是硕果累累的记忆,许多至今富有影响的名篇,如《高原牧笛》(1955)、《阿妈的吻》(1955)、《月亮里的声音》(1957)、《望红台》(1961)、《大巴山月》(1961),都是50年代及稍后的作品。从诗歌史回望,50年代在梁上泉研究里应该用粗体字,正是50年代铸就了梁上泉之成为"这一个"的基本艺术个性和诗学要素。《阿妈的吻》和《月亮里的声音》在大多数情况下几乎是各种诗歌选本的梁上泉作品首选。梁上泉的早期作品就显示了他的抒情诗在其前其后几十年中几个常见的美学要素。

首先,诗人认定自己是祖国的儿子。《阿妈的吻》写阿妈在吻着自己的祖国,其实诗人也在吻着自己的祖国,这是那个时代最普遍的情感。诗人与时代同行，与人民同心，坚守着一个诗人的使命感与崇高感。对于梁上泉，只要公开发表，诗歌就绝对不是"私歌"，诗歌诚然来自诗人内心，但是最终应该进入读者内心。只爱恋自己，只倾吐个人身世，这是诗人梁上泉所不屑意的。其实，这种诗歌美学正是中国传统诗学的核心。中国诗歌历来有关怀民间疾苦、忧患国家命运的以家国为上的遗传，自古以来中国诗人就视那种只做自己灵魂的保姆的诗为下品，而是追求第一等襟抱，寻觅广阔的诗的内在视野。吴芳吉就说："三日不书民疾苦，文章辜负苍生多。"

在文学体裁的定位上，中国与西方有很大区别。西方推崇戏剧文学，把戏剧文学视为文学的王冠，而悲剧则是这个王冠上的一颗珍珠。中国是诗的国度，在中国文学看来，诗是文学的王冠，抒情诗则是这个王冠上的一颗珍珠。叙事诗、剧诗在我们民族都会被看作诗的变体。中国散文具有诗的特征：文中常常出现诗句；寻求诗的含蓄简洁与平衡结构；都有对诗魂的追求。而诗魂，正是评价一部散文作品的最高标准。当一部小说，一出戏剧，被称道为"像诗一样"的时候，无疑就是得到了很高评价。抒情诗就是语言的艺术，在散文未尽之处就出现了抒情诗。诗不是情感的"露出"，它是情感的"演出"；读诗，其实主要就是欣赏诗的语言。诗人注意传达什么情感，他同样注意怎样传达情感，注意让一种情感如何在诗的光环中呈现于读者面前。诗的这种言说方式，宋代诗人王安石就叫"诗家语"——既联系于又区别于散文语言的诗歌语言。梁上泉的诗歌语言流畅明快，清新铿锵，给人一种难言的美感，这是梁上泉诗歌第二个美学要素。混浊晦涩、扭怩作态的作品在梁上泉这里根本没有立足之地。上泉的语言是诗化处理了的民歌语言，是现代化处理了的古诗语言，民歌和古诗成了他运用现代汉语写诗的两大源泉。《大巴山月》是这样起笔的：

现代文人的风花雪月

月亮,月亮,
挂在大巴山上;
山上,山上,
多少眼睛张望!

如随口而出,如行云流水,大有"明月出天山,苍茫云海间"的李太白的风采。《月亮里的声音》以"归来的路上琴声还很明朗,/正像这深夜里满街的月光"两行作结,这样的结尾使我们想起许许多多的优秀古诗,真是趣在笔外,意在诗外,"不愁明月尽,自有夜珠来"。

梁上泉的抒情篇什几乎都是"能歌的诗"——音乐性、旋律感很强,此是他的作品的第三个美学要素。他的诗,就像《阿妈的吻》、《月亮里的声音》一样,讲究节奏,讲究押韵,读起来朗朗上口,听起来优美悦耳。所以,他的作品常常被谱成歌曲,为中国新诗传播方式重建提供了范式。《小白杨》、《我的祖国妈妈》在新世纪为诗人赢得了众多粉丝。记得 2006 年 7 月,重庆市文史书画研究会访问团访台,梁上泉和我都随团前往。这是我第三次访问台湾,前两次都是中国作家协会的出访团,这一次我充当了沟通重庆与台湾邀请方的使者。访问团从台北到台南的途中,在一家小饭馆就餐,餐毕略作休息,大家建议唱唱卡拉 ok,店家拿出歌单,《小白杨》居然赫然在目,而且,台湾诗人个个会唱,唱得如痴如醉。现在有些不太读诗的年轻人只知道梁上泉是《小白杨》的词作者,好像上泉只有《小白杨》一样,使人哭笑不得。即如《阿妈的吻》和《月亮里的声音》,每节 4 行,节奏鲜明,分别押"发花"韵和"江洋"韵,abcb 的韵式,如音绕梁,回环往复。这是现在流行的"口水

诗"所望尘莫及的。

注重社会关怀，语言明亮，富有音乐之美，这就是抒情诗人梁上泉的风貌。随着时间的推移，随着诗人人生经验的积累，上泉的诗的生命关怀的成分显然在增加，这就让他的歌唱增添了厚度：1991年写的《棋盘》——

夜空无际，星斗历历，
一盘永远下不完的棋。
古老的棋子在陨落消失，
人造的棋子又填补上去。
银河虽不是楚河汉界，
却密集着最强的兵力。

这就不止于颂歌和战歌了。这里有深沉的人生体验：世事如弈，刀光剑影，风云奇诡，局局出新。诗歌就是这样：深刻的社会体验的极致就通往生命体验，而深入的生命体验的极致就通往社会体验。

1993年出版的《六弦琴》中有一首《鸟和人》：

笼中鸟，在树上对话，
遛鸟人，在树下对话。
鸟谈的什么，人懂吗？
人谈的什么，鸟懂吗？
我觉得鸟语还好理解，
人语反难解答。

此诗与顾城的《远与近》有异曲同工之妙。人间的复杂，人世的悲凉，人性的扭曲，人际的设防，"却道清凉好个秋"！但是，后来的这些诗篇还是流淌着梁上泉的血脉，我们看到的依然是那个祖国的儿子，那个语言闪光的诗人，那个富有音乐质感的艺术家。即使蒙着诗篇的作者姓名，我们依然可以说出他是谁。

梁上泉的原名是梁上全，所谓"全"，是父亲寄望他能成"人王"。这可不是诗人的向往啊，于是，改"全"为"泉"，"泉"者，"白水"也，他有名句："在山泉水清，出山泉水洁"，他要做一个白水一样的纯净诗人。这种故事在那个时代也许不止一个，我就也有类似经历。我的原名是"吕晋"，父亲希望我能不断"晋升"，我也自作主张，在小学时代就自己改名了。

"白水"其实是中国深刻的人生哲学。我们要"发现东方"。1820年以前，中国的GDP占了世界的四分之一，是世界的超级大国，只是近百年在西方工业革命面前落伍了。中国有3000年的强国历史，100年的屈辱史，情况不断变迁，中国却永远统一，而且具有极强的消化力，重要原因正在文化。我们要寻求传统文明与现代文明的连接点，让文明的继承性推动中国重新走向辉煌。

"白水"哲学来自老子。日本学者认为老子是中国文化和东方文化的代表。其实岂止东方，西方的大人物爱因斯坦、黑格尔、海德格尔、尼采对他都推崇备至。联合国教科文组织调查，现今发行量最大的世界文化名著，除《圣经》外，就是《老子》。老子的哲学可以说就是水的哲学，老子就是一位白水哲学家。他对于人的修养提出要以水做榜样。他说，最高的善行都具有水一般的品性，所谓"上善若水"。水是高雅的：无色无味，清明洁净，似动似静。水是生命的源泉，在生命演化中起到了重要作用，它是包括人类在内的所有生命生存的重要资源，也是生物体的重要组成部分。水这么重要，却从来不争，所谓"人往高处走，水往低处流"。正因为水处在

低下的位置，博大包容，所以才能够成为百川河流汇合的地方，成为浩瀚的大海。"江海所以为百谷王者，以其善下之，故为百谷王。"

我和梁上泉相交近40年，对他的印象就是"白水"：朴素低调，与人为善，虚怀若谷。他担任第七届全国人大代表时，曾联合30多位代表，提出关怀老人，设"重阳节"为"敬老节"的提案，现在这个提案已经变成现实；在某些是非关头，他不顾个人利害，勇敢地站在正义和真理一边；与人相处，他永远热情地关心人，帮助人。从来不想做官——不管是官方的官，还是民间的官，从来不摆名人架子，以诗为生命，寻觅"白水"人生，这就是梁上泉所以获得这么多人敬重的原因。

从"白屋诗人"到"白水诗人"，描画出重庆新诗从初创到成熟的轨迹。在新时期，继承了历史传递下来的文脉，重庆诗群十分活跃，老年、中年、青年诗人热情合唱，抒情诗、儿童诗、讽刺诗、诗歌翻译全面丰收，出现了具有全国影响的抒情诗人傅天琳、李钢，傅、李之后，梯次性地出现了许许多多年轻诗人，诗的艺术之路正在这里延伸，加上重庆诗歌研究力量在全国的强大辐射，一座公认的诗歌重镇屹立在中国的西部，而梁上泉则是公认的重庆诗群的领军人之一。《梁上泉的抒情诗（1953—2013）》出版，值得庆贺！

中国新诗正在"立"字上下工夫。重"破"轻"立"，一直是新诗的痼疾。把新诗的"新"误读为不讲诗美规范，没有诗体法则，忽视诗坛秩序，这就形成新诗长期的尴尬局面：诗人难以写出来，读者难以读进去。而梁上泉从他的角度给我们提供了思考"立"的诗学空间，他在重建时代的意义是显而易见的。

2013年中秋节，养伤中
《重庆评论》2014年第1期

现代文人的风花雪月

花开三枝的傅天琳

收到诗人傅天琳寄来的《斑斑,加油》,三卷本的长篇系列儿童小说,人民文学出版社出版。斑斑的原型张诗雨是傅天琳的外孙女,小说第二作者罗夏的女儿。诗雨喜欢有斑点的狗狗,所以自己取名斑斑。罗夏这一辈,是我们看着长大的。漂亮聪明的她毕业于外交学院,先在国内工作,后来和先生一起奉调我国驻美国休斯敦总领事馆,先生任副总领事,罗夏任签证官,10岁的诗雨随行。故事就发生在大洋对岸,在美国小学的背景下,小说展开了中国小女孩斑斑在家人的支持下,挑战自己,战胜自己,融入异邦的小学生活的过程。小说的诗意和美文,当然来源于傅天琳;而书中许多幽默的文字,我猜想出自罗夏,她也是散文作家。

今年4月我和傅天琳去北京出席中国诗歌学会第三次代表大会时,她在飞机上告诉我:"吕进老师,我写了一部儿童小说呢。"然后不无幽默地讲到第一次写小说的种种趣事。我并不惊诧。因为,在上个世纪80年代问世的诗集《在孩子和世界之间》就披露了傅天琳抒写儿童世界的才能,有人甚至认为,这本诗集比她的获奖诗集《绿色的音符》还要强。那本诗集是写女儿罗夏和儿子罗伟的,其中,《梦话》等诗篇被选入多种选本。而且,傅天琳是个做事的人。

她曾经到北京去带诗雨,在那几年里,不少人向我惋惜:"可惜了啊,傅天琳!"我却总是说,不一定是这样,傅天琳会做出事情来的。看看傅天琳的人生道路吧,她总是在搞加法。当年她刚从缙云山调到重庆出版社时,面临很大压力,却从困难中走了出来,成了优秀编辑。我这里偶然发现她那时的一封来信:"我由于协助杨本泉老师看一点诗稿,我的直觉不能化为编辑的文字啊,于是,我认认真真地、逐字逐句地读起了你的《新诗的创作与鉴赏》。有一晚,我读到晚上两点钟。请原谅,虽然我已经透露出这之前我没有细读这本书的真实。"罗夏曾经也觉得,年过六旬的妈妈应该打打麻将,跳跳舞,轻松一下了。我知道,傅天琳是绝对做不到的。

除了诗歌,傅天琳后来也写散文,《往事不落叶》、《柠檬与远方之歌》等等,出版有十几部散文集吧。有一年,韩国知名学者许世旭教授到新诗研究所讲学,傅天琳送了他一本散文集。第二天许世旭眼睛红红的,向我说,昨晚读了傅天琳的散文,知道她受的苦,"我哭了,睡不着觉啊,我一定要见到她!"

有的诗人不写小说。郭沫若就说,写小说总是这头没有说完又去说那头,他受不了。但是写小说的诗人不在少数。臧克家就有两部小说集,艾青在新疆写了长篇《绿洲笔记》。在国外,法国诗人雨果的《悲惨世界》、俄罗斯诗人普希金的《上尉的女儿》、英国诗人艾米丽·勃朗特的《呼啸山庄》,都是世界文学的精品啊!偏于叙述,就写散文;偏于情节,就写小说;偏于抒情,就写诗。傅天琳就这样,三面开花,枝枝艳丽。儿童文学本来就是重庆文学的一个强项,新中国成立以来,以诗人张继楼等领军,人才辈出。现在,傅天琳又加盟进来,应该喝彩啊!

《重庆晚报》2012年9月25日

傅天琳：从诗到小说

作为诗人的傅天琳，许多读者是熟悉的。她的诗集《柠檬叶子》前两年刚获得了鲁迅文学奖。新时期出现的女诗人中间，傅天琳和舒婷都拥有巨大的粉丝群。但是，作为小说家的傅天琳，却是现在才发生的事儿。她最近的这个华丽转身赢得了不小的回响。

依我看，一部优秀的儿童小说要满足三个条件：题材、才华和技法。傅天琳和罗夏合著的三卷本的《斑斑，加油》无疑在这三个方面都给人留下深刻的印象。

中国小学生斑斑的父母是外交官，要到美国任职，斑斑要随斑妈和斑爸一同前往，于是就发生了这个刚刚"庆祝了自己的第一个两位数生日"的小学女生转学美国的故事。这是一个小学生在中国与世界之间发生的故事，在儿童小说领域可以说是此前从来没有遇见过的崭新题材，给人一种浓浓的新鲜感。

中西文化在起源和特征上都是有区别的。中国文化是在农业民族经济基础上发展起来的筷子文化：综合的艺术的文化；而西方文化则是在游牧民族经济基础上发展起来的刀叉文化：分析的科学的文化。因此，斑斑遇到的不仅是不同的语言，而且遇到的是不同的教育制度和教育理念，遇到的是"各种不一样"。从地球的那一端

"空降"到美国休斯敦的科特小学,"像一棵被连根拔起的小树,甚至只是树上的一片叶子,斑斑就这样被扔进了汪洋大海里"。自然,在斑斑这里就会发生一系列有趣的故事。

我赞同佛斯特的说法:"故事是小说的基本面。没有故事就没有小说。故事,是所有小说具有的最高要素。"儿童小说在故事上要避免成人小说的复杂和多线条的结构,相反,儿童小说要寻求单线条的明朗和简洁,在简单的叙事里寻求童趣,让童趣牢牢地吸引住掌控住小读者。好看,是儿童小说的基本品质。可以从多个角度去看《斑斑,加油》,也许这是一个励志的故事,也许这是一个中西文化差异的故事,也许这是一个东方美德在西方文化背景下大放光彩的故事,也许这是小女孩之间的友谊的故事,但是前提是好看。故事的基础是人物,小说要展现一个或一群人物组成的充满童趣的故事的起始、发展、高潮和结局。《斑斑,加油》为读者塑造了一系列的生动形象:高智商的"舞蹈高手"斑斑,和"孔雀女"的女儿息息相通的斑妈,永远在北京倾听着斑斑的"开心果",同班女生里的第一个朋友伊莎贝拉,全校最棒的也是唯一的男老师"老斯",等等,使读者"如见其人,如闻其声"。这就让斑斑出演的中国小女孩在休斯敦的故事有色,有味,有形,有趣。

说实话,诗人傅天琳写儿童小说,我并不感到诧异。因为,在诗歌领域,她从来就是儿童诗的强手。依我看,傅天琳的诗歌有四个常见题材:果园、游历、人生感悟,另一个就是童诗。1983 年,傅天琳出版了《在孩子与世界之间》,一时爆棚。有人甚至对我说,《在孩子与世界之间》比此前 1981 年出版的获奖诗集《绿色的音符》更强。《在孩子与世界之间》里的有些诗篇成了傅天琳的代表作,比如《梦话》,就选进了许多选本,包括我主编的《新诗三百首》和《新中国 50 年诗选》。"妈妈小时候也讲梦话/但妈妈讲梦话

现代文人的风花雪月

时身旁没有妈妈":

> 如果有一天你梦中不再呼唤妈妈
> 而呼唤一个陌生的年轻的名字
> 那是妈妈的期待,妈妈的期待
> 妈妈的期待是惊喜和忧伤

2007 年,傅天琳又出版《星期天山就长高了》。这是傅天琳大隐于市 3 年后复出带给大家的惊喜。她在北京,躲在女儿家里,睡在地铺上,带外孙女即斑斑的原型张诗雨,以致北京的人也找不到她,小区的一些保姆们甚至还把她认作同行。有朋友向我表示惋惜,我总说,也许不必多虑吧,她是傅天琳啊!我的预测应验了,3 岁的"妹妹"(傅天琳对诗雨的昵称)上幼儿园,傅天琳突然重握诗笔,灵感如潮水涌来,真是"潮似连山喷雪来",她在诗的世界里游历着,享受着,十几天就写出了这部儿童诗。

可以发现,傅天琳对童趣、对母爱的感觉系统特别敏锐,她可以很容易就找到童心,很容易就发现童趣,很容易就踏进儿童世界。这是一种才华,《斑斑,加油》是又一个见证。这样特殊的题材,使她发现了一个宽阔的文学天地。当然,写小说毕竟和写诗不同,如果说斑斑在休斯敦遇到了"各种不一样",诗人傅天琳在儿童小说领域里也遇到了"各种不一样"。小说的问世,跟傅天琳的好学、善学绝对分不开。在美国小学生活的一些细节上,在小说的英语使用上,明显也可以感到第二作者、作家罗夏的重要作用。没有罗夏,我们也没有可能为《斑斑,加油》加油的。

虽然傅天琳是第一次写小说,但是得承认,《斑斑,加油》的技法是高超的。

首先是作家傅天琳的虚构能力。无中生有是小说家的看家本领，也是小说家的身份证明。我感到惊诧的是，傅天琳居然把这个本领学到手了。我是傅家的老朋友，于我来说，对傅天琳一家子的确太熟悉了。所以，翻开这部小说，我就睁大眼睛，想寻出书中的虚构情节，但是我落空了。小说里的真实故事和虚构情节天衣无缝。有如诗人的想象力是评价诗人的基本标尺之一，没有想象的诗人是难以想象的。作家的虚构力是评价小说家的基本标尺之一，艺术永远与现实有缝隙，匍匐于现实生活是没有小说的。所以，巴尔扎克曾经嘲笑一些法国小说家"像事实一样愚蠢"。小说家寻求的是虚构还原：以虚构生活去忠实于现实生活。这里的斑斑，比现实生活里的斑斑更斑斑；这里的伊莎贝尔，比现实生活里的伊莎贝尔更伊莎贝尔，艺术品总会是生活的艺术化，这是《斑斑，加油》的成功之处。

其次是作家傅天琳的结构能力。《斑斑，加油》采用的是线状结构，即各个情节单元按时间的自然顺序呈线状延展，有头有尾，有始有终。比起其他的小说结构，线状结构更符合儿童的思维方式和感受方式。从"开学第一天"到"毕业生"，小说像一道清泉自然地流过。小说人物也是在时间流动顺序里次第登场。最早出场的斑斑的老师是"就像一头温和、慈祥的北极熊"的班主任凯特，然后是"仿佛一伸胳膊就能摸到教室的天花板"的数学老师"老斯"。小读者是不可能一口气读完三卷小说的，他们只能一节一节地去欣赏和回味。在三卷小说里，这一节和那一节是相通的，就是人物，也是贯穿始终的。但是每一节又都相对完整，可以看作是一个独立的故事，这就为小读者的间断阅读提供了方便。

在结构上的神来之笔是不断插进来在休斯敦的斑斑和在北京的"开心果"这对小姐妹的电子邮件。两位环境刚好相反的小朋友，一位从中国到美国，一位从美国回到中国，她们向对方倾诉着自己的感受，表达远方的思念。互通第一封邮件时，斑斑进科特小学还不久，也是"开心果"回国不久。一个在美国"简直度日如年"，一个遇到已经陌生了的中文，"中文作文，我觉得挺难的，好多字不会写，老得查字典，烦"。最后一封信是一年以后，斑斑以优异成绩毕业的时候。斑斑说："我的英语大大地长进了，以后我们可以用英文写信哦。""开心果"说："告诉你，前两天的期末摸底测验，我的成绩超棒，全年级第十名！开心啊开心。"作家不仅用这种方式讲了两个小女孩的故事，而且，她们的电子邮件也成了小说的推进器，她们彼此呼应，让故事沿着时间的轨道一步步地流淌。

再次，得说说《斑斑，加油》的诗意语言。诗人写小说，语言漂亮应该是不出人意料吧。这部小说令人爱读，重要原因之一是披满诗的光彩的语言。说凯特语速极快，作家写道："都赶得上京沪动车了。"斑斑改选中文课后，长长地出了一口气，作家说："她从来没有像这一晚这样，真切地感觉到中文是如此的亲切、美丽。"在中国留过学的代课老师莉莲直接把摘下来的茶叶泡水，满足地"喝茶"。作家这样描述斑斑的感受："莉莲此刻喝的不是茶水，而是回忆。"

《斑斑，加油》无处不在的幽默感特别增加了小说语言的魅力。幽默这个词来源于西班牙，林语堂从英语移入中国。他的翻译是一个翻译学的范例：音、意两顾。《斑斑，加油》这样说到斑斑："她喜欢、敬佩有幽默感的人，因为幽默是一个带有魔力的词，是生活的盛宴中最具风味的调料。"这其实也是作家借斑斑在表达自己的审美取向。幽默是一种人生的智慧，只有站在凡俗生活之上去看待芸芸众生的人，才可能得到幽默感。凭借幽默感，《斑斑，加油》就在儿童小说的语言上取得了新的突破。

《斑斑，加油》讲述孩子在中国与世界之间的故事，是前无古人的创造，这也是值得向作为编者的人民文学出版社喝彩的。

《鸭绿江》2013 年第 3 期

欢迎娜夜

去年4月我去浙江海宁出席徐志摩诗歌奖的颁奖仪式,云南的获奖诗人鲁若迪基和我同机回渝。他说,要参加重庆作家协会的一项活动。才过几天,东北女诗人林雪打来电话,说她和女诗人娜夜到重庆了,也是参加那项活动,好像是在沙坪坝。"明天就离开这里回去,我和娜夜在说,安排太紧了,到了重庆而不看望吕进老师和傅天琳老师,真是失礼啊。"

林雪在辽宁作家协会工作,她的诗集《大地葵花》获得第四届鲁迅文学奖,而我是那届鲁奖的评委。娜夜是第三届鲁奖得主,得奖诗集是《娜夜的诗》。她其实也是东北人,毕业于南京大学,在《兰州晚报》编副刊。我和娜夜的认识就更早了,在1999年。那年6月的一天,我上课回家,电话上有中国作家协会外联部主任金坚范的留言:"吕进,我们要派一个女诗人访问团去台湾。讨论来讨论去,还是得有一个搞理论的才行。你老兄最近忙不忙?能不能再跑一趟台湾?"老金说的"再跑",是因为1998年9月作家协会刚刚派过我随理论家访问团去台湾,那次是作协副主席高洪波领队。

此次女诗人访问团的特点是民族众多,除了赵遐秋、傅天琳、李小雨、李琦、陆萍、樊洛平、顾艳以外,还有蒙古族诗人萨仁图娅、藏族诗人梅卓、彝族诗人巴莫曲布嫫,以及满族诗人娜夜。活动的时候,几位少数民族女诗人都穿上了色彩斑斓、风格各异的民族服装,吸引了媒体几乎全部的目光。我故作失落的样子对台湾诗人说:"上次来这里,吕进所长出尽风头,还不到一年,怎么就没有魅力了哟!"

1999年7月4日在台湾师范大学国际会议厅举行"两岸女性诗歌学术研讨会",大陆方面有四位发言:中国人民大学赵霞秋教授、西南师范大学吕进教授、郑州大学樊洛平副教授和中国社科院巴莫曲布嫫博士。调皮的巴莫曲布嫫身着彝族服饰,用彝语发言。听众们很纳闷:她在说什么哟?说了一大段,她才说,刚才是让大家听听彝语,现在我用汉语讲话了。全场松了一口气。

到台湾的几位女诗人和我都熟悉,只有娜夜是新交。她的箱子出问题,她到我的房间找我;她的相机不听使唤,她也找我。我是个左脑不发达的人,修理什么玩意儿恰恰是我的弱项,帮不上忙,不像个男子汉,很惭愧。但是,娜夜要我帮她拍照,我再不能推辞,勉力为之。接触中,感到娜夜比较内向,诗人气质比较足,不太会公关。在台湾告别的时候,娜夜对我说:"吕进老师,本来想约你给《兰州晚报》写稿的,但是我们报纸稿费太低,开不出口啊!"

前几个月,突得林雪的信:娜夜将移居重庆了。这真是出乎意外的好消息呀。在一些诗歌界的活动里遇到娜夜,总感觉她太远。好,现在干脆住重庆了。林雪说:"她还没到,你得给我情报费哈!"我立即向重庆作家协会党组书记王明凯报告,我说:"明凯大兄,重庆诗歌又增添力量了,建议作协欢迎一下。"明凯说:"我已经知道了,我和她是认识的。"

《重庆晚报》2013年11月5日

诗人李琦

接到诗人傅天琳电话，李琦要到重庆。省级作家协会的文学院院长将在重庆聚会，12月23日报到，李琦是黑龙江省作家协会副主席，兼任萧红文学院的院长，当然也将与会。我很高兴。上次见到她是在厦门，第三届中国诗歌节，那是2011年10月，已经快两年了。厦门是美丽的海滨城市，素有"山无高处不行水，树无秋冬尽放花"之誉，诗歌节邀请了历届鲁迅文学奖所有获得者。在厦门一见到李琦我就赶紧表扬她："李琦，你现在能够及时回信，进步不小呢！"

我每次见到李琦，都会想起她的成名作《冰雕》。诗如其人，她就是来自哈尔滨的冰雕呀，一身单纯，通体晶莹，完全不沾烟火气。太清高了，也不爱回别人的信，甚至连我也遭此待遇，所以我连连抨击她的这个毛病。现在峰回路转，赶紧肯定，怕她又缩回去。

李琦和我交往快30年了。大概是1985年，她第一次来我家，那时她才20几岁。进得门来，自报家门。当时她在一家高校教书，到重庆是参加一个教材编写会。一坐下，她就开始叽哩呱啦，数落同行的比她年长的"韩老师"。她说，这个人对什么也没有兴趣，就是喜欢吃，只要说到吃，就来劲。过了很多年，我看到李琦一篇写傅天琳的文章，她提到当年的这事，说："真感谢吕进老师和师母对我的宽容,让我在他们家尽情地胡说八道一通。"

  这次李琦是先到缙云山上的"金果园"。买门票,进入果园后可以尽情摘下各种水果享用,但不得带走。但是,当李琦、傅天琳、雨馨到我家时,居然都给我带了一个新鲜水果。我说:"虽然很少,但也是不体面的事啊!"她们说:"好玩嘛。"吃饭的时候,我问起"韩老师",李琦说,已经去了。她说:是我自己不懂事。韩老师其实是爱护我,总觉得我是一棵教书的好苗子,干吗要写诗,而且到我家的许多人,韩老师都觉得有异于常人,怕我上当。"韩老师弥留的时候,我去看望,道歉,韩老师连忙阻止我。"说到这里,李琦的眼睛都红了。

  李琦和傅天琳是好朋友。前几年傅天琳在北京专心当外婆的时候,外界根本找不到她,只有李琦知道傅天琳的行踪。李琦打了许多电话去"痛骂"傅天琳,怕傅天琳从此离开文学而去。她们两人同时获得第五届鲁迅文学奖,在评奖期间也流传了一个故事:两个人都不愿意报奖,原因是不愿和对方竞争,使听者动容。

  李琦比较多地受到俄罗斯诗歌的影响,阿赫玛托娃这样的诗人是她的偶像。她会唱歌,尤其是俄罗斯歌曲,音色非常好。她这次在重庆搞讲座时,讲到苏联歌曲《草原》,年轻的作家们不知道这首歌,李琦遗憾地说:"你们问吕进老师,他一定知道。"一次我们一起访问台湾,我就知道她特别喜欢波吉尔科夫作词的苏联歌曲《小路》:"一条小路曲曲弯弯细又长,一直通到迷雾的远方……"所以,她获得鲁奖时,我给她打电话:"就不说多余的话了,我给你唱《小路》吧!"前一段时间,我编《新来者诗选》时,向她发去的约稿信是:"一条小路曲曲弯弯细又长,一直通到迷雾的远方。我要沿着这条细长的小路,到你那里取走诗歌的光芒。"她说:"哎呀,还有这样约稿的啊!"

《重庆晚报》2013 年 12 月 1 日

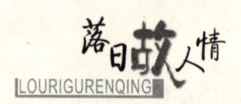

孔子故里传出的歌声

——读黄亚洲诗集《我在孔子故里歌唱》

电视剧《历史转折中的邓小平》最近在央视一套黄金时段播出后,收视率很高。一部主旋律的戏剧能有这样的关注率,和电视剧的许多突破有关,它大胆触及了1976年以来的高层政治斗争,大事不虚,小事不拘,取得巨大反响。

黄亚洲就是这部"大国大剧"的编剧之一。我对这一点完全不感意外,因为,十年前他写过电影剧本《邓小平1928》,而在获得第12届金鸡奖最佳编剧奖的电影剧本《开天辟地》里,他也涉及了邓小平的形象。但是,在创作《历史转折中的邓小平》的极度繁忙中,他居然写出了诗集《我在孔子故里歌唱》,作为他的朋友,这使我有点始料未及。

2013年8月中国文联出版社出版了黄亚洲的诗集《男左女右》,我为这本书写了序,题目是《打着绑腿的笔》。我如今依然要提到这一点。是的,他永远握着他的笔,马不停蹄,笔不停挥。黄亚洲在去杭州大学中文系念书之前,在南京军区浙江生产建设兵团当过5年的兵团战士,从战士升任班长,而后是师政治部干事,也算是准行伍出身吧,至今,经常还是一身军便衣,一个类似军挎包的挎包,这就是他的常见形象。他的笔,也是像一个士兵,一个永远打着绑腿的士兵。

我和黄亚洲,一个在西边的重庆,一个在东边的浙江,一直没有谋面之缘。直到 2007 年才认识,一见面就成了好朋友。2007 年,中国作家协会在绍兴举行第四届鲁迅文学奖颁奖仪式,获奖人和评委都出席了。黄亚洲的诗集《行吟长征路》获得那一届的鲁奖,我是那一届的评委之一。颁奖仪式当晚有一个宴会,我和他都被安排在第二席,相对而坐。其他席的几位获奖诗人都跑来向我祝酒,表示感谢,他和我同桌,却好像没有什么反应。同桌的诗评家张同吾提醒他:"吕进是你这届的评委啊。"他看看我面前的座牌,这才发现是我,遂起身向我祝酒:"谢谢支持哟!"

这第一次见面,他给我的印象是:这人在世俗世界里似乎有点漫不经心,好像老是沉浸在自己的文学世界里。这最初的见面就给我留下了良好的印象。

他有许多散文作品,但是给人的第一感觉,他本质上是诗人:无论是感觉系统,还是处世风度。

他的诗思非常敏捷。两年前,我们几个人去郎酒厂,乘车几个小时,到达时已近黄昏。主人设宴,席间,他居然就拿出了好几首关于郎酒的诗,首首精妙,都是在车上写的。这是我第一次和他这个快手的相遇。他走到哪里,他的诗行就出现在那里。这位勤奋的诗人,写诗像玩魔术那样快捷,令人羡慕。就如《文心雕龙》说的那样:"观山则情满于山,观海则意溢于海。"也如苏东坡说的那样:诗篇"如万斛泉源,不择地而自出"。现在,他到了孔子故里,一下子就捧出 44 首诗篇。

《我在孔子故里歌唱》是一个突破,百年新诗里绝对没有一部专门写孔子和孔子故里的集子。新诗不起于中国,新诗在发生期是站在"打倒孔家店"的旗子之下的。所以,长期以来,新诗和孔子之间似乎有不短的距离。

其实,孔子不仅是我们民族的至圣先师,而且他和诗歌的关系太密切了。他选编了中国第一部诗集《诗经》,他的关于诗的分类、诗的社会功能的理论阐述具有很高的诗学价值。孔子本人就是诗人,他写过《去鲁》、《龟山操》等好几首诗。

扩大来说,在中国,人们自古的宗教意识就比较淡薄,这和西方非常不同。诗歌是中国文学中的文学,文化中的文化。孔子的诗教几乎就是中国人的宗教。中国古代的"以诗取仕",在世界上也是绝无仅有的。闻一多说过:"《三百篇》的时代,确乎是一个伟大的时代,我们的文化大体上是从这一刚开端的时期就定型了。文化定型了,文学也定型了,从此以后的二千年间,诗——抒情诗始终是我国文学的正统类型,甚至除散文外,这是唯一的类型。诗似乎也没有在第二个国度里,像它在这里发挥过那样大的社会功能。在我们这里一出世,它就是宗教,是政治,是教育,是社交,是全面的生活。"

诗教是孔子思想体系的重要板块。从3000多首诗歌里选出305首编成《诗经》的"思无邪"的选删原则,其实确立的就是人格教养的标准;"不学诗,无以言",确立的就是文化教养的标准。

新诗,无非就是中国诗歌的现代形态而已。在我们这个诗的国度,新诗应该和孔子非常亲近。新诗迟早必然会有咏唱孔子的佳篇,迟早必然会有抒写孔子故里的诗集。这件事情现在由黄亚洲抢得了头彩,是题中之义。因为他既是一位优秀的抒情诗人,又是一位熟悉儒学的诗人。

我在黄亚洲诗集《没有人烟》的序言《诗人黄亚洲》里曾说:"诗就是在散文领域的大题材高手黄亚洲的另类面貌。诗人黄亚洲写

现代文人的风花雪月

诗并没有写大题材，而是抒写人生的感悟和人事的感伤，诗味醇厚。不是大题材，然而是大手笔。"现在，出现于读者面前的《我在孔子故里歌唱》，既是大题材，又是大手笔。写孔子，写"东方耶路撒冷"的孔子故里，当然是大题材。黄亚洲将大题材写得如此人性，如此含情，如此深刻，这又是大手笔。

诗人进入孔子的世界，是"首先请心情进来，再请爱情进来"，他是用现代人的炽热的心灵重新接通两千年前的孔子的。作为现代诗人，《我在孔子故里歌唱》将历史与今天，将孔子与诗人，交叉起来，诗的张力正是在这交叉中产生：有历史场景的还原，也有现代生活的描绘；有古代贤人的生存与哲思，也有现代人的思考与感悟。

在孔子面前，走过了如此复杂的思想之路的中国现代人会有反思后的警醒。诗集里有一首《拜谒孔子》：

一个昔日的红卫兵，在大成殿

明白了这一切

现在，他鞠躬，全身骨骼都在重新排列

响如编钟

这首诗的确精彩，青年的成熟，民族的苏醒，这是多么叫人愉悦的事啊！我喜欢黄亚洲的诗，正是他的驾驭语言的功力。普通的语言，在他的笔下，一下子就从日常语言变成了灵感语言，焕发出诗的光辉。

我喜欢黄亚洲的诗，还由于他的诗篇的思想光彩。在影视、小说领域，他是主旋律作家，这容易给人一个错觉，可能他的思想比较僵硬。其实恰好相反，他的诗里的深入、深刻、尖锐的冥想，叫人节节赞赏，令人回味。《拜谒孔子》不正是这样吗？

他写洙泗书院:

这书院自孔子归鲁至今,其实一直没有停课
学子们也没有跑远。你可以理解为
鼠标在竹简上移动。就这么简单

他写杏坛剧场献演舞剧《孔子》:

我坚信这杏坛剧场是个开关
国家全部的精彩,都带着
这里的声光电

我们的今天变得厚重了,因为诗人告诉我们,它从远古走来,从孔子故里走来,几千年的文化之光照亮了今天的世界。我们是自豪的民族,因为我们拥有"论语铜钟":"如若你撞晚钟,一个国家将宁静地睡着/如若你敲晨钟,一个民族就会自信地醒来"。还不止于此,华夏民族的文化正在登上彼岸,因为,"西半球也需要东半球的营养"。

翻阅诗集就会发现,诗人也总是把自己和孔子联系在一起,歌唱孔子给予自己的思想滋养。诗集有一首《"先师手植桧"感怀》,诗人感慨中年以后特别在意"走路的形象"。而他的心灵的角落里,是有一根孔子植下的桧木制作的手杖的:

与我的手杖站在一起的,是我的立场
我步子不快,但却坚强
我相信,只要我拄杖行走,那就是
一个植树者的形象

现代文人的风花雪月

当然,这里的"走路的形象"并不是实指,这里的"桧木手杖"也是象征,诗篇给人留下的是广阔的想象空间。

黄亚洲的诗歌不时有一些叙事成分,有些诗人提出质疑,我却乐于称之为诗歌的"黄亚洲方式",这是黄亚洲的艺术个性,这是黄亚洲的独有风采,它是黄亚洲之为黄亚洲的证明。这本诗集也不例外。他的诗里的叙事成分可是经过了严格的诗化处理的:诗人不在意"事",而在意于创造叙事的诗家语;在意于"事"中之情,事中之思。《在孔林,将我姨夫看望》里,诗人说到姨夫:

我姨夫一生行医,闲时写诗
善于用药罐煮熟平仄
诊室里弥漫的,不知是药的芬芳
还是诗的奇香
夜诊就难的时候,他就是
田野里一句跌跌撞撞的诗行
他那支沾满泥巴的手电
射出了《论语》的光芒

这是抒情的诗,不是叙述的散文。而且,黄亚洲从来看重诗的音乐美,他的诗句不但意味十足,而且总是韵味十足,《我在孔子故里歌唱》也不例外。

《我在孔子故里歌唱》展现了黄亚洲的一贯风格,而拥有一贯风格正是诗人成熟的标志。即使蒙着诗集封面上诗人的名字,我也会自信地说:这是黄亚洲!

祝贺我的老朋友的新作的面世,祝福他给我们带来更多的迷人歌唱。

《重庆晚报》2014 年 10 月 28 日

诗人外交官费明星

由于受到埃及和突尼斯事变的影响，2011年2月，利比亚爆发反对卡扎菲的大游行，并且很快转为内战。利比亚的安全形势突然发生重大变化，在利比亚的中国公民，主要是国企的员工，人身安全受到威胁，暴力事件不断出现。中央决定立即开展大规模的救援行动。随着3月5日国航CCA030D包机降落在首都机场，1万多名中国员工从利比亚全部安全撤回。外国媒体惊呼这次成功的撤侨行动。法新社说："中国启动大规模的海陆空行动，动作十分迅速。"美联社说："这是近年来中国实施的最大的撤离在外人员的行动。中国坚决保护自己的公民，比美国更像美国。"

从中外媒体的大量报道中，人们知道了一个陌生的姓名：费明星，中国赴的黎波里的撤侨工作组长。费明星一下子成了真正的明星。他是外交部参赞，领事司出国签证处处长。临危受命，带了一个先遣队赶赴利比亚，部里的同事戏呼他们7位先遣人员为"七仙女"。费明星给我写信说："利比亚之行没有诗意，是救生之旅，也是对中国外交官的历史性考验，充满悬念与挑战。也许这就是诗吧？"是啊，到达的黎波里以后，费明星把工作组一分为三，他率领两个工作组成员，再加上一个使馆官员，负责西线，他笑称这是

现代文人的风花雪月

"西线大撤离"。从的黎波里到利比亚和突尼斯的边界口岸拉斯杰迪尔,要走400多公里,通过50多处军警关卡。不断出现意外情况,经历了无数危急时刻,险象环生,终于完成任务。当费明星回到北京时,人们问他有何需要,他答:"洗澡,睡觉!"

费明星是诗人。他是我的学生,1984年从四川眉山考入西南师范大学外语系,当时只有17岁。他写诗,眼睛亮亮的,也很帅气,身上有一股四川人特有的智慧和干练。1983年,西南师范大学成立五月诗社,他入学后就成了诗社的一员。后来,因为觉得五月诗社活动太少,不过瘾,又和外语系同学钱志富、刘立辉组织新诗协会,创办了《蓝星草》诗刊,费明星是新诗协会副会长。这几位校园诗人常到我家谈诗,也不时去老诗人方敬那里请教。钱志富后来考上我的硕士生和博士生,现在宁波大学执教,是对我最好的弟子之一,七月派研究的专家。刘立辉仍在外语学院(原外语系),是教授,博士生导师。费明星1988年毕业后分配到外交部,在美大司、驻澳大利亚使馆、驻斐济使馆任职。他在部里的时候,我到北京,也和他会面,非常愉快。其实,他已经多次到外国实施救援行动,赴利比亚已经是这种经历的第3次了。

因为作家何建明在《人民文学》10月号上发表的长篇报告文学《国家——2011·中国外交史上的空前行动》里又写到费明星,我和宁波的钱志富谈起了他。其时他正在欧洲出差,在从罗马到威尼斯的欧洲之星火车上给我发来短信。谈到去年受到赞誉的那次行动,他说:"尊敬的吕老师,实际上我是中国外交官群体中的普通一员,任何外交官在我的位置上也都会义无反顾地接受任务,不辱使命。利比亚大撤离是国家行动,成就属于国家,请老师和我们一起为此自豪。"

《重庆晚报》2012年11月6日

"南吕"说"北谢"

高平先生的《南吕北谢——致吕进》一文在《重庆晚报》刊出后,转载的网站很多。其实,在当代新诗理论界过去是有两种说法的,一个是"南吕北谢",一个是"南李北谢"。所谓"李",指的是诗评家李元洛。新时期的新诗有三个理论群落:谢冕所属的崛起派,李元洛所属的传统派,我所属的上园派。两种说法,正是三个学派的对应。

李元洛长我两岁,是湖南长沙人,北京师范大学毕业,饱读经书,学识渊博,写得一手好字。有一次在山东大学开会,山大邀我搞讲座。那个时候没有PPT什么的,一律用黑板,我坚决推举李元洛做我的替身,理由就是:我是外语出身,写的板书实在得罪观众啊!2009年,文化部和中国作家协会主办、陕西省人民政府承办的第二届中国诗歌节在西安举办。5月23日晚上在大唐芙蓉园紫云楼北广场举行开幕式和文艺晚会。正在西安演出话剧《李白》的演员濮存昕在晚会上朗诵李白的《将进酒》。这里的"将"是劝酒的意思,读作"qiāng",濮存昕却读成将来的"将",李元洛连声说:"怎么这样,怎么这样啊!"后来不太说"南李"了,估计是李元洛告别诗论,专心写散文去了。

现代文人的风花雪月

1986年中国新诗研究所成立,谢冕是最早寄来贺信的人之一。80年代是诗的年代,投考新诗专业的考生很多。1986年,洪子诚教授给我来信,推荐一位考生:"老谢说,这位考生很优秀,我们的名额有限,是不是新诗所把他收了?"我们也正为名额不够发愁呢,就没有回信。第二年洪子诚又来信,想转一个内蒙考生过来,那位考生是个小有名气的女诗人。我开玩笑地回信:"我们这里也是人满为患。请转告老谢,新诗研究所可不是北京大学的垃圾桶哟。"从此这类信件就绝迹了。

谢冕本质上是个诗人,单纯,容易冲动,论文的文字优美。2009年8月在福建师范大学召开第五届中国现代诗研讨会,我和谢冕、张炯都去了,校长把我们三人安排在武夷山市的世纪桃源大酒店。8月18日闭幕式后,大家去爬天游峰,这是武夷山中部的一个山峰,在五曲隐屏峰后面。山东大学教授章亚昕和我同行。爬到晒布岩,我实在爬不动了。亚昕说:"我也不行了,那我们下山吧。"这时,只见大我八岁的谢冕大步朝上去了。山脚下,不愿爬山的谢冕太太正坐在一个圆桌前喝着茶。我向她打招呼,如此这般,"糊弄一下老谢"。一个时辰以后,谢冕下来了,我迎上前去:"老谢,怎么这么慢呀?我们早就从天游峰下来了啊。"我和谢太太、章亚昕对视一笑。谢冕一点感觉也没有,说:"哎呀,你比我年轻呀!"对于我们的笑声居然毫不起疑。

2010年9月,北京大学成立诗歌研究院,年近八十的谢冕出任院长。北京大学校友、中坤集团董事长黄怒波资助了研究院1千万。9月12日在北京大学英杰交流中心阳光大厅举行成立大会。我接到北京大学两次发来的邀请书:"务请光临,经费由北京大学负责。"到北大后,好几个人都向我说:"谢老师特别招呼,一定要请吕进教授前来。"在阳光大厅门口,一身正装的谢冕和我拥抱。成立大会

上,北京大学校长周其凤院士、谢冕、黄怒波、诗人邵燕祥、美国加州大学教授奚密和我先后讲话。我的身份是"研究机构代表",这当然是谢冕的主意,因为他知道,西南师范大学新诗研究所当年可是国内破天荒的第一家新诗研究机构啊!

《重庆晚报》2013年7月2日

附:

致吕进

高平

我早就知道,在中国当代诗歌评论界有"南吕北谢"之说,即南方的吕进,北方的谢冕,正好一个在北京大学,一个在西南大学,恰镶有南北二字。

甚感荣幸的是,我和你与谢冕教授都成了好朋友,只是我认识谢冕较你略早,而且你们二位都是在与我相识以前就赞赏过我的诗作。

由于我自1958年起当了一年"右"派和20年摘帽"右"派,必然地长期消失于诗歌活动与诗歌评论之外。问题得到改正以后,是谢冕先生第一个在他发表于1979年《文学评论》第四期的《和新中国一起歌唱——建国三十年诗歌创作简单回顾》文章中,写出了对我来说是一字千金的话:"《大雪纷飞》不容忽视。"之后,在他所著或参与编著的《共和国的星光》、《中国新诗发展史》、《中国新文学大系·诗卷·序言》中都不忘提到我和我的作品;他还把我的长诗《大雪纷飞》先后收入了《百年中国文学经典》、《中国百年文学经典文库》、《中国百年诗歌选》、《中国新文学大系（1949—1976诗卷）》、《中国新诗总序》等典籍。我们在多地多次见面，但我仅只是当面对他说过一句"感谢你！"真正是"君子之交淡如水"。他与我同庚，所幸身体与心态也处于同等良好的水平。2008年他爬上了敦煌的鸣沙山，2010年我爬上了安徽的天柱山。

现在，我要来对你说"感谢你"了。

西北师大的孙克恒教授是我在兰州常来常往的好友，他是我的山东老乡，也是你们"上园派"的成员。有一次他特意告诉我，他向你背诵了我的诗"冬天对不起我，我要对得起春天"。您大加赞赏，马上问作者是谁。

感谢你在为《新中国五十年诗选》撰写的《序言》中，不但列出了我的名字，而且特意引用了我的上述两句诗作为结束语，说它"写出的也许是归来者的共同心迹"。

感谢你所创办的"华文诗学名家国际论坛"每届都给我发来邀请，我因故只出席了第一、第四两届，每次都得到你这位论坛主席的关爱和教益。

感谢你在第一届论坛上，安排我作了《新诗要回归音乐性》的大会发言。在晚会的节目中，你还策划了对我的诗《明月出草原》的化妆表演朗诵。可惜演员应当穿藏族服装而穿了蒙古族服装。

感谢你在第四届论坛上，安排我在分论坛上作了《城镇化进程中的乡愁》的发言，又让我与美国诗人王性韧先生共同主持了闭幕前的大会发言。

感谢你最近寄赠我新出版的大作《岁月留痕》。我已拜读完毕。这是你近两年来为《重庆晚报》的专栏所写短文的选辑。说实话，过去我读过你的诗、你的诗论，却不曾读到你的散文。你的这些记人记事的精美文字使我得到了难得的精神享受。

你在"异域风光"中写到的地方,有的我也去过;你在"人物肖像"中写到的人物,有很多也是我的朋友;你在"人生滋味"中写到的体会,有些我也经历过;所以感到非常亲切,极易产生共鸣。它唤醒了我纷繁的记忆,引发我无尽的感慨。尤其是你对那些文朋诗友的记述和描绘,有时寥寥几笔就凸显了他们的人品和性格,其中还有不少趣闻轶事,增进了我对他们的了解,使我长了见识。

你的散文别具一格,风趣幽默,明快简洁,往往写到引人入胜处就戛然而止,且没有了"下回分解",让人眼盼心急,胃口高悬。唯大手笔才能做到。

我一想到你,首先浮现在我的眼前的是你的笑容,那不是老年人的笑,甚至不像一般成年人的笑,它是一种无法命名的天真、纯洁、童稚、诚恳、亲切、调皮的混成表情。它提醒我,你第一是好人,第二是诗人,第三才是别的什么大名人。

2013 年 5 月 17 日

智商做事，情商做人

智商做事，情商做人

做事当然要靠智商。智商大体包括了六种能力：观察力、记忆力、想象力、分析判断力、思维能力和应变能力，也就是认识客观世界并应用知识解决实际问题的能力吧。

三国时期魏国有一个颇得曹操父子器重的人，复姓邯郸，单名淳，曾在魏文帝曹丕身旁做事。邯郸淳撰写了古代笑话集《笑林》，共3卷，现存20余则，其中一则是《长竿进城》："鲁有执长竿入城者，初竖执之，不可入；横执之，亦不可入，计无所出。俄有老父至，曰：'吾非圣人，但见事多矣。何不以锯中截而入？'遂依而截之。"这个拿着长竿进城的鲁人的智商太低，只知二维空间，不知三维空间，竹竿太长，竖着比城门高，横着比城门宽，就"计无所出"了。这个自我感觉良好的"老父"更荒唐，教鲁人的办法居然是将竹竿锯短。这样，城倒是能进了，但是长竿就没有了。没有智商，的确办不成事啊！

只有智商，只能谈技术，谈专业，不了解自己，也不了解他人，只知"硬件"，不懂"软件"，这样的人生是枯涩干瘪的。只知道自己工作的实用意义，不知道自己工作的价值意义，工作带来的愉快就有限了。《韩诗外传》说："智如泉涌，行可以为师表者，人师也。"看来古人也

认为,仅仅"智如泉涌"还是不够啊。智商做事,情商做人。

情商也是一种智商,是情绪智商,是人在情绪、情感、处理人际关系等诸多方面的能力,它的核心是人文精神。智商了解"是什么",情商追问"应当是什么"。情商表现为对人生终极价值的关怀,对生命意义的探询和追问,情商帮助人获得大视野、使命感、正确的得失观。这样,就能更好地管理情绪,自我激励,与人友善,看得到,想得开,提得起,放得下,善于调整自己,拥有"高端大气上档次"的人生风度。

情商高的人能够用人性的眼光对待事物:"落红不是无情物,化作春泥更护花。"他也能够用人性的眼光对待他人。一位医生,看见病人就只是病人;而另一位医生,在看见病人的同时,也看见他作为人的痛苦、煎熬和忧虑,在看见他的生命状态的同时也看见他的生存状态,富有自己的同情之心,这就是情商的高低之分。

情商高的人富于幽默,只有智商没有情商的人和幽默无缘。林语堂说:"幽默最富于情感。"幽默是从高处打量生活的智慧,因此,幽默感的基础是以高见低的亲切感。幽默是阴天里的阳光,沉重时的轻松,人际关系的黏合剂,在某种特定情况下,它还是以社会许可的方式表达被压抑的愿望和思想的出路。数学家华罗庚在 19 岁的时候得了伤寒,造成左腿残疾,后来走路都要左脚先画一个大圆圈,右脚再迈上一小步。对于这种步履,华罗庚却幽默地戏称为"圆与切线的运动",展现了他高于生活的阳光性格。爱因斯坦这位大科学家的幽默趣闻就更多。一次,出席宴会,男宾着正装,女宾穿裸肩礼服。回家后,他的太太问:"女士们穿的什么衣服呀?"爱因斯坦回答说:"我可真的不知道。从桌子以上的部分看,她们没有穿什么东西,而桌子以下的部分,我可不敢去看哟!"

《重庆晚报》2013 年 11 月 8 日

智商做事,情商做人

守住自己,守住梦想

2012年夏天,我在新诗研究所第9届博士生和第24届硕士生毕业典礼上致辞,题目是《守住自己,守住梦想》。研究生们把这篇讲稿传到网上,被网友们广泛转发。

好些文学名著的开头都很精彩,引起读者阅读的兴趣。英国作家奥斯丁的《傲慢与偏见》的开头:"富有的单身男士一定想娶位太太,这是举世公认的真理。由于这条真理深深地印在人们心里,每逢富有的男士新搬到一个地方,四邻八舍的人尽管对他的性情及见解毫不知晓,却把他看作自家某个女儿应得的一笔财产。"俄罗斯作家列夫·托尔斯泰的《安娜·卡列宁娜》的开头:"幸福的家庭全都一样,不幸的家庭却各有其不幸的地方。"

英国作家狄更斯的《双城记》是这样起笔的:"那是好得不能再好的时代,那是糟得不能再糟的时代;那是一个明智的岁月,那是一个愚昧的岁月;那是一个信心百倍的时期,那是一个疑虑重重的时期;那是一个光明的季节,那是一个黑暗的季节;那是充满希望的春天,那是令人绝望的冬天。我们拥有一切,我们一无所有。大家都在升天堂,大家都在下地狱。"《双城记》的开头和我们当下的时代有些相像。我们所处的时代,是一个伟大的时代,又是一个

正在转型中的复杂时代。在这个时代里,改革与混乱共生,崇高与卑鄙并存,廉洁与腐败同在。在这个充满不确定因素的时代,我们的人生将会面临无限的可能性,我们要守住自己,守住人生的底线:远离混乱,批判卑鄙,痛恨腐败。我们需要在物质膨胀、价值多元的时尚中,坚守淡泊超脱和简单朴素,发扬精神力量,倾听内心声音,思考人生意义。"人"这个字很简单,但是也最不易写好。要去掉俗气,轻世俗之所重,重世俗之所轻,守住做人的尊严。

知道畏惧,是"守住自己"的前提:"临事而惧"。孔子说:"君子有三畏:畏天命,畏大人,畏圣人之言。"王夫之说:"天有所不敢,故冬天不雷夏不雪;地有所不敢,故山不流而水不止。"我们要畏惧党纪国法,畏惧民心,畏惧历史的裁判,清醒地知道世界上有一些不可逾越的界限。世界上有阳光,也有罪恶。但是世界上迟早一定有阳光下对罪恶的清算。

我们除了努力实现人与自然的和谐、人与社会的和谐、人与人的和谐,一定要像季羡林先生说的那样,还要实现"自身和谐",也就是要养成良好的生活方式和良好的心态,保持最佳的生命状态,打造最好的生活质量。无节制地打麻将,无限度地泡吧,"早上不起床,晚上不下线"就谈不上"自身和谐"了。

梦想是人生的检验器,有还是没有梦想,便有了不同的人生。星云大师说得好"人之有别于禽兽者,除了人有道德人格之外,更重要的,人有理想,有抱负,而禽兽只求三餐温饱,不知理想为何物也"。梦想是人生的翅膀,是心上的阳光。无论你走到哪里,无论命运把你抛向何方,都有比"我"的名利、"我"的利益更重要的东西。你所坚持的和抗拒的,汇成一个总体,就叫梦想。"我"字少一撇就是找:寻找梦想。

无论处在什么样的环境,一定不要放弃梦想,要心存高远,兼

智商做事，情商做人

济天下。内心有方向的人，走到哪里都是追寻；内心没有方向的人，走到哪里都会混世。古人说："心中别有欢喜事，向上应无快活人。"在人生里别有期许，别有"欢喜"，就必然要放弃一些物质上的"快活"。有成功就要有付出。不是所有的付出都会得到承认，但不付出就肯定得不到承认。"不怕慢，只怕站"，人与人之间的差别其实主要并不在智商，最大的差别在坚持。无论在什么岗位，坚守梦想，必有收获，必能创造出一个美丽的人生，必能为我们亲爱的祖国作出贡献。

我们祖国的经济发展很快，但是社会发展需要解决的问题又非常迫切，比如清除腐败、推动社会的公平与正义，将是我们祖国面临的严峻挑战。比尔·盖茨2007年在哈佛大学毕业典礼上说："人类的最大进步并不体现在发现和发明上，而是体现在如何利用这些发现和发明来消除社会的不平等上。"每一个有梦想的人都绝对不能忘记对于推动社会进步的重大责任，要把个人的幸福和前途融进这个庄严的责任之中。

守住自己，守住梦想，我们就会有"高大上"的人生风度：看得到，想得开，提得起，放得下，善于调整自己，勇敢地投入到时代洪流中去。

《重庆晚报》2014年4月10日

腹有诗书

"腹有诗书气自华"是句名诗,出自宋人苏轼的《和董传留别》:"粗缯大布裹生涯,腹有诗书气自华。"苏轼自长安到凤翔,董传与他在凤祥相从,在回长安时苏轼写下了这首留别诗。这两句诗的意思是:虽然你粗丝裹发,粗布为衣,但是由于饱读诗书,你就有优雅的举止和翩翩的风度。宋代诗人黄庭坚说:"人不读书,则尘俗生其间,照镜则面目可憎,对人则语言无味。"发明文字以前,保存前辈智慧靠记忆;发明文字以后,就是书籍。书籍是保存人类代代相传的智慧的宝库。读书是和先贤对话,受文明熏陶,所以的确能够去掉世俗味,塑造出人的书卷气。

宋代有一个叫王辟之的人,曾经做过忠州(现重庆忠县)知县,为官清廉,惩治腐败,颇得民望。他为唐代先后被贬至忠州为官的刘晏、陆贽、李吉甫、白居易等修建了四贤祠,黄庭坚在《忠州复古记》中对他高度评价。王辟之是山东临淄人,渑水发源于临淄,他写了一部《渑水燕谈录》,说到唐太宗的故事:"太宗日阅《御览》三卷,因事有阙,暇日追补之。尝曰:'开卷有益,朕不以为劳也。'"这就是人们熟知的"开卷有益",这句话的发明者是宋太宗。所谓《御览》是《太平御览》,这是宋代学者奉敕编纂的类书,有千卷，原名《太平总类》，因太宗读过，故改名《太平御览》。类似的说法不少，陶渊明就说："开卷有得，便欣然忘食。"刘彝也说："读万卷书，行万里路。"总之，知识再多，也是不压肩膀的吧。

我们创造了文化，也生活在文化世界里面。文化由精神世界、规则规范和符号系统组成，在符号系统上，就是要读书。冯友兰说，人生从低到高有四种境界：自然境界、功利境界、道德境界、天地境界。学问不止是读书，但读书是学问的重要途径，让我们可以站在巨人肩上遥望，高层次的道德境界和天地境界是离不开读书的。

在当下的中国，读书状况颇为不佳。除去北京图书馆的购书，我们每年人均读书才不足 5 本，这还包括了孩子们的教科书。以色列是我们星球上读书最多的国家，年均每人 64 本。500 万人口的以色列，人均图书馆和出版社的数目都居世界之首。许多以色列人在小孩懂事的时候，会在《圣经》上滴上蜂蜜，让孩子亲吻《圣经》，让他们知道知识的甜蜜。知识就是力量，以色列是一个强大的发达国家，20 世纪全世界一共有 645 位诺贝尔奖得主，以色列就占了 121 位。都说犹太人聪明，人家的聪明离不开读书啊！

有两类阅读，一种是为生命、成长、审美、精神滋养的超功利阅读；一种是为生存、文凭、求职、职称升迁的功利阅读。这样，就有两类必读书：元典和经典。专业或行业的经典自不必说，宇宙本是有机体，学科和行业是有内在联系的，这就需要读跨行业的元典。比如，入世的《论语》、出世的《道德经》，又比如四大文学名著：讲情的《红楼梦》、讲义的《水浒传》、讲趣的《西游记》和讲忠的《三国演义》等等。与阅读专业、行业经典的精读强记不同，元典的阅读方式是"随便翻翻"，是"好读书，不求甚解"。元典阅读是泛读，其实人一生真正记住的并没有几本书，忘掉读过的东西的过程，就是塑造一个人的知识结构和言谈举止的过程。一切都已

内化为修养,外化为气质。

  网络时代业同样离不开读书。网络阅读具有便利性与海量性,有利于功利阅读,但是信息不等于思想,资讯不等于学问,网络阅读不是元典性阅读,不是审美性阅读,不是研究性阅读。网络活在当下,书籍付诸心灵与思考。知识分子不能只是知道分子,不但有知,更应有识。网络其实只是人类的传播方式和阅读方式的革命,而不是取代读书。人类的传播方式和阅读方式是从古代刻书开始的——把知识刻在石头、骨头、钟鼎、竹简、缣帛上。东汉出现造纸术后,就出现了雕刻印刷,但使用范围很小,一般用于佛经的印刷。到了宋代,雕刻印刷已经普遍运用,然而,刻板费工费时;书版存放不便;错字不易改正。北宋"布衣"毕昇发明胶泥活字印刷,是一场大革命,宋代科学家沈括的《梦溪笔谈》就谈到毕昇。以后,铅活字——凸版铅印,再到当代的网络传播、电子书,人类知识的传播方式和阅读方式总是在变化,在前进,这一切都是为了更好更方便地读书而已。

  当然,要站着读书,不要躺着读书。尽信书不如无书。还得善于"从无字句里读书",善于立足当代去批判性地读书,如果喝了牛奶就变成了牛,就不如当文盲了。

《重庆晚报》2014 年 3 月 19 日

> 智商做事，情商做人

死活都应当读经典

广西师范大学出版社是出过不少好书、颇有影响的一家高校出版社。记得 2002 年，钱中文、童庆炳两位先生应广西师范大学出版社之约主编"新时期文艺学建设丛书"，我当时在美国，钱、童两位先生从北京向我约稿，我的《现代诗歌文体论》作为"丛书"之一在 2003 年出版。在合作过程里，广西师范大学出版社留给我很好的印象：负责而儒雅。

  这两天,这家出版社火了,他们通过微博、微信对近3000位读者进行读书情况调查,6月24日,公布了"死活读不下去排行榜"。让人大跌眼镜的是,中国古代四大名著《红楼梦》、《三国演义》、《水浒传》和《西游记》尽数名列前十名,《红楼梦》更是列"死活读不下去"之首。具体说来,《红楼梦》第一,《三国演义》第三,《水浒传》第六,《西游记》第八,其他六部都是外国文学经典,比如《钢铁是怎样炼成的》等。

  文学经典是经过历史淘洗的人类智慧的结晶,具有时代的穿透力,内蕴了人类一些有永恒价值的元素,阅读经典就是和大师对话。意大利作家伊塔洛·卡尔维诺说过不少关于文学经典的精彩的话,他这样说到文学:"我对于文学的前途是有信心的。因为我知道世界上存在着只有文学才能以其特殊的手段给予我们的感受。"他这样说到经典:"经典是一本每次重读都像初读那样带来发现的书","经典是那些你经常听人说'我正在重读'而不是'我正在读'的书"。就以四大名著来说,《红楼梦》写情,《三国演义》写忠,《水浒传》写义,《西游记》写趣,是后人所难以逾越的。网友吐槽说,《红楼梦》诗词太多,其实,《红楼梦》的诗词曲赋本身就是这部经典闪光的地方,因而成了红学的一个子学科。又有网友说,《水浒传》打打杀杀的,不好看,其实,当年赛珍珠翻译《水浒传》时,把英语的《水浒传》改名《四海之内皆兄弟》,是懂得这部名著的精髓的。中华民族世世代代阅读的文学经典怎么到了21世纪就"死活读不下去"了?这说明,我们的社会风气存在浅薄化、庸俗化的弊端。有些人读书,但是心态浮躁,泡在网上快读、浅读、碎片化阅读,或者只去看碟读图,不看原著。更不说有些人根本不读书了。文学的消费历史、矮化人生的"戏说"和"穿越"也正败坏着自身。于是,"去经典化"就盛行,文学经典自然就"死活读不下去"了。

智商做事，情商做人

不仅文学经典，我们应该倡导读各种人文经典。现代中国的经济已经起飞，我们需要建设精神世界，公民的人文修养是经济持续发展的内驱力，会深刻地影响到社会的兴衰治乱，而读书是提高人文修养的主要途径。对于一个人来说，读书将影响到他的思维的深度和广度，人生的宽度和厚度，对问题的洞察力和前瞻力。

以色列是一个只有500万人口的小国，但是以色列人拥有的图书馆和出版社居世界之首。小孩懂事后，以色列的母亲都要在《圣经》上滴下一点蜂蜜，叫小孩亲吻，让他知道，书本是甜的。知识就是力量，难怪20世纪世界上一共有645位诺贝尔奖得主，以色列就占了121位。看来，我们死活都应该读书，读人文经典啊！

《重庆晚报》2013年7月9日

时代与读书

一、时代需要人才

在中国历史上有两次大的社会转型。第一次开始于春秋战国时期，从血缘宗法体制向专制帝国体制转变，这次转型直到秦汉才得以完成，经历了四五百年。这次大转型，出现了一个新阶层："士"，也就是知识分子，意见领袖，大V，对中国的发展起到了重要作用。第二次开始于1840年的鸦片战争，从专制帝国向现代国家转变，至今才100多年，由于战争、革命、动乱、频繁的政治运动，转型颇多变局，进展缓慢，直到上个世纪80年代才得以提速。

转型期总会淘汰落伍者，也总会涌现新生力量，后者以各种方式投身社会变革的大潮中。转型期社会的不确定性和震荡性，给新生力量带来机会，也带来挑战。用哈佛大学校长洛厄尔的话，就是："我们生活在一个有趣的时代，因为它在迅速变迁；一个有趣的时代也是一个困难的时代，它对我们提出了挑战。"（洛厄尔是美国教育家、法学家，1909—1933年担任哈佛校长。他支持学术自由，主持的哈佛本科教育改革后来成为美国的标准教育体系。）

经过30多年的对内改革和对外开放，现代中国的经济已经起

智商做事，情商做人

飞，标志有三个：一，实现了从农业国家到工业国家的转变；二，人均GDP6767美元（2013，国家统计局），进入世界中等偏上收入国家的行列（按世界银行公布的数据，低于975美元是低收入国家；976—3855，为中偏下收入；3855—11905，为中偏上收入；11905以上为高收入。美国是47390）；三，经济总量超过日本，成为世界第二经济大国。

人们的行为方式、生活方式都发生了巨变。但是，无论是经济体制转型，还是社会结构（价值体系等）转型、社会形态转型（工业/开放），都有一系列急需在试验中解决的课题。当下中国的社会问题极其突出，社会安定已到临界线，用经济学家吴敬琏（《世界商业评论》排名第六的中国经济学家）的说法是：改革正在与革命赛跑。从文化的角度观察，当下的基本画图是：经济发展，文化贫穷，思想干枯。物质和精神的失衡造成人文情怀的失落。

大学是新思想的策源地，新文化的孕育地，新学术的诞生地，新人才的培育地。新的人才的第一个要素就是原创精神，知识分子不能只是知道分子，要有自己的见解。具体说来，就是要具有相对于政治体制的独立性；相对于意识形态的自由性；相对于社会主流的批判性；相对于功利心态的超脱性。

大学要出人才，大学生就要守住自己，守住人格的尊严、学术的尊严，为民族的振兴付出努力。

大学要出人才，大学生就要守住梦想，守住一个知识分子在转型时代的担当，介入当下的改革大业，保留社会关怀、思想批判、文化重建的兴趣与能力，对社会的一切进行"诗意的裁判"，充当公众的良心。

要守住自己，守住梦想，批判性思维是学术创新的必须具备的素质。而广泛阅读，是形成批判性思维的基础。知识当然不只是读

书,但读书是获取知识的主要途径。要让读书成为生活方式。真正的阅读可以让读者拥有一段段无可替代的完整的生命体验。读书可以让我们站在巨人肩上思考和瞭望,以广阔的内在视野观察我们的时代,提出问题,解决问题。

二、人才需要读书

"知识就是力量"(Knowledge is power),是培根的名言。(培根,1561—1626,英国哲学家,马克思、恩格斯说他是"英国唯物主义的第一个创始人",这句话出自培根的《沉思录》)力量,指的人格力量、思想力量、工作力量。

书,是这一代对下一代精神上的遗产,是老年人给开始人生的青年人的忠告,是准备休息的哨兵给接班的哨兵的命令。书里有人生,书里有思想,书里有智慧。所以,"开卷有益"。[宋代王辟之,山东临淄人,1095年知忠州,1097致仕还乡。他的《渑水(发源于临淄的河流)燕谈录·文儒》写道:"太宗日阅《御览》(吕按:即《太平总类》)三卷,因事有阙,暇日追补之。尝曰:'开卷有益,朕不以为劳也。'"]

苏轼《和董传留别》(苏和董在凤祥相从,从凤翔回长安留别)说:"粗缯大布裹生涯,腹有诗书气自华。"所谓"气自华"就是书卷气,书卷气不是世俗气,不是江湖气,是人文修养的外在表现,具体说就是:植根于心性的素质,无须作秀的优雅情操,以约束为前提的自由,为他人着想的风度。

黄山谷说:"人不读书,则尘俗生其间,照镜则面目可憎,对人则寓言无味。"

宋真宗赵恒(赵恒,968—1022,宋代第三位皇帝)《励学篇》

智商做事，情商做人

说："书中自有千斤粟，书中自有黄金屋，书中自有颜如玉。"

其实，读书自有天地，读书自有乐趣。金圣叹（1608—1661，明末清初文学批评家）就说到这乐趣："红袖添香读闲书，雪夜闭门读禁书，秉烛执酒读奇书。"他还说，《庄子》、《离骚》、《史记》、《杜诗》、《水浒》、《西厢》是"六才子书"，他点评了后两部。（比如《水浒》第15回《杨志押送金银担，吴用智取生辰纲》。金圣叹点评："看他写天热酷热，不费笔墨，只一句两句便已焦热杀人。"）

据中国出版科学研究所开展的全民阅读调查，我国国民每年人均阅读图书不足5本。而韩国是11本，法国20本，日本40本，美国50本，俄罗斯55本，以色列最多，达64本。在我国的人均购书中，八成还都是课本教材。而且平均数并不可靠，姚明身高2.26米，与潘长江平均身高1.93米，这说明潘长江很高吗？其实潘长江才1.60米。

不读书的中国人令人忧虑。迎接马年时出现了"马上"体，就如最近出现"伊俐体"，有人统计，"马上有钱"、"马上有房"、"马上有对象"，名列前三。疏远了灵魂，未来的中国会为此付出代价。一个尊重文化、热爱阅读的民族和国家才有今天和未来。

以色列是一个500万人口的小国，但是它的人均图书馆和出版社数量居世界之首。20世纪中，诺贝尔奖一共有645位得主，以色列就占了121位。以色列人在小的时候，许多父母会在《圣经》上滴上一点蜂蜜，让孩子亲吻，让他懂得，知识是甜蜜的。正是5位犹太人，构成了西方世界的精神框架，改变了世界。（摩西：公元前300年的犹太人先知，旧约圣经前五本的执笔者，他替上帝颁布的"十诫"，至今是西方法律的根本，每周休息一天就是十诫之一；耶稣：基督教创始人。出生年为公元年之始。圣诞节、复活节都与耶稣有直接关系；马克思，他的《资本论》发现了人类社会的进化规

律；弗洛伊德，他认为人的一切社会活动的根本动力源于动物性本能；爱因斯坦，他的《相对论》影响了世界。）

读书已成为全人类的一个呼唤。1995年联合国教科文卫组织确定4月23日为"世界读书日"。主旨宣言："希望散居在全球各地的人们，无论你是年老的还是年轻的，无论你是贫穷的还是富有的，无论你是患病的还是健康的，都能享受阅读的乐趣，都能尊重和感谢为人类文明做出巨大贡献的文学、文化、科学、思想的大师们，都能保护知识产权。"确定4月23日，是因为莎士比亚是1564年4月23日出生，1616年4月23日去世的。

说到读书，我们就必须注意有两类阅读：专业修养的阅读和人文修养的阅读。专业修养的阅读属于特定人群，人文修养的阅读属于每一个人。知识性的东西会不断更新，所以专业修养的阅读也会不断更新；人文修养的阅读里面，有一种是元典阅读，也就是一个民族、一个国家千百年来传承下来的经典，是比较恒定的。因为思想性、智慧性的东西，越经过历史检验和人生经验的沉淀，越向深度发展，"读书百遍，其义自见"。

这里讨论的是人文修养的阅读。

人文修养就是人的修养，人文修养决定人的隶属度和层次，决定人之所以为人，此人之所以非彼人。先有人，后有人才。没有"人"的"才"是缺少人生乐趣的匠人，按哲学家冯友兰的区分，是功利世界而不是天地世界的人。各种专业使人获得某种才能，但是人文修养首先使人成为人。

现在的人才主要是理工科出身。谈技术，谈利润，谈GDP，是热心的。但是各种人才显然应该有人文修养，从追问"是什么"上升到追问"应当是什么"。这样才会站在人生的高度获得大视野和使命感，不仅知道自己专业的功利意义，也知道自己专业的价值意义，取得更大的发展契机。

科学是求真的,人文修养是求善和求美的。它从内在提高人的品位,使人有精神追求,有理想之光。老子说"无用之用,乃为大用",人文修养就是如此。

人文修养深刻地影响到社会的兴衰治乱。缺乏人文修养,将导致整个社会的浅薄化和庸俗化。对于个人,人文修养将影响到他的思维的敏锐度、深度和广度,精神境界的高度和纯度,对问题的洞察力和前瞻力。

发明文字以前,保存智慧靠记忆;发明文字以后,是书籍。书籍是保存人类代代相传的智慧的宝库。读书,是和先贤对话,对自己灵魂追问。

专业修养的阅读是功利阅读,为了满足求职、文凭、升职、工作等具体需要;而人文修养的阅读是超功利的,为生命、为成长、为精神滋养。"随便翻翻"、"好读书,不求甚解"是常有的阅读状态。意大利作家伊塔洛·卡尔维诺说过不少关于文学经典的精彩的话,他说:"我对于文学的前途是有信心的。因为我知道世界上存在着只有文学才能以其特殊的手段给予我们的感受。"人文修养的阅读,真正记住的并没有几本书,忘掉读过的东西的过程,正是塑造一个人的知识结构和言谈举止、塑造气质的过程。曾国藩说过:"人之气质,由于天生,唯读书则可以改变其气质。"

人文修养的阅读的中心是原典阅读,所谓"旧书不厌百回读,熟读深思子自知"。原典是经过历史淘洗的人类智慧的结晶,具有时代的穿透力,内蕴了人类一些有永恒价值的元素。伊塔洛·卡尔维诺这样说到原典:"是一本每次重读都像初读那样带来发现的书","是那些你经常听人说'我正在重读'而不是'我正在读'的书"。比如入世的孔子,《论语》至今还具有强大的穿透力。"政者,正

也",谈得多好啊!又比如老子,在当下的浮躁风气里,老子是一股清水,上善若水。

广西师范大学出版社2013年6月24日,公布了"死活读不下去排行榜",中国古代四大名著《红楼梦》、《三国演义》、《水浒传》和《西游记》名列前十名,《红楼梦》更是列"死活读不下去"之首。具体说来,《红楼梦》第一,《三国演义》第三,《水浒传》第六,《西游记》第八,其他六部都是外国文学经典,比如《钢铁是怎样炼成的》等。

就以四大名著来说,《红楼梦》写情,《三国演义》写忠,《水浒传》写义,《西游记》写趣,是后人所难以逾越的。网友吐槽说,《红楼梦》诗词太多,其实,《红楼梦》的诗词曲赋本身就是这部经典闪光的地方,因而成了红学的一个子学科。又有网友说,《水浒传》打打杀杀的,不好看,其实,当年赛珍珠翻译《水浒传》时,把英语的《水浒传》改名《四海之内皆兄弟》,是懂得这部名著的精髓的。中华民族世世代代阅读的文学经典怎么到了21世纪就"死活读不下去"了?这说明,我们的社会风气存在浅薄化、庸俗化的弊端。有些人读书,但是心态浮躁,泡在网上快读、浅读、碎片化阅读,或者只去看碟读图,不看原著。更不说有些人根本不读书了。文学的消费历史、矮化人生的"戏说"和"穿越"也正败坏着自身。于是,"去经典化"就盛行,原典自然就"死活读不下去"了。

三、新媒体条件下的读书

"新媒体"是一个流动的概念。就当下而言,就是新的技术支撑体系下出现的媒体形态,比如网络、数字影视、手机微信、电子书等。

智商做事，情商做人

新媒体给阅读带来一些新的东西：一，阅读载体新（电脑、手机）；二，阅读形式新（文字阅读之外的声音、动画、视频）；三，阅读环境新（不受限于场所要求、海量的信息）。

我们有了新的阅读方式：书本阅读之外的数字阅读；读书之外的读图；深阅读之外的浅阅读。

在新媒体时代，书本阅读有所减少。以书店为例，网络书店之外，实体书店关门的不少，继续经营的，也同时开设咖啡店、餐厅、文具店、礼品店等等。

新媒体时代还需要读书吗？

人类知识的记录方式的发展大概是这样一个过程：靠体内仓库，凭记忆——刻书（刻在石头、骨头、钟鼎、竹简、缣帛上）——雕刻印刷（东汉出现造纸术以及出现油墨后出现雕刻印刷，在宋代，雕刻印刷得到普遍运用。但是这种印刷有许多缺点：刻版费工费时；书版存放不便；错字不易改正。）——活字印刷（北宋布衣毕昇发明胶泥活字印刷，后来发展为铅活字印刷）——新媒体。

记录知识的方式的变化，并不是阅读需求的变化，也不是书本阅读的消失。新媒体带来阅读的便利性与海量性，但是它是跳跃的、随性的、碎片的，新媒体活在当下，书籍付诸思考。信息不等于思想，资讯不等于学问，养眼不等于养心。知识分子不能只是知道分子：知识分子要有思考，要有批判，要创造新知，这一切，只靠新媒体阅读显然是不够的。

需要阅读原典。学者易中天说得好："读孔得仁，读孟得义，读老得智，读庄得慧，读墨得力行，读荀得自强不息。"

《中外诗歌研究》2014年第3期

需要人文大师

——《吕进诗学隽语》研讨会致谢辞

谢谢大家拨冗出席研讨会，尤其谢谢远道而来的诸位嘉宾。从泰国赶到的曾心先生发起并和小族一起带领我的几位在读研究生编选《吕进诗学隽语》，又张罗泰国版、中国大陆版和中国台湾版的出版，连大家手里的几个版本的书也是他买来赠送的，曾心真是真心。人生中能够遇到几位这样的同怀是一种幸福。

友谊是能够净化人生的。

我想借此机会谈谈包括诗学在内的人文科学的建设问题。

当下中国的基本画图是：经济发展，文化贫穷，思想干枯。物质和精神的失衡造成整个社会人文情怀的失落，诗意的失落。

钱学森去世前提出"中国为什么没有出现大师"，钱学森之问使人警醒。

时代的确需要人文大师。

然而，我们的评价体系出了问题。国外有评论说："中国的学术评价体系已经到了最混乱的时候了。"学术评价当然应当使用学术标准，即衡量学术水平的绝对质和相对质；有一个科学的有利于学术发展的评价体系；有严密的符合学术性质的操作规程。但是在当下

智商做事，情商做人

中国，在现实生活中，评价标准却常常发生异化，掺入了大量非学术因素。学术评价和学术资源一旦被某类学术管理机构所把持和垄断，成为权力、金钱、人情关系的附属品，就乱套了，其后果极其严重——它会从根本上严重伤害真正意义上的学者，摧毁我国的学术队伍和学术事业。

这样的状况下还出得了人文大师吗？

我们的管理体制也出了问题，缺乏符合人文科学规律的管理模式。我们目下采用的是理工科的管理模式。人文科学的研究对象、研究方法、研究目的均有别于理工科。天马行空的人文科学是主体性、个别性很强的科学，而理工科是忌讳主体性、个别性的科学；"独居最充实、人多最寂寞"的人文科学是个体劳作为主的科学，而理工科是集体为主、大兵团作业的科学；钟情类概念的人文科学是具象的科学，而理工科是抽象的科学；人文科学致力于提升人的内部世界，回答"应该怎样"，而理工科寻求的是发现外部世界，问答"本来怎样"。

所以，人文知识分子是很不好当的。我常开玩笑说，怀才如同怀孕：成果诚然令人欣慰，过程却是非常艰辛。

客观化、刻板化、数据化、公式化的管理体制出得了人文大师吗？

中国现在不缺钱，也不缺人，缺的是人文情怀，缺的是诗意。人文知识分子的使命就是打造人文情怀，打造诗意的栖居。我们要介入当下的改革大业，保留社会关怀、思想批判、文化重建的兴趣与勇气，用恩格斯的话说，就是对社会的一切进行"诗意的裁判"，找回在市场经济冲击下失落的人文梦想和诗意。

因此，我们要有所坚守。学问不是评出来的，跑出来的，吹出来的，捧出来的。学问是做出来的。做学问最为重要的是对世俗功

名保持超然的心态，守住自己的一亩三分地。中国是拥有几千年的文明积累的古国，对于人文学者，做学问首先要求通，要搞通本学科几千年的积累，排开浮躁，脚踏实地地静心地读先贤的书。先通才能后变：在前人的肩膀上做出自己的新的推进。因此，"半百成名"是中国人文学者的正常现象，不要急功近利，不要理会那些以官员任职年龄来排斥人文学者发挥才能的说法和做法。就像晚清著名画家吴昌硕说的那样："心中别有欢喜事，向上应无快活人。"

生命不仅仅是生存。生命不但有生存的长度，更要有自己的宽度和厚度。要清醒地守住人格的底线，高贵地守住人文学术的尊严，尽自己所能，推动社会的前进。我想，这也是当下中国对我们的期待吧！

人文学者应该是智者、勇者。思想要解放，学风要严谨；有理论勇气，又谦虚谨慎。

期待变革。期待变革浅薄、庸俗的社会风气，期待变革人文科学评价体系和管理模式，形成出人格、出思想、出人才、出人文大师的环境和氛围。

我自己的信条就是我的 QQ 最近的个性签名："双鬓近年飞雪，寸心至死如丹。"

谢谢！

《中外诗歌研究》2013 年第 2 期

智商做事，情商做人

向诗而生

——生日致辞

谢谢大家对生日的祝福。

记得陆正兰在读博的时候曾经说，"吕老师总是将快乐、健康的一面展示给我们，而把困难、痛苦留在自己心上"。我的性格的确如此。但是，昨天去大坪医院体检，在去年检查出来的二十多种病以外，又增添了几种病，我决定，这得"展示"给大家了。

60岁的时候，日本著名诗人谷川俊太郎和台湾诗人杨平参加了烛光晚会；70岁的时候，学校党政一把手不请自来；今天是"秘密"的简短聚会，这样的聚会以后不一定再有了，所以今天我要留给大家一些话!

外出做报告时，我总是说，我们的时代很像《双城记》开头说

的那样,既是光明的时代,又是黑暗的时代;既是高尚的时代,又是卑鄙的时代;既是有希望的时代,又是令人绝望的时代。的确,当下社会的基本情况是:经济发展、文化贫穷、思想干枯、物质和精神的失衡造成整个国家人文情怀的失落。

在这种状况下,作为一个民族新思想的策源地、新文化的诞生地、人文情怀的孕育地的大学,道义责任就很突出。但是中国的大学却成了当今世界的一个笑话。它不固守学本位文化、不固守文化批判和社会关怀的使命,而是热衷于官本位文化。学校里没有自由思想、学术创造的清新风气,没有专家学者的发言余地,而是崇尚行政级别、崇尚官位,下级只看上级,而不是尊重学术、尊重学者、尊重教育发展的规律。官员用做官的思路、做官的套路来指挥学校建设和学术建设,把学校变成一个副部级或厅局级的官场。

今天的大学已经和经典意义的大学渐行渐远。

在这样的语境下,校墙外很香的中国新诗研究所在校墙内的日子会越来越不好过,对这一点大家要有充分的思想准备。一切皆有可能。

我们的新诗研究所已经建所 28 年。我们自豪的是,经过方敬、邹绛这样的前辈的奠基,经过全体师生的持久努力,我们的研究所已经在诗歌界赢得了世界性的声誉,这不是你喜欢还是不喜欢的问题,不是你承认还是取消的问题。我希望,所有和新诗研究所有血缘的朋友,无论命运把你抛到哪里,无论你现在从事的是什么职业,都要将新诗研究所的这种奋斗的精神、勇于开拓的精神珍藏于心,永远向诗而生,保持诗的清高,怀抱诗的向往,写好"上,止,正"这三个字,在最缺乏诗意的时代,努力为自己创造诗意的人生。

谢谢!

2014 年 9 月 13 日

《中外诗歌研究》2014 年第 4 期

漫说诗家语

从上个世纪的新时期开始，诗歌文体学就成了诗学前沿。原因很简单，新诗从那个时候开始，拨正了诗与政治、诗与散文的关系，又回到了自身。诗从历史层面的反思转向美学层面的发展。

其实任何文学品种都是受限的文学。每种文体都具有自己的优势，又具有自己的局限。比如，在篇幅上，散文比较自由；戏剧文学由于是戏剧与文学的联姻，受到舞台限制，在篇幅上就失去不少自由；诗虽然是最自由地抒写内心世界的艺术，在篇幅上却最不自由。

和其他文学品种相比，诗的语言最具特点。宋代王安石把诗歌语言称为"诗家语"是有其道理的。诗家语不是特殊语言，更不是一般语言，它是诗人"借用"一般语言组成的诗的言说方式。一般语言一经进入这个方式就发生质变，意义后退，意味走出；交际功能下降，抒情功能上升；成了具有音乐性、弹性、随意性的灵感语言，内视语言。用西方文学家的说法，就是"精致的讲话"。

从生成过程来看，诗有三种：诗人内心的诗、纸上的诗、读者内心的诗。因此，诗的传播就是从（诗人）内心走进（读者）内心。诗人内心的诗是一种悟，是无言的沉默。在这一点上，诗和禅

是相通的。禅不立文字，诗是文学，得从心上走到纸上，以言来言那无言，以开口来传达那沉默。这是诗人永远面对的难题。有人说："口开则诗亡，口闭则诗存。"在心灵世界面前，在体验世界面前，一般语言捉襟见肘。古人说："常语易，奇语难，此诗之初关也。奇语易，常语难，此诗之重关也。"诗人寻奇觅怪，恰恰是不成熟的表现。诗人善于驾驭一般语言，才能见出他的功力。用浅近语言构成奇妙的言说方式，这是大诗人之路。

　　诗家语很大的特点是德国大学者黑格尔所说的"清洗"。诗的内蕴要清洗，诗家语也要清洗。清洗杂质是诗的天职。诗是"空白"艺术。情感世界心灵世界的体验常常是说不出的，高明的诗人善于以"不说出"来传达"说不出"。诗不在连，而在断，断后之连，是时间的清洗。诗在时间上的跳跃，使诗富有巨大的张力。臧克家的《三代》只有六行，却既写出了一个农民的一生，又写出了农民的世世代代、祖祖辈辈农民的命运，从具象到抽象，从确定到不确定，从单纯到弹性，皆由对时间的清洗而来。诗不在面，而在点，点外之面，是空间的清洗。余光中的《今生今世》是悼念母亲的歌。诗人只写了一生中两次"最忘情的哭声"，一次是生命开始的时候，一次是母亲去世的时候。"但两次哭声的中间啊/有无穷无尽的笑声"，这"笑声"最丰富、最漫长，高明的诗人却把它全部"清洗"了。诗之未言，正是诗之欲言。可以说，诗的每个字都是无底深渊。恰是未曾落墨处，烟波浩淼满目前。母子亲情，骨肉柔情，悼唁哀情，全浸透在纸上。

　　一与万，简与丰，有限与无限，是诗家语的美学。诗人总是这两种相反品格的统一：内心倾吐的慷慨和语言表达的吝啬。从中国诗歌史看，中国诗歌的四言、五言、七言而长短句、散曲、近体和新诗，一个比一个获得倾吐复杂情感的更大的自由，这样的发展趋势和社会生活有由简单到复杂、由低级到高级的发展遥相呼应。可是从语言着眼，与诗歌内容的由简到繁正相反，诗家语却始终坚守着、提高着它的纯度，按照与内容相对而言的由繁到简的方向发展。五言是两句四言的省约，七言是两句五言的省约。这是诗歌艺术的铁的法则。

诗家语在生成过程里，诗人有三个基本选择。第一，是词的选择。诗表现的不是观，而是观感；不是情，而是情感。诗的旨趣不是叙述生活，而在歌唱生活。所以诗倾吐的是心灵的波涛，而落墨点却往往是引起这一波涛的具体事象。杜甫不说"天下太不公道了，富的那么富，富得吃喝不尽；穷的那么穷，穷得活不下去"，却说"朱门酒肉臭，路有冻死骨"。这词选得多好啊！第二，是组合的选择。在诗这里，词的搭配取得很大自由。这种组合根本不依靠推理逻辑，而是依靠抒情逻辑，尤其是动词与名词的组合常常产生异常的诗的美学效应。田间的名篇《给战斗者》里有这样的诗行"他们永远/呼吸着/仇恨"。"呼吸"是实，"仇恨"是虚，虚实组合发出诗的光亮。方敬的名篇《阴天》的开始两行"忧郁的宽帽檐/使我所有的日子都是阴天"。"宽帽檐"是实，"忧郁的"是虚，虚实的组合使得这两行诗有了很大的情感容量。后来方敬的诗不再忧郁，不再瘦弱，所以卞之琳写的方敬评论的题目是"脱帽志变"。第三，是句法的选择。俄罗斯评论家别林斯基讲得非常好："朴素的语言不是诗歌的独一无二的确实标志，但是精确的句法却永远是缺乏诗意的可靠标志。"这句话见于他的论文《别涅季克托夫诗集》。优秀的诗在句法上都是很讲究的，许多名句和句法的选择分不开。从散文的眼光看，有些诗句好像不通，其实诗家语正是妙在无理，妙在不通。徐志摩的《再别康桥》那"轻轻的我走了"是大家熟悉的例子。何其芳的名篇《欢乐》："是不是可握住的，如温情的手？/可看见的,如亮着爱怜的眼光?/会不会使心灵微微地颤抖,/或者静静地流泪,如同悲伤?"词序都是倒装。这样,诗就增添了停顿,减缓了节奏,加强了音韵的铿锵,一唱三叹地抒发了"对于欢乐我的心是盲人的目"的哀愁。

为说心中无限事,随意下笔走千里,这绝对不是把握了诗家语精妙的诗人。

《重庆晚报》2013年12月4日

诗的公共性

新诗在上个世纪80年代曾经创造过自己的辉煌。三个诗群同步活跃：艾青和穆旦这样的"归来者"，北岛和舒婷这样的朦胧诗人，雷抒雁和傅天琳这样的"新来者"，再加上诗群之外的臧克家、李瑛这样的资深诗人，演出了多音部的合唱。那是令人怀念的诗的时代，诗引发全社会强烈的共鸣。90年代以后，诗歌的"个人化"倾向渐成潮流：抒写自己身世，专注私人情感，吟唱狭小空间，于是诗歌与受众拉开距离，放弃公共性的审美追求，逐渐退出公众视野，自己将自己边缘化了。

诗一经公开发表，就成了社会产品，也就具有了社会性。所以公共性是诗在社会的生存理由，也是诗的生命底线。诗背对受众，受众肯定就背对诗。其实，从诗歌发生学来讲，从诞生起诗就具有公共性这一特质。甲骨文里是没有"诗"字的，只有"寺"字。宋人王安石解剖"诗"字说："诗，寺人之言。"寺人就是上古祭祀的司仪。《左传》说："国之大事，在祀与戎。"祭天，祭地，祭祖，求福消灾的祭词，当然是"人人所欲言"，具有很高的公共性。中国古代的祭祀经殷周、秦、魏晋有新的变化发展，但具有严肃性、崇高性、音乐性的祭词的代言性质始终没有变化，这是中国诗歌与生

俱来的遗传。

　　从诗歌传统来讲，公共性是中国诗歌的民族标志。对于诗歌，没有新变，就意味着式微。但是如果细心考察，就不难发现，在一个民族诗歌的新变中，总会有一些有别于他民族的恒定的艺术元素，这就是民族传统，这是诗歌"变"中之"常"。循此，可以更深刻地把握传统诗歌——发现古代作品对现代艺术的启示；可以更准确地把握现代诗歌——领会现代诗篇的艺术渊源；可以更智慧地预测未来——在变化与恒定的互动中诗的大体走向。中国是诗国，正是几千年的优秀传统推动了中国诗歌的流变与繁荣。李白《把酒问月》有"今人不见古时月，今月曾经照古人"之句，优秀传统就是"今月"。中国诗歌的优秀传统的首要表现就是充当代言人。诗无非表达两种关怀：生命关怀与社会关怀，两种关怀就是两种代言。

　　许多书写生命关怀的篇章，从诗人此时真切的人生体验出发，说破千百万人彼时的类似心情。徐志摩的诗句"轻轻的我走了，正如我轻轻的来"，写出一般人作别故地时共有的又潇洒又缠绵的情绪；海子的"面朝大海，春暖花开"，是许多同时代人在心灵宁静时的明朗感受；舒婷的名篇《神女峰》唱出了众多女性反叛旧习俗的勇气和大胆追求爱情、追求幸福的心态，"与其在悬崖上展览千年/不如在爱人肩头痛哭一晚"。诗人情动而辞发，受众读诗而入情。诗人的体验唱出了、集中了、提高了许许多多人的所感、所悟、所思，审美地说出人们未曾说出的体验，能言人之未言，易言人之难言，自会从诗人的内心走向受众的内心，自是亲切，自会传诵久远。

　　书写社会关怀是中国诗歌的显著特征，千百年来以家国为本位的优秀篇章数不胜数，历来被认为是上品，所谓"国家不幸诗家幸，赋到沧桑句便工"，所谓"有第一等襟抱，才有第一等真诗"。"海天愁思正茫茫"是历代中国优秀诗人的共性。即使对个人命运的浅吟低唱，也常常是和对国家兴衰的关注连在一起的。只是，这"关注"的通道是诗的，而不是非诗的。新时期开始的时候，许多曾经的"受难者"从各个地方、各个领域"归来"了，"归来者"诗人高平的诗句"冬天对不起我/我要对得起春天"说出了所有"归来者"的心绪：抛开昨天，走向明天。而朦胧诗人顾城的诗《一代人》只有两行："黑夜给了我黑色的眼睛/我却用它来寻找光明"，和高平有异曲同工之妙。诗人艾青在抗战中有名句"为什么我的眼里常含泪水/因为我对这土地爱得深沉"，这种爱国情愫穿过时空，一直到今天也被人们传诵。

诗是艺术，艺术来自生活又必定高出原生态生活。常人是写不出诗的。只要真正进入写诗状态，那么，在写诗的时候，常人一定是一个诗人——在那个状态下，他洗掉了自己作为常人的俗气与牵挂，从非个人化路径进入诗的世界。非个人化就是常人感情向诗人感情的转变，原生态感情向艺术感情的提升，没有这种转变和提升，就没有诗。诗的显著特征是"无名性"。歌唱着的诗人和歌唱者本人既有联系，更有区别。既是诗人，就应当不只是充当自己灵魂的保姆，更不能只是一个自恋者。这种"无名性"使得诗所传达的诗美体验获得高度的普视性，为读者从诗中找到自己、了解自己、丰富自己、提高自己的广泛可能。原生态的感情不可能成为诗的对象。读者创造诗，诗也创造读者。艾略特在《传统与个人才能》这篇文章里，倡导诗表现"意义重大的感情"，艾略特还说："这种感情的生命是在诗中，不是在诗人的历史中"，"艺术家越是完美，那么在他身上，感受的个人和创造的心灵越是完全的分开"。我们可以从公共性去理解艾略特的话。仅仅对一个人有价值的东西对于社会、对于时代不一定有重大意义。越是优秀的诗人，他的诗的普视性就越高。

当然，在情感内容上的高度非个人化的诗又必须在表达上寻觅高度的个人化。真正的诗人不可复制。表达技法是一个深不见底的大海，摒弃公共的规条："国无法则国乱，诗有法则诗亡"，"无法之法，乃为至法"。千变万化的技法表现着普视的情感内容，这就是古往今来的优秀诗篇的共同品质。

《重庆晚报》2013年12月4日

漫说诗家语

诗歌的大众与小众

诗是大众化还是小众的，从新诗诞生起，就一直在争论中。其中，争论的一个焦点是平民化还是贵族化。

新诗刚出世就显露了它的平民化倾向。陈独秀《文学革命论》的核心，就是推倒贵族文学，建立国民文学。周作人等也提出"平民的诗"。其后，新诗的平民化运动一浪接着一浪。康白情"贵族的诗"的说法，虽得到朱自清等人的支持，在新诗史上几经沉浮。朱后来发表《新诗的进步》，则倡导"并存"。两种倾向可以说一直持续到上个世纪90年代初的"民间写作"和"知识分子写作"。

不仅对诗坛，就是对同一位诗人来说，大众化倾向和小众化倾向也常常是"并存"的。李白有《静夜思》，也有《蜀道难》；老杜有"三吏"、"三别"，也有《北征》。推出大众化的《死水》的闻一多，也出版过小众化的《红烛》；写过小众化的《雨巷》的戴望舒，也写过大众化的《元旦祝福》。朦胧诗似乎是小众的，但是诸如"卑鄙是卑鄙者的通行证/高尚是高尚者的墓志铭"、"黑夜给了我黑色的眼睛/我却用它寻找光明"之类的名句却得到广泛流传。当然，一位诗人总有他的主要审美倾向。李金发基本是小众化诗人，田间基本是大众化诗人。在一些诗人那里，主要审美倾向还会发生变化，殷夫、穆木天、艾青、何其芳等都是由小众化转向大众化的诗人。

从一个角度说，不管你承认不承认，诗终究是一种社会现象。因此大众化和小众化倾向还与诗的外在环境密切相关。当生存关怀成为诗的基本关怀的时候，例如发生战争、革命、灾难的年代，大众化的诗就会多一些。当生命关怀成为诗的基本关怀的时候，例如和平、和谐、安定的年代，小众化的诗就会多一些。

大众化和小众化的诗都各有其美学价值，不必也不可能取消它们中的任何一个。但是，艺术总是有媒介化倾向，诗终究以广泛传播为旨归。大众传播有两个向度：空间与时间。不仅"传之四海"的空间普及，"流芳千古"的时间普及也是大众化的表现。李贺、李商隐生前少知音，但他们的诗歌几千年持续流传，成为文化传统的一部分。诗歌的这种隔世效应也是一种常见的大众化现象。唐诗宋词是中国古典诗歌的高峰，也是大众化程度最高的诗歌时代，只要是中国人，大多能背出几首佳作。唐诗宋词成了中国人文化身份之一。白居易和柳永是很值得后世研究的代表。

胡适倡导新诗时，就很推崇白居易和他领军的新乐府。"但伤民病痛"的白居易推进了杜甫开辟的现实主义，"始得名于文章，终得罪于文章"。从《赋得古原草送别》到《长恨歌》，再到贬居江州的《琵琶行》，白居易有明确的大众化艺术追求，他的不少诗篇也最大限度地产生了大众化效应。白居易的诗广布民间，传入深宫，当时凡乡校、佛寺、逆旅、行舟之中，到处题有白诗。有的"粉丝"全身纹上白诗，有的歌伎因能诵《长恨歌》而"增价"。元稹为《白氏长庆集》写的序言里有这样的叙述："禁省、观寺、邮候墙壁之上无不书；王公、妾妇、牛童马走之口无不道。"白居易死，唐宣宗写诗悼念，有"童子解吟长恨曲，胡儿能唱琵琶篇"之句。新乐府用口语，但徒有乐府之名，实际和音乐没有多少干系，而柳永的词却

漫说诗家语

充分运用音乐作为传播手段。柳永生于两宋社会的"盛明"之世，描写都市繁华，歌咏市井生活，在题材上有突破；在唐五代小令的基础上，创制长调慢词，在文体上有突破。他熟悉坊曲，和歌伶乐伎合作，使词插上音乐的翅膀。叶梦得说："凡有井水饮处，即能歌柳词。"

新诗拥有唐诗宋词时代没有的现代传播手段，像诗的网络生存，就是古人远远不具备的条件。但是，新诗实际上很小众。和唐诗宋词相比，新诗的大众化存在诸多困难。一、年轻的新诗不成熟，甚至迄今没有形成公认的审美标准，诗人难写，读者难记，没有像唐诗宋词那样化为民族文化传统，至今游离于家庭教育、学校教育及社会文化生活之外；二、新诗的发生更多地取法外国，不来自民间，不来自传统，也不来自音乐，主要借助默读，与朗诵尤其与音乐的脱节成为传播的大难题，把声音还给诗歌乃当务之急；三、和白居易的"为时而著"、"为事而作"不一样，当下有些诗人信服"私语化"倾向，使得公众远离诗歌。高尔基有句话还是有道理的："诗人是世界的回声，而不仅仅是自己灵魂的保姆。"

无论是小众还是大众，新诗都需不断继承创新，在多样化格局中努力争取传播的大众化效应。

《人民日报》2009 年 5 月 21 日

现代诗技巧的"有"与"无"

李重华《贞一斋诗说》概括诗歌技巧时说:"诗求文理能通者,为初学言之也;诗贵修饰能工者,为未成家言之也。其实诗到高妙处,何止于通?到神化处,何尝求工?"清人的这个观点还是有科学性的,新诗的情况其实也相去不远。

诗是一般语言的非一般化,不大接受通常"文理"的裁判,诗之味有时恰恰就在不那样"文理能通"。诗又是非一般化的一般语言,"贵修饰能工"者,是有形式感的人,比"求文理能通"者更接近诗。但是,诗不仅需要表现,更需要发现,外露技巧会造成诗的外腴中枯,戏弄读者会剪断诗与读者的联系,恰恰是诗的大忌。宋人吴可说:"凡装点者,好在外,初读之似好,再三读之则无味。"王安石把诗歌语言称为"诗家语",突出了诗歌语言的独特性。诗家语要表达"在可言不可言之间"的思致微妙的人的内在世界、心灵世界、情感世界,"何止于通?"诗家语是内在符号,不可能像其他文学样式那样运用悬念来抓住读者,因此在篇幅自由上获得的权利在所有文学样式中是最小的,它要力求把"局限"变成"无限",这就需要"工"。但是诗一般需要读者在极短的时间内领悟,这又必须用一般语言来组成诗的言说方式,"何尝求工?"

漫说诗家语

纵向来看,《贞一斋诗说》说的三种情形,其实也是不少诗人走过的艺术之路的三个阶段:用散文方式写诗——注意表现技巧。其后,就是杜甫说的"老去诗篇浑漫与"了:"既识羞愧,始生畏缩,成之极难;及至透彻,则七纵八横,信手拈来,头头是道矣。"(严羽:《沧浪诗话》)

从这个视角,一切优秀现代诗的技巧都可以用"有"和"无"二字加以解说。

一是有诗意,无语言。

诗美体验的产生是一个从"无"到"有"的过程。诗人在外在世界里不经意地积累着感情储备和形象储备。长期积累使诗人在某些方面形成了特别敏锐的诗美触角。一个偶然的契机,诗人就"感物而动",诗人的主观心灵与客观世界邂逅了,灵感爆发。于是诗人"有"了心上的诗。要表现这个"有",诗人又面临困窘。诗美的本质就是沉默,所谓"口闭则诗在,口开则诗亡"。至言无言。诗美一经点破,就会失去生命。有限的言,不可能完美地表达无限的言外之意。诗的无言的特性带给诗人无限的难题和无限的机会。以言表现无言,诗人只能从"有"到"无"。庄子说:"大辩不言。"司空图说:"不着一字,尽得风流。"刘禹锡说:"情到深处,每说不出。"白居易说:"此时无声胜有声。"从获得诗美体验的"有"到传达诗美体验的"无",是诗歌创作的一般过程。"无"才是真"有"——诗篇之未言,恰是诗人之欲言。有如禅家所说:"有是无有,无有是有。""书形于无象,造响于无声"的精髓是将读者引向诗的世界,从言外、意外、笔外、象外去寻找那无言的诗美。

从"有"到"无",诗人的智慧是以"不说出"代替"说不出",以象尽意。从"有"到"无",诗人总是避开体验的名称。直接说出体验的名称,正是诗人在艺术表现上的无能。诗人注重"隐"。《文心雕龙》写道:"隐也者,文外之重旨也。"从"有"到

"无",诗人注重"中声所止"。《荀子》写道:"诗者,中声之所止也。"这样,诗就富有暗示性:"但见情性,不睹文字,盖诗道之极也。"(皎然:《诗式》)

二是有功夫,无痕迹。

陶渊明说:"此中有真意,欲辨已忘言。"诗美体验是"忘言"的。既然是诗人,就得从"忘言"走向"寻言"。而"寻言"由于诗没有现成的艺术媒介变得十分艰难。从这个角度,可以说,诗人就是饱受语言折磨的人。从古至今,没有一位真正的诗人不慨叹"寻言"之苦:"吟安一个字,捻断数茎须";"句句深夜得,心自天外归";"吟成五字句,用破一生心";"蟾蜍影里清吟苦,舴艋舟中白发生";"借问别来太瘦生,总为从前作诗苦";"夜吟晓不休,苦吟鬼神愁。如何不自闲,心与身为仇"。现代诗人中的苦吟者也很多。他们对诗总是反复推敲,非搞得形销骨立而后已。臧克家的《难民》中"黄昏还没有溶尽归鸦的翅膀"中的"溶尽"一词就是苦苦锤炼出来的"唯一的词"。诗人的这番苦功夫,却又以隐形化为上。皎然说:"至苦而无迹。"诗人"至苦",诗篇里却"无迹",这才是优秀的诗篇。诗人难写,读者易读。读者的"易"并不是诗人的"浅",而是诗人技巧能力的显示。《老子》说:"大巧若拙。"诗虽有用巧而见工者,但总而言之,用巧不如用拙。所谓"拙",是巧后之拙。花开草长,鸟语虫声,云因行而生变,水因动而生纹,言近旨远,言浅意深,词平意寄,词微意显,这种"拙"实在不是随意"玩"得出来的。

成熟诗人的作品,都是"绚烂之极,归于平淡"。这里的"平淡"不是平庸加淡薄,而是险后之平,浓后之淡。平淡而到天然境界。到了高妙处神化处的诗,运用的是从"有"到"无"的技巧。对诗来说,最高的技巧是无语言、无痕迹的无技巧。

《人民日报》2009 年 8 月 28 日

漫说诗家语

新诗的"变"与"常"

新诗是中国诗歌的现代形态。几千年的中国古典诗歌到了现代发生了巨变,所以,"变"是新诗的根本。

对新诗的"新"的误读,造成了新诗百年发展道路的曲折,造成了在新文学中充当先锋和旗帜的新诗至今还处在现代文学的边缘,还在大多数国人的艺术鉴赏视野之外。有一种不无影响的说法,新诗的新,就在于它对旧诗的瓦解,就在于它的自由。在一些论者那里,新诗似乎是一种没有根基、不拘形式、随意涂鸦、自由放任的艺术。

其实,"变"中还有一个"常"的问题。"变"就是"常",而且是一种永恒的"常"。中国新诗的繁荣程度取决于它对新的时代精神和审美精神的适应程度,新诗的"变"又和中国诗歌的"常"联系在一起。诗既然是诗,就有它的一些"常态"的美学元素。无论怎么变,这些"常"总是存在的,它是新诗之为诗的资格证书。重新认领这些"常",是当下新诗拯衰起弊的前提。

中国诗歌的"常"来源于又外在于古典诗歌,活跃于又隐形于现代诗歌当中。也就是说,"常"不是诗体,不是古典诗歌本身,"常"是诗歌精神,是审美精神。它是内在的,又是强有力的。

在诗歌精神上,中国诗歌从来崇尚家国为上。气不可御的李白、沉郁顿挫的杜甫、纯净内向的李商隐、哀婉悲痛的李煜、笔墨凝重的苏东坡、愁思满怀的纳兰性德,虽然他们的艺术个性相距甚远,但是他们的诗词总是以家国为本位的。他们对个人命运的咏叹和同情,常常是和对家国的兴衰的关注联系在一起的。"国家不幸诗家幸,赋到沧桑句便工",是古诗发展的一个规律。在创作过程中,诗人必然寻求审美静观,他走出世界以观照世界,走出人生以观照人生。没有"走出",没有审美距离,就没有诗美体验,也就没有诗。但这是创作状态。"走出"之前,却有"走入";"出世"之前却有"入世",不然就没有优秀的诗。玩世玩诗、个人哀愁之作在中国不被看重,中国诗歌的评价标准从来讲究"有第一等襟抱,才有第一等真诗",以匡时济世、同情草根的诗为大手笔。这是中国诗歌的一种"常"。在现代社会,尽管现实多变,艺术多姿,但这个"常"是难以违反的。如果在这方面"反常",诗歌就会在现代中国丧魂落魄。

诗之为诗,在形式上也有一些必须尊重的"常"。以为新诗没有艺术标准,无限自由,是一种危害很大的说法。凡艺术皆有限制,皆有法则。就像歌德在《自由和艺术》中所讲:"在限制中才能显出身手,只有法则能给我们自由。"漠视"常",会受到艺术的惩罚。新诗是瓦解古诗而建立起来的。但是中国新诗和中国古诗,同为中国诗歌,就有一些共同的"常",或者说,新诗在"变"中就有时时回望"故乡"的必要。

新诗可以不都写现代格律诗。但是,中国古典诗歌是格律诗传统,而格律诗的要义就是诗对形式和音乐性的寻求。散文是无节奏的语言,音乐是无语言的节奏,诗是有节奏的语言。古诗和音乐的关系从来密切。从古朴典雅的《诗经》和汪洋恣肆的《楚骚》开始,乐府诗、绝句、律诗、词曲都离不开和音乐的联姻。"以诗入乐"—"采诗入乐"—"倚声填词"是中国古诗的音乐性的流变过程。注重听觉，注重吟诵，因而注重格律，这是中国古诗的"常"。用心从诗质上去捕捉诗情的音乐性，用耳从诗形上去捕捉诗的音乐性，这是中国诗歌为读者造就的审美习惯和审美标准。许多新诗人对此有所感悟。戴望舒平生写了92首诗，从他的《雨巷》—《我的记忆》—《元日祝福》所走过的之字形的探索之路，可以明显看出他对音乐性的回归。被梁实秋称道为"有一派撩人的妩媚"的徐志摩，在他的《翡冷翠的一夜》加强了音乐性，闻一多说，这是徐诗"一个绝大的进步"。从"情感泛滥"到"情感羁勒"，说明徐志摩的形式感和音乐感的加强。徐志摩自己也说："我的笔本是最不受羁勒的一匹野马，看到了一多的谨严的作品我方才憬悟到我自己的野性。"形式感和音乐感，这是评判优秀的新诗人的基本标准。没有形式感和音乐感的人绝对称不上是诗人。

中国诗歌在传播上也有"常"。有小众化的诗，更有大众化的诗。在唐诗里，有李商隐们，更有李白们。就是李商隐，他的诗也获得流传。古代诗人写诗，非常鄙视"功夫在外"、"外腴内枯"的诗。许多古代诗人在寻诗思的时候，总是别立蹊径，言人所欲言而又未言。而在寻言的时候，又总是尽量用最浅显的语言来构成诗的言说方式。"床前明月光，疑是地上霜。举头望明月，低头思故乡"（李白），"春眠不觉晓，处处闻啼鸟。夜来风雨声，花落知多少"（孟浩然），"白日依山尽，黄河入海流。欲穷千里目，更上一层楼"（王之涣），诸如此类的诗章在我们民族中流传千年，和言说方式非常有关。想想古代的传播媒介的单一，更值得深思。重建写诗的难度，重建读诗的易度，这是新诗必须注意的我们民族诗歌之"常"。

新诗，新其形式需是诗。在"变"中继承"常"是非常重要的。

《人民日报》2010年3月26日

新诗诗体的双极发展

新诗是中华诗歌的现代形态。百年新诗发展到了今天,必须在"立"字上下工夫了,新诗呼唤"破格"之后的"创格"。许多诞生之初就出现的问题至今仍然困扰着新诗。中国是诗的国度,诗从来就是文学中的文学。但是,新诗却失去了文学王冠的位置,到了新世纪,处境已经越来越尴尬。新诗需要在个人性与公共性、自由性与规范性、大众化与小众化中找到平衡,在这平衡上寻求"立"的空间。当年梁实秋在《新诗的格调及其他》一文里说过:"新诗运动的最早几年,大家注意的是'白话',不是'诗';大家努力的是摆脱旧诗的藩篱,不是如何建设新诗的根基。"其实,岂止"最早的几年",重破轻立,一直是新诗的痼疾。当下的新诗面临三个"立"的使命:在正确处理新诗的个人性和公共性的关系上的诗歌精神重建;在规范和增多诗体上的诗体重建;在现代科技条件下的诗歌传播方式重建。推进三大重建,新诗才能摆脱危机,重新成为中国文学的王冠。

重破轻立最明显地表现在诗体重建上。长期以来,不少诗人习惯跑野马,对于形式建设一概忽视甚至反对,认为这妨碍了他们的创作自由。新诗是"诗体大解放"的产物。在"解放"后的第二天，从"诗体解放"到"诗体重建"本是合乎逻辑的发展。从上个世纪80年代末开始昙花一现地流行的这样体，那样体，可以通称为"口水体"。"口水体"放弃新诗的诗体规范，放逐新诗的诗歌审美要素，加深了新诗与生俱来的危机。

新诗近百年的最大教训之一是在诗体上的单极发展，一部新诗发展史迄今主要是自由诗史。自由诗作为"破"的先锋，自有其历史合理性，近百年中也出了不少佳作，为新诗赢得了光荣。但是单极发展就不正常了，尤其是在具有几千年格律诗传统的中国。考察世界各国的诗歌，完全找不出诗体是单极发展的国家。自由诗是当今世界的一股潮流，但是，格律体在任何国家都是必备和主流的诗体，人们熟知的不少大诗人都是格律体的大师。比如人们曾经以为苏联诗人马雅可夫斯基写的是自由诗，这是误解。就连他的著名长诗《列宁》，长达12111行，也是格律诗。诗坛的合理生态应该是自由体新诗和格律体新诗的两立式结构，双峰对峙，双美对照。

自由诗急需提升。自由体诗人也要有形式感。严格地说，没有形式感的人是根本不能称为诗人的。西方的"诗"字源于古希腊，原意是"精致的讲话"，孔子说的"不学诗，无以言"与之相似。自由诗是舶来品，它的冠名并不科学。并没有自由散文、自由小说、自由戏剧，何况以此形式为基础的诗呢？凡艺术都没有无限的自由，束缚给艺术制造困难，也正因为这样，才给艺术带来机会。艺术的魅力正在于局限中的无限，艺术家的才华正在于克服束缚而创造自由。当自由诗被诠释为随意涂鸦的诗体的时候，它也就在"自由"中失去了"诗"。自由诗是中国诗歌的一种新变，但是要守常求变，守住诗之为诗、中国诗之为中国诗的"常"，才有新变的基础。提升自由诗，让自由诗增大对于诗的隶属度，驱赶伪诗，是新诗"立"的美学之一。

格律体新诗的成形是另一种必须的"立"，近年在艺术实践和理

论概括上都有了长足进步,除了必须是诗(绝对不能走唐宋之后古体诗的只有诗的形式而没有诗的内容的老路)这个大前提外,格律体新诗在形式上有两个美学要素:格式与韵式。格式和韵式构成格律体新诗的几何学限度。所谓格式,就是与篇无定节、节无定行、行无定顿的自由诗相比,格律体新诗寻求相对稳定的有规律的诗体。可以预计,随着艺术探索的进展,在将来的某一天会有较多的人习惯欣赏和写作的基准格式出现,而这,正是格律体新诗成熟的象征。说到韵式,现代汉语的"十三辙"是比较公认的新诗韵辙,使新诗押韵有了依据。布韵方式就很多了,各有其妙。格式和韵式是相互支持的,是诗的节奏的视觉化和节奏的听觉化。王力先生在《文学评论》1959年第3期上写过一篇文章:《中国格律诗的传统和现代格律诗的问题》。他说:"仅有韵脚而没有其他规则的诗,可以认为是最简单的格律诗。"这话讲得不对。自由诗领军人艾青先生就在1980年新版的《诗论》里加上了一句话,自由诗要"加上明显的节奏和大体相近的脚韵"。自由诗不少都不规则地松散地押韵,但这些没有格式的诗还是自由诗啊。

在诗体上的双极发展,漂泊不定的新诗才能立于中国大地之上,才能适应民族的时代的审美,在当代诗坛上充当主角,毛泽东的"以新诗为主体"的诗学主张才能真正实现。

文学语言决定文学形式,诗尤其如此。今人的古体诗在创作和鉴赏上都会受限。古体终究属于古代汉语。启功先生曾说:"唐以前的诗是长出来的,唐诗是嚷出来的,宋词是讲出来的,宋以后的诗是仿出来的。"也就是说,双音词和多音词居多的现代汉语,具有当代色彩的新鲜词汇,都会使当代人在古体里感到局促。作为中国诗歌的现代形态,新诗应该是主角。创造新诗的盛唐,我们要有信心。

《西南大学学报》2012年第1期

漫说诗家语

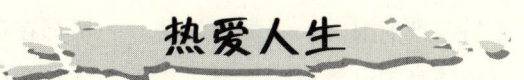

热爱人生

——写在《岁月留痕》面世的时候

应《重庆晚报》副刊部之邀,从 2010 年底到 2012 年,我在报纸的"文学"副刊开设了专栏,每周二出场,每篇文章都在 1000 字多一点,从 2011 年 1 月到 2012 年 12 月,整整两年。无论我在重庆,还是在外地出差;无论我在国内,还是在异域,我都坚持执笔,并从电脑上将写就的文章发往副刊部主任胡万俊的邮箱。第一年的栏目是"岁月留痕",第二年的栏目是"幕后故事",两者其实没有什么区别,都是回忆性的随笔:或写人,或写事。因为在 2011 年底我是准备了结这件事的,但是发现欲罢不能,就换了一个栏目名称继续写下去。没有想到的是,读者的关注度和专栏文章在网上的转载率居然都比较高,我遇到几位高校老师,他们说就是为了这个专栏才去订《晚报》的,这本书就是两个专栏的结集。出版社想控制篇幅,做一本精致的书,和我商量,不把文章全部选入。比如,写人物的,如果一个人有好几篇,就只入选一篇。

我还选入了几篇过去在《重庆晚报》发表的文章,它们并不属于这两个专栏,比如留学莫斯科大学和访问美国的随笔,《儿子的故事》就更久远了,文章里的那个小孩子自己早就成了父亲了。这些

文章还是保留了下来,为了珍藏和纪念曾经的日子。

钱锺书先生说过:"目光放远,万事皆悲。"以我的人生经验,我非常认同这句话。一般来说,年轻人看生活往往看得比较梦幻;人到中年就多少有些看透了;进入老年,更会把世间的一些事看得比较淡,预感到了人生的"悲"的结局。经历多了,就会懂得:世上后浪推前浪,一切都在流动,一切都在消逝,一切都在发生,时过境迁是不可避免的。对于历史,这是喜剧;对于个体生命,又的确是悲剧。所以对于收藏我写的东西,搜集别人写我的东西,我从来都是一个"懒人",不太主动,不少东西随写就随扔了。从无穷尽的历史视角看,在无穷的宇宙间,个人终究太渺小;在漫漫的时间里,人生终究太短暂。太看重现世功利的人,为名缰利索套住的人,在我看来是很傻的。寻求减法人生,打造简单境界,"看淡"其实是一种大智慧。

我曾经在我的QQ的个性签名里写道:"双鬓近年飞雪,寸心至死如丹。""看淡"的是过往烟云般的名利,不能"看淡"人生。人生可贵,要热爱人生。我有一首许多人熟知的诗《守住梦想》:"守住梦想,守住人生的翅膀/守住梦想,守住心上的阳光。"我们的祖国母亲正在实现梦想的路途中,知识分子要有所坚守,有所担当,介入当下的造梦大业,保留社会关怀、思想批判、文化重建的兴趣与胆识。用恩格斯的话说,就是要对社会的一切进行"诗意的裁判",充当公众的良心,推动历史的前进。这也是当下中国对知识分子的期待,对作家、诗人的期待。

谢谢《重庆晚报》,谢谢专栏的设计人胡万俊,这两年写专栏文章时我才醒悟到,从上个世纪的新时期开始,诗坛的许多事件我是亲历者,诗坛许多人物也和我有较多交往,的确应该记下来,给后来者留下一点点痕迹:人生的,诗坛的。

漫说诗家语

这本书是重庆市出版专项资金资助项目,我也感谢重庆市新闻出版局和相关部门的支持和厚爱。

《重庆晚报》2013 年 3 月 25 日

附:

本真生命的诗意言说

——读吕进《岁月留痕》

张立新

文学有雅俗之分,相对于大家云集的大型文学期刊而言,面向平民大众的报纸文学副刊似乎就只有以"俗"的面目出现了。从 2011 年起,《重庆晚报》邀请以诗学大家身份名扬海内外、有着丰厚学养和才情的吕进先生在其文学副刊上开辟专栏,连续两年奉献给读者一道道丰盛的精神文化大餐,既使名家大家走近了平民百姓,又大大提升了副刊的文学文化品位。这是非常智慧的创意,从我的四周朋友的热烈反响看,这个创意扩大了报纸在知识分子读者群中的影响。作家汪曾祺说,散文是"文化休息场所","吕进专栏"正是这样一个氤氲着书香茶香、融合了吕进先生的诗学和人生的文化休息的"书吧"。无论是异域采风,还是怀人忆旧,亦或是漫步人生路,看似信笔所至,言顾左右的漫谈,实则借题发挥,小中见大,读者一路读来,大开了眼界,大长了见识,又陶冶了情操。回应读者的愿景,作者将"吕进专栏"结集成为《岁月留痕》,重庆市又

及时地将此书列为公益出版专项基金资助项目,现在西南师范大学出版社终于快速地将《岁月留痕》推到了读者面前。

《岁月留痕》内容丰富,全书分为异域风光、人物肖像、人生滋味三大篇章。有别于通常的山水游记,《岁月留痕》里的异域风光更多是各地的人文风情。作者不是作为外在的观光者,而是以一个人文知识分子的视角,在大的比较视野里思考不同文化的差异,处处是对文明文化的发现和颂扬。如《在国外购物》开篇就讲到,"中外文化的差别在购物上也有体现"。通过美国人在自己家庭院的树上挂鸟笼为过路的飞鸟准备食物的现象,反映了美国人爱护动物、爱护自然环境的文明素质(《美国庭院里的鸟笼》),而从美国人生活中随处可见的风趣幽默又点化出美国人乐天的性格和人生态度(《乐天的美国人》)。《书籍与鲜花》告诉我们,"俄罗斯人是爱书的民族,爱花的民族","爱书,爱花,是俄罗斯人文化素养的象征"。而写到一衣带水的台湾,作者精炼克制的诗笔里则饱含深情,《访台花絮》台湾诗人薛林电话里那一声"你是我唯一的乡亲",想克服种种困难见乡亲一面的海外离乡游子对家乡亲人那种血浓于水的亲情,感人至深,令人潸然泪下。在人物肖像篇里,我们看到很多可敬可爱的诗坛前辈,如总是"右边"出事的艾青,和重庆关系密切的臧克家、高兰和余光中,外国学者许世旭、岩佐昌暲、卡拉别相,被鲁迅赞为"中国最为杰出的抒情诗人"冯至,"站在诗的高度对待人生,不从俗流"的"真诗人"方敬,"早稻田"出身的将军诗人朱增泉等,吕进以画龙点睛之笔,把这些大家们的精神风貌、人格光辉立体地呈现出来,凸显了他们传奇中的普通,普通中的传奇。

丰富的生活阅历,深厚的文化背景,深刻的思想底蕴,纯净的诗心童心,达观通透的幽默智慧,使人生滋味篇里的人生况味读来格外有滋有味。《儿子的故事》里那个把牛奶放在世界地图的北冰洋地区保鲜保质、和长辈称兄道弟的小大人让我们忍俊不禁；相对于今天住在高楼里彼此"绝缘"的"立体邻居"，吕进从"减法人生"里深情地回望还是"加法人生"的平房时代，和"平面邻居"们彼此亲如一家、其乐融融的日子（《平面邻居》），一家在公共厨房要做"高级"一点的菜，另几家就会主动做参谋（《鸡汤变成玉米汤》），真应了那句"远亲不如近邻"的俗语；在今天重利轻义的浮躁世风下，思考一下吕进的《减法的智慧》，"就会让自己的人生升华起来，纯净起来"，而《上善若水》则又以老子的水的哲学启示我们人生真谛。

著名学者钱谷融老人赞曰："吕进是个诗人。"作为诗歌的使者，正是诗人的品质决定了"心中别有欢喜事"的吕进先生为人为文的高度和境界。在一篇自序里，吕进先生写道："一个生活在诗的世界的人，对诗外世界就有了一番打量。这种打量，为我树立了理想人格目标和典范；这种打量，使我别有向往，得以洒脱地面对那些难免的令人不愉快的人和事；这种打量，使我得以轻松地度过这一生中那些不轻松的岁月；这种打量，使我常常'忽略'一些诗外世界似乎不应忽略的事：轻人之所重，重人之所轻。"正是这种诗眼看世界，《岁月留痕》在平实、亲切、随和中处处是真识见真性情，彰显了吕进淡泊明志的人生境界，幽默风趣的人间情怀，博雅谦和的大师风范。俄罗斯诗人普希金有诗云："而那过去了的/就会成为亲切的怀恋。"透过诗化了的时空，过往的岁月沉淀下来的只有纯粹的风景、纯粹的人、纯粹的情感，因而别有情味。《岁月留痕》融会贯通了吕进的学识、智慧和情趣，随处是散落的珍珠，又涉笔成趣，诗意盎然，因而好读、耐读，是近年来学者散文的一个新收获。

七弦琴

接到武汉古远清教授的电子邮件,说是北京正在撰写一部文学史,其中第四节《吕进等上园派诗论家》由他执笔。远清将书稿作为附件发给我,说是时间很紧,希望我抓紧看看,提出意见。

所谓上园派,是新时期的诗歌现象,早已成为历史。当时有三个诗评家群落,依照形成的时间是:传统派、崛起派和上园派。传统派比较看重民族诗学。崛起派热心引进西方诗学。上园派是"转换派"。即注重继承传统,但主张对传统诗学的现代化转换;注重借鉴西方,但主张对西方诗学的本土化转换。上园派的名字来源于北京的上园饭店,这家饭店在北京西边,比邻北京交通大学,离动物园很近,现在已经中德合营了。1984年和1985年《诗刊》连续两年在这里举行理论家读书会,参会的几位诗学见解相近的诗评家彼此有所发现,后来广州一家报纸刊登了他们的笔谈,编者在"按语"里第一次使用了"上园派"的称谓。接着,我编了《上园谈诗》一书,由重庆出版社出版,引起诗坛瞩目。

入选《上园谈诗》的诗评家一共7位,即北京的朱先树、辽宁的阿红、山东的袁忠岳、江苏的叶橹、广州的杨光治和朱子庆,以及重庆的吕进。除了选入他们的诗论以外,还选入他们撰写的对几位"新来者"诗人的评论,这些诗人有:傅天琳、刘湛秋、李钢、张学梦、叶延滨、杨牧、周涛和章德益。"新来者"就是当年的不属于朦胧诗群的年轻新秀,上园派和新来者正好是在理论与创作上相互呼应的不小的群落。

袁忠岳在山东师范大学任教,是一位厚道的实诚人。研究问题时,他喜欢从另一个角度提出质疑,使得讨论更加深入。一次,大家商议去看望艾青和臧克家。臧克家的四合院在东城区的赵堂子胡同,由我领路。但是我在方向感上是个弱智,走着走着,就找不到北了。于是忠岳在街头找到一个北京老头问路。老头很惊诧,说:"澡堂子?这北京城到处都有啊!"原来,忠岳的山东腔里"赵"字没有卷舌,难怪别人把"赵堂子"听成"澡堂子"了。忠岳来西南大学开过好几次会,算是到北碚最多的上园派诗评家。

朱先树是四川人,毕业于中国人民大学,毕业后先在文化部,后来调到《诗刊》。他在《诗刊》理论组,所以对诗坛全局比我们都更了解。《吕进等上园派诗论家》说:"吕进是上园派的理论家,朱先树是上园派的组织者",这个说法是符合事实的。先树第一次从北京来我家,大概是1983年。当时物质供应很匮乏,我们正用珍贵的肉票买了一点肉,给读小学的儿子包了几个抄手。儿子中午放学回来,听说给他准备了抄手,兴奋不已。这个时候先树敲门进来,自报家门。来自北京的初次见面的客人啊,于是抄手就煮给先树吃了,儿子在一旁失落地生闷气。

七弦琴是中国最古老的弹拨乐器,在孔子时代就很流行。在中国历史上七弦琴颇多故事:西汉司马相如用七弦琴弹奏《凤求凰》,赢得美人芳心;三国时期诸葛亮焚香操琴,演出千古绝唱的空城计。《诗经》的《关雎》也说:"窈窕淑女,琴瑟友之。"《上园谈诗》刚好入选者是七位,所以我在后记里写道:"七弦琴的七根琴弦奏出自己的乐音,彼此既不会雷同,也不能相互取代,然而,它们又和谐于同一旋律里。"

《重庆晚报》2014年3月4日

在北大的祝辞

——在北京大学中国诗歌研究院成立大会上的祝辞

周校长,各位朋友,老师们,同学们:

北京大学成立中国诗歌研究院,这在北京大学历史上,在中国诗学史上,是一件喜事。我代表西南大学中国新诗研究所表示我们诚挚的祝贺!

西南大学中国新诗研究所成立于1986年6月。开始的日子并不好过。校长原先坚持要我整合中文系和外语系的七个教研室,成立文学研究所,而不是新诗研究所。在学校领导支持以后,校内许多人又不理解。我记得,一次,讨论给各单位发放科研经费的额度时,生物系一位老教授站出来反对,说:"我对吕进没有意见,但是白话诗要什么经费?"当然,对于中国,那是诗的年代,我们得到了诗歌界的广泛支持,谢冕教授也给我们发来贺信。现代诗学也逐渐成为西南大学的拳头学科,一步步地我们走到了今天,从三个导师共同指导唯一的一位硕士生,到现在,在读的博士生和硕士生已超过百人。

上个时期的新时期是现代诗学的黄金期。现代诗学经历了脱胎换骨的变化,这一变化是以对旧有诗学观念和诗学研究的依附人格的批判为前提的。现代诗学从对历史的反思过渡到美学的发展。多元并存,多维参照,多种研究方法,以及专业诗评家的出现,使得现代诗学出现一片勃勃生机。谢冕的出现就是标志性事件。谢冕反应敏捷,文笔清丽。中国诗歌研究院以谢冕为院长,可谓得人。我在《文艺研究》发表过一篇文章,这样说到谢冕:"谢冕的诗学著作是思想冲破牢笼和思维方式变革的结晶。他视野开阔,善于挖掘具有普遍意义的诗歌现象,善于在全局性命题中做诗学研究,他不仅是诗学家,而且还是新时期中国文学观念变革的先行者之一。"

在这里,我愿送给诗歌研究院八个字:含弘光大,承先启后。"含弘光大"出自《周易》,含者,无所不包也;弘者,无所不有也;光者,无所不及也;大者,无所不被也。"承前启后",就是《一瓢诗话》说的:"接前人未了之绪,开后人未启之端。"鲁迅在《两地书》里写道:青年"是承前启后的桥梁,国家的绝续,全在他们的肩上的"。

在诸位知名学术带头人的带领下,我相信,北京大学中国诗歌研究院一定会以"含弘光大"的风度,"承前启后"地推动诗学的发展和深入,为国内的诗歌研究机构做出示范,以丰硕的成果诗史留名。

谢谢!

《中外诗歌研究》2010 年第 4 期

向"新来者"致意

——《"新来者"诗选》后记

这本《诗选》终于编完。所谓"新来者",是指新时期开始写诗或者虽然写诗较早、但在新时期才成名的青年诗人。公平地说,这是新时期最大的一个诗群。他们和"归来者"、朦胧诗人以及不属于这些诗群的资深诗人们一起打造了新时期中国新诗的繁荣。我希望有一天会有一本新时期新诗发展史的信史,全面、客观、公正地叙述新时期几个诗歌方面军走过的光荣道路。这本诗选只收入了九十九位"新来者",比预想篇幅小,原因在于通联。新时期的"新来者"在新世纪都已经进入中老年了,有些朋友不会上网,甚至不会用手机,要联系上他们是比较困难的,尽管毛翰先生在这方面努力地帮了我一把,《诗选》仍然留下了许多遗憾。好在这只是一个开头,《诗选》可能还会出下去。同时,《新时期"新来者"诗丛》也正在策划中,最具代表性的新来者诗人也许将进入一人一卷的《诗丛》。

既然是新时期诗选,当然首先关注的是入选诗人在新时期的全国影响。此是这本《诗选》的入门条件,许多早就成就斐然的老诗人和新时期之后才露面的后起才俊就不选入了。同时,由于新来者

漫说诗家语

诗人大多艺术生命比较长，对于他们在新时期之后的进展也理所当然地给予了更多的留意和主要的篇幅。"诗人介绍"采用最简形式，只介绍出生年份、籍贯、原名和民族，至于任职、著述、出访之类一律略去。诗人是"似僧有发，似俗无尘"的人，我想，真正的诗人更在意诗歌的太阳重新照亮的世界，并不会在乎这些俗事。至于获奖情况，既然是新时期诗选，就只列出了新时期的几个权威奖项：全国中青年诗人优秀诗歌奖（1979—1980）和全国优秀新诗（诗集）奖（1979—1982、1983—1984、1985—1986），新世纪则只列出了鲁迅文学奖全国优秀诗歌奖。现在各种诗歌奖项繁多，这样的介绍也许更具参考价值，更纯，更有诗意。

编选这本《诗选》其实是苦乐参半的。研究诗歌是我的生活方式，从来以此为乐。9月5号我从国外返回，在飞机上就在饶有兴味地考虑如何最终完成这个课题。但是，真是应了"天有不测风云"那句话，回家当晚不幸摔倒，胸椎受伤，"伤筋动骨一百天"，这一百天里就得克服许多困难，才能坚持下去了。研究生们戏称我是"钢铁侠"，北京的一位学生来信，痛心疾首地说："亲爱的钢铁侠恩师，该休息了，就是钢铁制造的机器，也得维护、加油啊！"但是应该做的事太多，我在QQ签名中写道："人生自古谁无痛，咬牙且做钢铁侠。"

终于"钢铁"过来了！明年上半年，西南师范大学出版社就会将这本诗选奉献于大家的面前。

2013年10月13日于中国诗学研究中心

《重庆晚报》2014年3月15日

薛林诗奖那些事儿

在中国,诗从来就是文学中的文学,"像诗",是对一部文学作品的最高赞誉,如同"像散文"是对一首诗的最低评价一样,隋唐以后"以诗取仕"的考试制度在全世界也是绝无仅有的。但是从上个世纪末开始,出自各种原因,诗在中国却边缘化了。尽管社会疏远诗歌,然而在各地、各个诗歌团体的诗歌评奖又令人目不暇接,形成一道奇怪的风景。在为数众多的诗歌奖项里,台湾薛林怀乡青年诗奖的确有自己的特色,所以,每届赠奖式(台湾叫"赠奖",不叫"颁奖")一经举行,《文艺报》等众多媒体必定报道。

首先,这是专为40岁以下的重庆青年诗人设立的诗奖;其次,这是台湾诗人出资在大陆设立的奖项。台湾的儿童诗创作有一个"布谷鸟时代",薛林就是领军人。他本名龚建军,薛林是笔名,上个世纪40年代末离开故乡万州(当时叫万县)去到台湾,从此"半世生死两茫茫"。最近第8届薛林诗奖赠奖后,薛林的女儿龚华特意给我 e-mail 一张照片过来,"向诗友们问好"。照片上,年近九十的薛林坐在轮椅上,满含微笑,右手举起,向我们行着军礼呢。说来难以令人置信,1995年家境并不富裕的薛林从退休金里分出3000美元寄给我,请我设立诗奖,已经快20年了,我和薛林却迄今无缘见面。2004年,新诗研究所主办首届华文诗学名家国际论坛,台湾方面的邀请名单里有薛林。他兴奋不已,订了机票,谁知临出行时,身体瘦弱的他吐血,行程只好临时取消。后来薛林在台湾《秋水》诗刊发表文章,表示了深深的遗憾。我也在《秋水》写了一首《答薛林》"守望故乡的月光/让它像长江那样在心中喧响"。

我到过台湾几次,中国作家协会访问团总是日程满满,没有机会去台南的新营拜访他。一次我在台北开会,薛林嘱咐在台北工作的龚华陪我游览夜台北。龚华也是台湾活跃的女诗人,前些年得了癌症,她参加癌症病友的团体,担任义工,积极为社会做善事。她最近告诉我:"我在陪同父亲度过最后的时光,我很珍惜这些日子,我要尽量让他愉快。"我听后真是百感交集。那次我在龚华的轿车上和薛林通话,龚华提醒我:"吕进叔叔,别说普通话,说四川话吧!"我改说四川话后,电话那边居然传来薛林的抽泣声,他说:"吕进先生,你是我唯一的亲人哪,我好想念家乡啊!"

薛林诗奖每两年一届,评选1—2部诗集,为重庆诗歌的发展加油,到今年为止,先后有邵薇、冉冉、雨馨、李元胜、钟代华、谭朝春、唐诗、冉仲景、杨矿、蔡书清、冬婴、金铃子、白月和何真宗等14位重庆青年诗人获此殊荣。评委会的赠奖词都尽量精准,比如对李元胜的评语:"他的诗在内敛、克制的语言格局里言说着全新的心理体验,抒情而优雅。他善于从平常的事象里探寻人的生存状态与探究人的终极意义。李元胜是重庆诗歌在新时期以来继傅天琳、李钢之后又一位对诗坛颇具冲击力的诗人。"薛林诗奖都有推荐人,均是诗坛前辈或名家,他们的推荐词的水平都很高。在每届赠奖式上,得主都会发表致谢辞,这些致谢辞写得实在非常漂亮,收集起来也许就是一部畅销的散文集哟!

《重庆晚报》2013年5月21日

除却巫山不是云

——序《大美巫山》

翻翻传世之作《全唐诗》和《全宋诗》，仅唐代和宋代，写巫山的诗就不少。《巫山高》就是乐府的古题，唐代诗人沈佺期、张九龄、孟郊、李白、李贺，宋代诗人王安石、范成大、苏东坡，都留下了诗篇。元稹《离思五首》第四首的名句"曾经沧海难为水，除却巫山不是云"，虽然诗人是在纪念亡妻，却对世世代代的读者产生了强烈的诗意冲击，让人们保存着对美到极致的巫山的向往。

2012年12月，当巫山红叶漫山遍野灿烂的时候，一大群国内外著名诗人来到巫山，他们是出席第四届华文诗学名家国际论坛的嘉宾，这本《大美巫山》就是论坛的诗选。大巴是晚上到达巫山县城的，台湾诗人台客坐在我旁边，他被巫山的夜景震撼了："吕进兄，巫山太漂亮了！"是的，巫山是重庆美丽的东大门：一江碧水，两岸青山，三峡红叶，四季如画。我告诉台客，这里的人文山水更美，秦代就设立了巫县，巫山龙骨坡发现的200万年前的巫山人就是我们亚洲最早的直立人类啊！而且，这里再不是李白唱的那样："昨夜巫山下，猿声梦里长。"一座日新月异的巫山正在书写一首现代诗章呢。

漫说诗家语

  我也是第一次踏上巫山的土地,其实我和这座古城神交已久。新诗研究所的向天渊教授和他的太太冯雨女士都是巫山人,和我亦生亦友,彼此了解,情感真挚,向天渊的谨严治学和冯雨的贤淑能干都使我和他们靠得很近。重庆市文联的党组书记王超是我推心置腹的朋友,当年调到重庆时,我是主席。他是从巫山县长任上调到文联的,也因此我从他那里知道了许多巫山的故事,知道了大昌古镇,他也多次怂恿我去巫山看看。巫山现任县委书记何平是西南大学出去的,他是生物学的学术带头人,在校内多有接触,而且,他在市林业局任副局长时,我在文联负责,所以,我们当然很熟。2004年,我和铁凝、刘心武、余华、莫言、苏童等组成中国作家代表团,作为主宾国的代表,出席巴黎图书博览会,我们每人在巴黎都做了一场报告。应法方请求,我的讲题是《中国情诗》,法国著名汉学家李枫教授等三位专家担任同声翻译。我从《诗经》的《关雎》一直谈到新诗《神女峰》,有法国朋友提问:"神女峰在哪里?"我简单地介绍了诗意的巫山。这届国际论坛,巫山方面非常想邀请《神女峰》作者舒婷与会,我给舒婷发去手机短信,她回信抱歉:刚从四川回厦门,马上又要去柬埔寨,时间上冲突了。

  行到巫山必有诗。国际论坛成功,诗歌也丰收。诗人毕福堂动作最快,论坛刚一闭幕,他担任主编的山西省文联的刊物《九州诗文》就推出了一组诗和照片。《重庆晚报》也冲在前面,接着好些国内外的诗歌刊物都在发表此次巫山之行的作品。傅天琳的诗是在我们这一行的权威刊物《人民文学》刊登的,黄亚洲的组诗收进他的最新诗集《男左女右》,这部诗集由我写序。诗找到了每一位诗人,大家为巫山集体制作了一张诗的名片。多好啊,大美巫山!

  是为序。

《重庆晚报》2013年7月7日

重建的时代

——第四届华文诗学名家国际论坛开幕词

各位领导，各位诗学名家，各位嘉宾：

大家上午好！

欢迎来自中国各地、来自我们星球四面八方的诗学名家，欢迎重庆市市委常委、宣传部部长徐海荣先生。正是你们的到来，今天这个日子才成了冬天里的春天，充满诗意的春天。

各位嘉宾，本届论坛的总主题是：华文新诗，重建与繁荣。

华文新诗并非无源之水，它是具有悠久传统的华文诗歌的现代形态。但是在"五四"的特定历史语境下，作为传统诗词对立面的中国新诗，"破"成了立足之本。重"破"轻"立"，一直是新诗的痼疾。把新诗的"新"误读为不讲诗美规范，没有诗体法则，忽视诗坛秩序，这就形成新诗长期的尴尬局面：诗人难以写出来，读者难以读进去。

一百年过去，"破"之后的新诗必须在"立"字上下工夫了。我们要有历史感：呼唤"破格"之后的"创格"，呼唤重建的时代，这是历史赋予我们的责任。新诗需要在个人性与公共性、自由性与规范性、小众化与大众化中找到平衡，在这平衡上寻求"立"的空间。

当下的新诗面临三个"立"的使命：在正确处理新诗的个人性和公共性的关系上的诗歌精神重建；在正确处理自由性与规范性的关系上的诗体重建；在正确处理小众化与大众化的关系上利用现代科技条件的诗歌传播方式重建。推进三大重建，开启重建的时代，就是为了重建华文诗歌在华文文学中的王冠地位。

重建就是规范。需要重新确立诗之为诗、华文新诗之为华文新诗的基本审美规范。诗歌是不断变化的艺术。但是"变"中有"常"，有基本审美规范。不承认"常"，就走出了诗的文体边界。

重建的时代，需要诗人和诗评家的高度文体自觉和敏锐的形式感、无畏的探索精神和宽阔的多元风度。让我们携手走向华文新诗重建的时代。

本届论坛今天下午就要移师巫山。巫山是一个魅力四射的地方，县委书记何平先生本身就是诗人，被当地民众称为"文化书记"。巫山国际红叶节刚刚在11月30日开幕，现在正是观赏红叶的最佳时机。相信各位诗人会在那里获得美妙的灵感，为巫山留下广泛流传的诗篇。

各位嘉宾，我高兴地宣布：由西南大学中国诗学研究中心、中国新诗研究所、北京《文艺研究》杂志社、中共巫山县委和县人民政府主办、四川郎酒集团和旺德实业发展有限公司协办的第四届华文诗学名家国际论坛现在开幕！

2012年12月8日

《中外诗歌研究》2013年第1期

守常求变：当下华文诗歌发展的关键词

——第五届华文诗学名家国际论坛开幕辞

尊敬的各位嘉宾，各位新老朋友：

大家上午好！

自2004年秋天第一届华文诗学名家国际论坛揭幕以来，我们已经走过了十年的探索之路。今天，在又一个深秋时节，我们在美丽的西南大学迎来了第五届国际论坛。出席本届论坛的，除了来自中国大陆和台湾、香港、澳门以及日本、韩国、新加坡、菲律宾、泰国、文莱、荷兰、新西兰的华文诗学名家以外，还有舒婷、叶延滨、傅天琳、张新泉、娜夜、李琦、林雪、马新朝等多位获得全国文学奖和鲁迅文学奖的著名中国诗人。"有朋自远方来，不亦乐乎"，我们向朋友们道一声诚挚的问候，大家路途辛苦了。我们也向百忙中光临论坛开幕式的市委宣传部、西南大学、武隆县委、重庆市作家协会的领导表示感谢，我们尤其要向重庆市市委常委、市委宣传部部长燕平先生表示特别的感谢！

这次论坛将主要在武隆举行，各位嘉宾将会亲身感受到素有"东方瑞士"美誉的武隆的魅力，希望中外诗人能在仙女山留下你们深情的妙句佳篇。

各位嘉宾，本届论坛的关键词是：守常求变。

漫说诗家语

科学地处理"变"和"常"的关系，推进多元化的诗歌重建，是当下华文诗歌发展的关键词。

诗歌的生命在于"变"，永恒是不美的。但是这种"变"，只能是在守"常"中的求"变"。"常"就是诗之为诗的基本美学要素和基本诗学规范。无论什么时代的华文新诗，无论什么路数的华文新诗，都得永远求变；但是作为艺术品的诗，在"变"中又得守住诗的"常"这个边界。"自由"不是放弃诗美建设的借口，"多元"更不应该成为伪诗存在的理由。

近年中国大陆诗坛上有一种似是而非的说法："诗美本质就是自由。"这种说法的出现，反映了我们的现代诗学还很不成熟。其实，极端的自由与极端的不自由的统一，这才有诗。诗在想象世界里是极端自由的，它不受物理世界的局限。诗人在写诗的时候处于"肉眼闭而心眼开"的状态，而诗人的"心眼"可以按照自己的抒情逻辑将世界重新分解和建构。但是，在诗情表达上诗又会受到诗律（节奏式、韵式、段式）的诸多限制，用俄罗斯学者雅各布森的说法，诗歌语言是"受阻碍、被约束的语言"。没有这种不自由，诗就不成其为诗了，就"自由"出诗的边界了。诗的世界是诗的太阳重新照亮的世界，是诗人重新命名的世界，是遵从诗美规范的自由世界。

华文新诗如何在多元格局里建设自己，完美自己，这是一个我们论坛已经讨论了十年的大题目。唐人刘禹锡的《秋词》有"晴空一鹤排云上，便引诗情到碧霄"之句。秋天是金色的季节，结果的季节，收获的季节，希望我们论坛继续出思想、出理论、出彩、出新。

各位嘉宾，我高兴地宣布，由西南大学中国诗学研究中心和北京《文艺研究》杂志社主办，西南大学中国新诗研究所、武隆县文联、武隆县喀斯特旅游（集团）有限公司承办的第五届华文诗学名家国际论坛现在开幕！

2014年10月13日
《中外诗歌研究》2014年第4期

新汉学时代与中国新诗

——在韩国首尔的主题演讲

中国的历史文化是中国的，也是世界的，有三种学科：中国研究中国历史文化的"国学"，中国研究外国历史文化的"西学"和外国研究中国历史文化的"汉学"。作为人文科学的汉学，历经游记汉学、传教士汉学、学院汉学三个阶段，今天已发展成为新汉学。新汉学的"新"也不止于时任澳大利亚总理的陆克文2010年4月28日在《华尔街日报》上发表《新汉学》一文所做的阐述。中国教育部的国家汉语国际推广领导小组办公室（国家汉办）近年提出许多具体设想，提倡面对中国的崛起和世界格局的变化，新汉学要加大拓宽传统汉学的研究面，特别要关注当下的中国，这是"新"的重要内容。因此，对中国文学的研究，就要不止于"经史子集"的研究，除了重新发现古代中国的经典，还应该加大对现代中国文学研究的分量。

在中国，诗从来就是文学中的文学，中国的古代文论基本就是诗论，中国文学是具有诗美特征的文学，优秀的中国文学作品都内蕴着诗魂。所以对于新汉学而言，中国现代文学研究的中心之一是新诗，新诗是中国文学登上现代历史舞台的排头兵。

漫说诗家语

新诗在"现代转型"上的文学史价值已是不争之论。然而，文学史价值并不能简单地等同于文学价值，它绝对不能取消这样一个艺术事实：排头兵只是排头兵，只有百年历史的新诗只是有待成熟与有待完美的中国诗歌的现代形态和现代诗歌的中国形态而已。和后起的小说等文学的散文品种相比，新诗在中国读者那里获得的认同度很不理想，新诗的一些似曾相识的争论（比如诗的"变"与"常"、诗的大众与小众、诗的生命价值与使命价值、诗的明朗与晦涩、诗的艺术纯粹与社会参与、诗的自由体与格律体等等）在近百年间不断地去而复来。

究其原因，可能源自新诗与几千年的传统诗歌美学断裂，成为一种无章可寻的文体：中国新诗并不起于中国，所谓的第一首新诗——胡适《关不住了》其实是翻译诗；新诗采用标点和分行都来自异域。新诗的开创人胡适与郭沫若在新诗初期的一些说法做出了错误的导向。比如胡适说："诗体的大解放就是把从前一切束缚自由的枷锁镣铐，一起打破：有什么话，说什么话；话怎么说，就怎么说。"（《尝试集自序》）郭沫若在《三叶集》中也主张诗应该"打破一切形式"，新诗是"裸体美人"。这些诗文不分的言论给新诗的美学建设造成负面影响。一直到了上个世纪 30 年代，提倡新诗由破格转向创格的闻一多出现了，他在中外古今的联结点上以中国传统文化为主要参照系提出"戴着镣铐跳舞"的现代格律论，新诗由此进入建设时期。这个建设时期还在继续，虽然进展远不如人意。所以，新诗研究是新汉学的一个难题，从事这一研究的汉学家是值得尊敬的。

对中国新诗进行翻译和研究的，既有俄罗斯和欧美的汉学家[①]，

[①] 比如法国巴黎第七大学用中文编写的《中国当代文学史》关于新诗的章节，苏联科学院通讯院士契尔卡斯基的俄语著作《战争年代的中国诗歌（1937—1949）》，等等。

也有东亚的汉学家。在东亚,韩国和日本汉学家的中国新诗研究大大超过其他地区的汉学家。

先说说韩国汉学的中国新诗研究。

近年从事汉学研究的韩国学者逐日增多,一百多所高校纷纷设立汉学专业,有关中国新诗研究的硕博论文也有相当数量。韩国中国现代文学学会会长朴宰雨先生曾说,韩国光复后的中国新诗研究可以分为三个时期:第一时期:开拓期(1990年前);第二时期(1991—2000);第三时期(新世纪)①。从1947年尹永春翻译出版《现代中国诗选》(青年社)开始,韩国翻译中国现代诗人的活动一直持续不断,诗人艾青、郭沫若、北岛、舒婷尤为韩国汉学界所瞩目。1930年《朝鲜日报》连载的丁永东的《中国新诗概观》是最早的研究中国新诗的文献。中国新诗研究的开山之作是许世旭先生的《中国现代诗研究》(明文堂出版社,1992),此书论述的时间囊括20世纪20年代至70年代,论述视野除了中国内地,还包括了台湾。1994年,韩国的中国现代文学学会编辑出版《中国现代诗和诗论》。朴宰雨先生近年和中国诗人合作,多次主办了韩中诗歌朗诵会,并出席西南大学和北京《文艺研究》杂志社主办的第四届华文诗学名家国际论坛,发表主题讲演。釜山的东亚大学近些年主办过多次中国新诗国际学术研讨会。

谈到韩国的中国新诗研究,本文想重点谈谈韩国汉学家许世旭先生。

许世旭出身韩国外国语大学中文系,然后到台湾"国立"师范大学留学,获得硕士和博士学位,回国后,先后在韩国外国语大学

---

① 参见朴宰雨《中国新诗在韩国——翻译,研究,创作,活动》,吕进主编《重建与繁荣——第四届华文诗学名家国际论坛论文选》(重庆出版社,2012版,第29—32页)。

和高丽大学执教。他说:"我究竟发现了一条路,中国诗歌,无论新旧,是一座甘泉。"[1] 到台湾的第二年,许世旭就开始了中国新诗的创作与研究,他是用韩语和汉语同时写作的双语作家和学者。

许世旭出过几本用中文写作的现代派诗集:《雪花赋》(台北联经出版社,1985)、《东方之恋》(三联书店,1994)和《一盏灯》(百花文艺出版社,2005)。他是中国新诗研究所的客座教授,多次到所里讲学。在庆祝新诗研究所建所20周年的时候,他写过一篇文章:《在有山有水的校园里,我曾做过岛民》[2],深情而又细致地回顾了在中国新诗研究所讲学的日子。

《一盏灯》里有一首《怀北碚》[3],诗里有这么几行:

吠日的地方做客好
坡下有清瘦的高个子站着
供我一个夜也吃不饱的火锅

这是写的在我家吃火锅的趣事。我就是他说的"清瘦的高个子"。当晚我准备了火锅,在家里招待许世旭吃饭。突然停电,于是,在黑暗里,他只好就近吃着摆在面前的一碗红苕粉,当然就"一个夜也吃不饱"了。

1998年,台湾三民书局出版许世旭用中文写的《新诗论》。著者梳理了中国新诗与传统诗歌的关系,勾勒了台湾新诗的发展轨迹,比较研究了两岸新诗,这是韩国学者研究中国新诗的力作。书中有一篇论文是《两岸新诗的发展比较(1949—1989)》,他在中国新诗

---

[1] 《新诗论》"代序",台湾:三民书局1998年版,第2页。
[2] 《中外诗歌研究》,2005年第4期。
[3] 《一盏灯》,百花文艺出版社2005年版,第119页。

研究所讲这篇文章时,以对人严格著称的中国老诗人方敬(学校副校长)也带头鼓掌,给予很好的评价。

我经常想起在《一盏灯》的《自序》里许世旭写的话:"希望我的一盏灯能够照亮中国的一块角落,还希望中国的读者能记住黄河的河口,在渡过黄海的那一边有一个韩国的诗人从小喜欢中国,又爱上过中国人这种跨海的恋情。"

再说说日本汉学的中国新诗研究。

日本对中国新诗的研究开始得很早,在上个世纪20年代初。1920年,京都帝国大学教授青木正儿在该大学的校刊《支那学》杂志上,介绍了胡适所倡导的白话诗运动。紧接着,1922年出版了大西齐、共田浩编译的《文学革命与白话新诗》一书。该书首次用日语将中国的白话诗系统地加以译介。之后,又陆陆续续地出版了一些相关书籍。

日本大规模翻译介绍中国新诗,是从1949年新中国成立开始的。日本研究中国新诗的汉学家不少[①]。

在研究中国新诗的日本汉学家中,本文想重点介绍两位学者。

秋吉纪夫先生(1930年生,九州大学荣誉教授)在研究中国现代诗方面是老一辈的首屈一指的专家。

秋吉先生是诗人和学者,诗集和著述颇多。他曾到重庆采访诗人梁上泉、方敬,也到过新诗研究所。最令人感动和佩服是从1989年到1998年十年间陆续出版的《精选现代中国诗集》,这套诗集由日本土曜美术社出版,计有《冯至诗集》(1989)、《何其芳诗集》(1991)、《卞之琳诗集》(1992)、《穆旦诗集》(1994)、《艾青诗

---

① 这里采用了我与岩佐昌暲先生用对话体合写的《中国与日本:中国现代诗学的昨天和今天》中岩佐先生的论述,见北京《文艺研究》2007年第6期。

集》(1995)、《戴望舒诗集》(1996)、《陈千武诗集》(1996)、《阿垅诗集》(1997)、《郑敏诗集》(1997)、《牛汉诗集》(1998),共十部。每部诗集的前面,都有秋吉先生的研究论文,在翻译的代表作后面,还附上年谱、著作目录和研究资料。秋吉先生出版的《陈千武论》(土曜美术社,1997)也颇具功力。他的公子秋吉收,子承父业,也从事中国现代文学研究,两次到过新诗研究所。

汉学是外国研究中国的学问,由于各国各自知识系统的不同,便产生了解释中国的不同角度。这样,汉学就为中国人多了一个思考自身的角度。秋吉久纪夫在《何其芳诗集》里翻译介绍了何其芳的诗《我看见了一匹小小的驴子》。看着小驴子轻快地欢跳,诗人叹息:

它不知道它长大了的时候
它的背上将压上什么东西

作为中国的诗评人,我原来不很注意这首诗。待到读到秋吉先生的翻译和评说,我才悟出了这首诗的人性含量和爱的温馨,确认了这首短诗的价值。

另一位日本汉学家是岩佐昌暲先生。

岩佐1942年生,毕业于大阪市立大学,长期担任日本九州大学教授,2005年任九州大学荣誉教授,熊本学园大学教授。他是日本郭沫若研究会会长,也曾长期担任九州中国现代文学研究会会长。岩佐是极少数在北京亲身经历过"文革"的外国专家,在"文革"中,他是廖承志领导下的外国专家组成员。"文革"诗歌和郭沫若研究是岩佐付出许多精力的领域,他还研究朦胧诗,并撰写了一系列论文。在中国新诗研究方面,编著有《诗刊(1957—1964)总目录·作者名索引》、《红卫兵诗歌选》(与刘福春合编)、《郭沫若的世界》。2014年汲古书院出版的《中国现代诗史研究》是一本有分量的汉学著作。这本书分为曙光的时代、建国后十七年的诗坛、"文革"时期的现代诗和新时期的现代诗四章展开论述,学术含量比较高。在日本汉学家中,岩佐昌暲有自己的治学方法。日本汉学家在研究中国现代诗歌方面,最大特点就是以非常精密准确的论证为基础来解释诗歌。因此,一般都会以"关于某某诗人的某首诗"的形式来写论文,通过精密的解读,把诗人的诗的世界清晰地展现在人们的眼前。这是日本学者研究的基本模式。而中国学者常常做一些大的理论研究,但在日本,这一做法不是很被看好。岩佐昌暲肯定日本学者的治学方式,但是同时提醒,过于拘泥于细节,就会有迷失大方向的危险,在研究过程中始终要保持一种意识,就是在现代诗歌的研究中,自己处于什么样的位置,自己到底能为整个研究作出什么样的贡献。这是很有见地的。

岩佐昌暲是中国新诗研究所的客座教授,和新诗研究所关系密切,和我的友谊非常深厚。他用中文写过一篇文章《吕进兄,辛苦了》①,文章回忆了他和我的十几年的交往,他说:"我比较了解吕进这位诗人、诗歌评论家。我喜欢他的坦率、热情和幽默。他的这些性格特点是通过跟他的极平凡的交往中体会到的。"

在新汉学时代,需要做的事情很多,中国新诗研究这个领域,正在等待有心人的开拓。

正处在创格时期的新诗文化转型的时代,面临三大前沿问题:实现"精神大解放"以后的诗歌精神重建;实现"诗体大解放"以后的诗体重建;在现代科技条件下的诗歌传播方式重建。这三大重

---

① 《吕进文存》,西南师范大学出版社2009版,第4卷,"附录"第528页。

建,关涉到中国新诗的发展甚至兴衰,新汉学应该予以更大关注。

关于精神重建。从诞生以来,现代诗学就在重建属于自己时代的诗歌精神。在比较长的时期里,新诗比古诗更加强调诗的政治属性,更加看重"大我",更加张扬"炸弹"和"旗帜"的社会功能。这是现当代中国历史环境使然,有其历史的合理性。应当说,在多灾多难的中国,除了加强自身的社会关怀,诗别无出路。在生存的苦难下,在战争的硝烟中,在革命的大潮里,诗不可能脱离民族的忧患去一味地抒发生命关怀。但是,以"文革"时代为极至,庸俗社会学困扰着、折腾着、毁灭着诗歌。许多诗歌偏离了艺术本质和艺术轨道,成了单纯的政治工具和传声筒。在上个世纪的新时期,现代诗学在思想解放运动中获得精神大解放。诗学界批判"左"的桎梏,革除思维惰性,打破习惯定势,围绕诗歌本体解决了一系列诗学理论问题,推动诗歌摆脱长期以来的诗外承载,使诗得以回归自身。

但是,从80年代后期始,有点出乎意料,新诗渐入困境。于是,精神重建中的某些偏颇也暴露在人们面前。新诗出现的精神危机主要表现为新诗的社会身份和承担品格的危机。在艺术上有了长足进步的同时,新诗又在相当程度上脱离了社会与时代。多元掩盖了伪诗。诗回归本位,当然是回归诗之为诗的美学本质,但绝不是回归诗人狭小的自我天地。当前诗歌精神重建的中心正在于此。

关于诗体重建。诗体重建是当前现代诗学界的又一热门话题。全世界的华文诗歌界都在热烈讨论。

新诗是从诗体的突破中诞生的,它是"诗体大解放"的产物。从"诗体解放"到"诗体重建"本是合乎逻辑的发展。然而,由于长期战争、动乱的外部环境的局限,更由于在理念上对"新诗"的"新"的误读(就像梁实秋在《新诗的格调及其他》一文中所说:

"新诗运动的最早的几年,大家注重的是'白话',不是'诗',大家努力的是摆脱旧诗的藩篱,不是如何建设新诗的根基。"其实,岂止是"最初几年"。可以说,对新诗的这个"根基"的忽略是长期的)。总体而言,新诗的诗体重建在上个世纪里的进展比较缓慢。极端地说,不少旧体诗是有形式而无内容,而不少新诗则是有内容而无形式。诗体重建的缺失使诗人感到新诗诗体缺乏审美表现力(所以包括郭沫若、臧克家在内的不少诗人在晚年出现了闻一多说的"勒马回缰写旧诗"的现象),使读者感到新诗诗体缺乏审美感染力(所以不少读者在走出青年时代后就不再亲近新诗,而是去读唐诗宋词了)。提升自由诗、成形现代格律诗、增多诗体,是诗体重建的三个美学使命。

关于诗歌传播方式的重建。诗歌的传播离不开现代科技提供的条件。比如网络就为诗开辟了新的空间。日益发展的网络诗对诗歌创作、诗歌研究、诗歌传播都提出了许多此前从来没有的理论问题。信息媒介的变化能够导致人的思维方式和审美方式的变化。作为公开、公平、公正的大众传媒,网络给诗歌带来了革命性的变化。网络诗以它向社会大众的进军,向时间和空间的进军,证明了自己的实力和发展前景。

现代人生产方式、生活方式、交往方式、休闲方式的大变化,都为增多诗体提供了条件和可能。比如,凭借声光音像,丰富自己的体式,就是增多诗体的一条坦途。当下的歌词和PTV等等,都不仅具有操作意义,也很有诗学的理论价值。

《中外诗歌研究》2014年第4期

附录

附录

吕进简历

吕进，汉族，1939年9月28日生于四川成都，初中、高中均在成都七中就读，1958年考入西南师范学院外语系。大二期间曾提前毕业，任外语系助教一年半，随后返回学生班继续学习，1963年毕业于西南师范学院外语系。1987年由讲师破格晋升教授。1991年获国务院颁发的政府特殊津贴。中共党员。二级教授。现任西南大学中国诗学研究中心主任、西南大学社科联副主席、西南大学学报（哲社版）编委会副主任、重庆市文联荣誉主席、重庆市现当代文学研究会会长、重庆市名人事业促进会副会长、重庆市高校职称评审委员会委员兼中文组长、重庆市哲社评奖委员会委员兼中文组长、重庆市两江学者评委会副主任委员、重庆市哲社领军人才评委会主任、重庆市巴渝学者评委会委员兼中文组长、重庆市文史馆馆员、中国诗歌学会常务理事、中国闻一多研究会顾问。曾任西南师范大学外语系系务委员，汉语教研室主任，硕士生导师，博士生导师，西南师范大学中国新诗研究所所长，国家教育部中文学科教学指导委员会委员，西南师范大学及西南大学校务委员，西南师范大学第八届党委委员，西南师范大学文科学术委员会主任，西南师范大学及西南大学学术委员会副主任，西南师范大学及西南大学学位委员

会副主席，西南师范大学及西南大学学报（哲社版）编委会主任兼主编。中国作家协会第五次全国代表大会代表，重庆市作家协会两届副主席，全国文学奖（诗集奖）第二届专家组成员、第三届评委，鲁迅文学奖（诗歌奖）第二届、第四届评委。中国文联第七次全国代表大会代表，重庆代表团副团长，大会主席团成员，中国文联第七届全国委员会委员，重庆直辖市文联第一届主席。中国教育工会第二次全国代表大会代表，重庆市教育工会副主席，西南师范大学工会副主席。中国闻一多研究会副会长。四川省及重庆市政协委员。重庆市人民政府第二届决策咨询专家委员会委员。四川省作家协会主席团委员，四川省现当代文学研究会副会长，多届四川省学位评定委员会中文、外语、艺术组组长，多届四川省哲社评奖中文组副组长，四川省高校职称评定委员会中文组成员。

我国知名诗评家，1984年加入中国作家协会。莫斯科大学高级访问学者，曾在美国俄勒冈大学、俄罗斯莫斯科大学、韩国延世大学、日本九州大学讲学，出访20多个国家。主持两项国家社科基金项目，多项省级项目。获"四川省劳动模范"（1985）、"重庆市优秀共产党员"（1991）、"国家级有突出贡献的专家"（1994）、"四川省十大优秀园丁"（1995）等称号。1993年，总部设在韩国的世界诗歌研究会授予"第七届世界诗歌黄金王冠"，为获此项荣誉的第一位中国人。同年，香港曾宪梓教育基金会授予"高等师范院校教师奖二等奖"。

在《文学评论》、《文艺研究》、《人民日报》、《光明日报》、《诗刊》及外国报刊发表论文百余篇。不少论文具有影响，被多次转发、引用和编入国内的教科书或教学参考书和高考试题。

迄至2013年，撰写和主编诗学著作、诗集、随笔集38部。多部著作获奖。

附 录

吕进主要著作一览

(1982—2013)

1. 《新诗的创作与鉴赏》，重庆出版社 1982 年初版、1991 年再版、1993 年三版。

2. 《给新诗爱好者》，重庆出版社 1984 年版。

3. 《一得诗话》，四川文艺出版社 1985 年版。

4. 《上园谈诗》（主编），重庆出版社 1987 年版。

5. 《外国名诗鉴赏辞典》（主编），河北人民出版社 1989 年版。

6. 《诗歌美学辞典》（主编之一），四川辞书出版社 1989 年版。

7. 《新诗文体学》，花城出版社 1990 年版。

8. 《心中的旗》（主编），花城出版社 1991 年版。

9. 《中国现代诗学》，重庆出版社 1991 年出版、1995 年再版。

10. 《爱我中华诗歌鉴赏》（共 5 卷，主编），重庆大学出版社 1993 年版。

11. 《吕进诗论选》，西南师范大学出版社 1995 年版。

12. 《画梦与释梦——何其芳创作的心路历程》（第二作者），贵州人民出版社 1995 年版。

13. 《北京之光——世界华文女诗人 30 家》（主编），成都出版

社 1995 年版。

14.《新诗三百首》（主编），河北人民出版社 1996 年版。

15.《四川百科全书》（共 29 卷，总主编），四川辞书出版社 1997 年版。

16.《新中国 50 年诗选》（共 3 卷，第一主编），重庆出版社 1999 年版。

17.《现代文学沉思录》（主编），西南师范大学出版社 1999 年版。

18.《西南师范大学 50 年诗选》（主编），西南师范大学出版社 2000 年版。

19.《文化转型与中国新诗》（主编），重庆出版社 2000 年版。

20.《对话与重建——中国现代诗学札记》，西南师范大学出版社 2002 年版。

21.《现代诗歌文体论》，广西师范大学出版社 2003 年版。

22.《20 世纪重庆新诗发展史》（主编），重庆出版社 2004 年版。

23.《吕进短诗选》香港：银河出版社 2004 年版。

24.《现代诗学的多维视野》（第一主编），西南师范大学出版社 2006 年版。

25.《寻梦之路——中国新诗研究所二十年》（共 2 卷，第一主编），西南师范大学出版社 2006 年版。

26.《二十年：探路与开拓》（第一主编），西南师范大学出版社 2006 年版。

27.《中国现代诗体论》（主编），重庆出版社 2007 年版。

28.《吕进诗文选》，中国文联出版社 2009 年版。

29.《吕进文存》（共 4 卷），西南师范大学出版社 2009 年版。

30.《曾心小诗点评》，泰国：留中大学出版社、台湾：秀威出版社 2009 年版。

31.《重庆抗战诗歌研究》（第一作者），西南师范大学出版社 2009 年版。

32.《20 世纪中国现代诗学手册》（第一主编），巴蜀书社 2010 年版。

33.《吕进诗学隽语》（曾心、钟小族主编），泰国：留中大学出版社、台湾：秀威出版社 2012 年版。

34.《重建与繁荣——第四届华文诗学名家国际论坛论文选》（主编），论坛自印，2013。

35.《岁月留痕》，西南师范大学出版社 2013 年版。

吕进主要论文一览

（1995—2013）

1. 《长诗〈列宁〉艺术谈》，《西南师范学院学报》1978 年第 1 期。

2. 《读郭小川抒情诗漫墨》，《西南师范学院学报》1980 年第 1 期。

3. 《果园交响诗》，《文汇月刊》1981 年第 4 期。

4. 《会唱歌的苹果树》，《诗刊》1982 年第 4 期。

5. 《新时期十年：新诗，发展与徘徊》，《当代文坛》1986 年第 3 期。

6. 《新诗艺术表现的虚与实》，《当代文坛》1984 年第 4 期。

7. 《新时期诗歌的逆向展开》，《诗刊》1987 年第 9 期。

8. 《大诗人的特征》，《诗刊》1987 年第 11 期。

9. 《新诗的沉寂时代》，《重庆日报》1988 年 11 月 30 日。

10. 《诗，生命意识与使命意识的和谐》，《星星》1989 年第 5 期。

11. 《臧克家：新诗文体建设的重镇》，《文学评论》1995 年第 1 期。

12.《新诗呼唤振衰起弊》,《人民日报》1997年7月22日。

13.《一部长诗,半部诗韵》,《光明日报》1998年6月18日。

14.《从文体看中国新诗》,《诗刊》1999年第1期。

15.《在现实与审美之间》,《人民日报》2001年11月4日。

16.《二十世纪下半叶的中国新诗研究》,《文学评论》2002年第5期。

17.《台湾诗坛坐标上的葡萄园》,中国人民大学复印资料,《中国现代、当代文学研究》2002年1月版。

18.《作为诗评人的闻一多》,《江汉论坛》2002年第8期。

19.《论中国现代诗学的三大重建》,《文艺研究》2003年第3期。

20.《臧克家与重庆》,《诗刊》2004年第4期。

21.《臧克家:现实主义与中国风格》,《文史哲》2004年第5期。

22.《诗家语,一种特殊的言说方式》,《诗刊》2005年第1期。

23.《臧克家诗论的人文精神与科学精神》,《山东大学学报》2005年第5期。

24.《三大重建,新诗,二次革命与再次复兴》,《新华文摘》2005年第8期。

25.《中日对话:中国现代诗学的昨天和今天》,《文艺研究》2007年第6期。

26.《区域文化视野下的重庆文学》,《西南大学学报》2009年第1期。

27.《诗歌的大众与小众》,《人民日报》2009年5月21日。

28.《现代诗技法的"有"与"无"》,《人民日报》2009年8月28日。

29.《论新时期诗歌与新来者》,《文艺研究》2010年第3期。

30.《新诗的变与常》,《人民日报》2010年3月26日。

31.《诗家语的审美》,《人民日报》2010年11月16日。

32.《守住梦想：我的学术道路》,《第二代中国现代文学学者自述》,文化艺术出版社2011年7月版。

33.《兵气拥云间》,《解放军文艺》2013年第11期。